EN LETTRES **D'ANCRE**

paniers d'osier sur les étagères de la vitrine, tandis que des sacs en plastique vert remplis de vêtements jonchent le sol –, c'est plus par obstination que par devoir. En dehors de la supérette, sans doute soumise à des obligations contractuelles, les autres ne brillent pas par leur éclairage. Cet après-midi, Coney Island a des airs de bout du monde, d'ultime bastion avant les grands fonds, d'endroit où dérivent les damnés avant de sombrer dans le néant.

Ils restent autant que possible à l'abri des bâtiments. Les mots sortent en rangs serrés, sifflants, sur un ton exagéré, mais respirer est douloureux, et parler pire encore. Caitlin tient étroitement son col autour de sa gorge dans son poing fermé. Le vent est si fort qu'il lui fait venir les larmes aux yeux. Il souffle et tourbillonne autour d'eux, emportant le bas de son manteau, et elle est contente d'avoir pensé à prendre une écharpe, même si elle regrette de ne pas avoir aussi de gants. Ses poches sont profondes mais elles ne permettent guère de se réchauffer.

De la neige est prévue, des torrents de neige, du blizzard, mais pour l'instant, rien n'est encore tombé, à part quelques flocons occasionnels qui s'abattent comme du gravier et laissent dans l'air et sur la peau des meurtrissures imaginaires. Le ciel au-dessus d'eux est fangeux, brute de boue grise se fondant dans le gris, anéantissant les lignes du paysage jusqu'au dernier détail. Caitlin se penche contre Michael et ils se hâtent en vacillant, courant presque. Ils n'ont plus le choix maintenant qu'ils ont pris cette direction.

BILLY O'CALLAGHAN

LES AMANTS DE CONEY ISLAND

roman

Traduit de l'anglais (Irlande)
par CARINE CHICHEREAU

BERNARD GRASSET
PARIS

L'édition originale de ce texte a été publiée en 2019
par Jonathan Cape sous le titre :

MY CONEY ISLAND BABY

Ce livre a été publié avec le soutien de Literature Ireland

Photo de couverture : Coney Island © Millenium, Couple © Gettyimages.

ISBN : 978-2-246-81757-4

Pour Richard, mon petit frère,
Qui fait partie de cette histoire,
et qui est toujours avec nous.

I.

La jetée

L'atmosphère, ici, est glaciale. Il faisait déjà froid en quittant Manhattan, mais rien de tel. La tourmente est sans répit. Une heure passée dans le train, c'est une heure à l'abri du vent. Il est presque midi à présent et la neige menace.

Michael et Caitlin avancent vite, côte à côte, tête baissée, épaules rentrées. En dehors de deux ivrognes qui se disputent en silence une bouteille dans le renfoncement d'une porte, et un peu plus loin sur Surf Avenue, par-delà les hot-dogs Nathan, un vieux monsieur noir attaché par une laisse en corde à linge orange à un chien ridiculement petit, les rues paraissent désertes, en état de siège. La plupart des boutiques sont fermées elles aussi, certaines pour la saison, d'autres parce qu'elles ont déjà passé la journée par pertes et profits. Le flux commercial est tombé en dessous de zéro. Si de rares magasins persistent à rester ouverts – un vendeur de spiritueux, une supérette, une espèce de boutique de charité où des livres de poche usés, au dos cassé, s'entassent dans des

Voici la pire portion de la rue, et ils se dépêchent de franchir la chaussée déserte car ils foncent droit en plein cœur de la bourrasque. Ils sont forcés de se serrer l'un contre l'autre, et le mugissement du vent assourdit tout à leurs oreilles, jusqu'au chaos de leur souffle laborieux. Quand enfin ils quittent la promenade pour tourner sur la jetée, les rafales se font déterminées, elles se jettent sur eux, lacérant leur visage, leurs vêtements, les ébouriffant en un instant. Ils ne peuvent qu'aller se réfugier le long des cabines en planches, fermées pour l'hiver. S'adossent contre les parois pour s'abriter, pour se cacher.

« Mon Dieu, souffle Caitlin en riant avec une espèce de terreur dans la voix. C'est l'Apocalypse. »

Très étonné de découvrir qu'ils pensent la même chose, Michael passe un bras autour d'elle et l'étreint. Il a besoin de la sentir tout contre lui. Elle lève les yeux vers les siens. Son visage à présent couleur de farine atteint un nouveau degré de pâleur. Sur ses lèvres, une délicate trace de gloss rouge sang appliqué il y a plusieurs heures, mais sa bouche est toute petite, pincée de froid, il en distingue à peine les contours, même lorsqu'elle sourit. Il pense aux geishas ; douces poupées délicates en kimono bleu ciel, aux blancs visages poudrés, un minuscule bouton de rose peint en guise de bouche. On leur donne l'air de petites filles timides, mais elles possèdent un feu secret caché au fond d'elles, le genre de brasier qui en une seule déflagration vous liquéfie les os. Pris dans les grands yeux d'animal effrayé de Caitlin, pétrifié par son air épuisé, il entrevoit un instant – pour la première fois ce jour-là – la trace imperceptible de ce qu'elle est vraiment, celle qu'elle pourrait être, pourrait devenir. C'est une femme née pour tromper son monde, comprend-il soudain. Une apparence angélique masquant les fiévreux mensonges qui l'habitent. C'est l'une des choses qu'il aime le plus en elle.

« La fin du monde ne ressemblera pas à ça », dit-il, assez proche d'elle pour qu'ils goûtent mutuellement leur haleine. « Le jour où ça arrivera, on ne le saura même pas. On sera là, et un millionième de seconde plus tard, on ne sera plus. Pas même poussière.

— Tu as bu ? »

Il secoue la tête et sourit. « Je suis trop heureux pour être ivre.

— Heureux ?

— Bien sûr. C'est difficile à croire, je sais, mais c'est comme ça que je me sens. Parce que c'est vrai, quoi : regarde où on est. Et en quelle compagnie. »

Elle pose la main sur sa poitrine, qu'elle tapote d'un air joueur. L'espace qui les sépare se referme lorsqu'il l'embrasse. Chacun mène la danse tour à tour car il n'y a personne alentour. Elle débusque sa langue, la fait rouler doucement au bout de la sienne, la coince contre ses dents. Il se laisse faire. Sa bouche a la chaleur du thé. Elle souffle dans la sienne, puis c'est son tour à lui. Voilà le parfait échange, pareil à des vagues, une sorte d'essence du sexe. Au bout d'un moment, ils se détachent, c'est elle qui initie la chose avec subtilité en refermant ses lèvres. Mais cette séparation est momentanée, pour lui permettre de se nicher plus confortablement contre lui. Il s'adosse à une échoppe murée de planches, abri étroit tout en longueur d'un ton de vert laurier fané, dont la peinture spéciale a pourtant mal résisté aux éléments, et elle s'insinue à nouveau contre lui. Quand sa main se glisse pour envelopper la courbure timide de ses fesses, il sent qu'elle sourit, ce qui l'amène à rire, et en fermant les yeux, ils sont à nouveau des enfants qui jouent à s'aimer. En faisant leur nid juste sous la peau, certains souvenirs parviennent à échapper au temps.

En contrebas, sur la gauche, la grève blanche s'étend vers le nord, vide, elle sert de cadre à l'action principale, au grand événement, à cet énorme capharnaüm d'océan qui sans arrêt se cabre et tourbillonne. De minuscules flocons d'écume parsèment la surface de plomb mat, grosses vagues ondoyantes bordées de fourrure qui se fracassent contre le rivage. Plus loin, un calme étrange semble régner, pour ce qu'on en distingue, car c'est sûrement une illusion d'optique, la distance trompeuse et ses glissements rapides s'ajoutant aux stries condensées de ce crépuscule perpétuel.

L'un contre l'autre, ils écoutent avec une délicieuse terreur dissimulée le fracas de l'eau qui heurte les piliers de la jetée, et la complainte sauvage et douloureuse du vent.

« Barbara a un cancer », dit Michael d'un ton léger, presque indifférent.

Un instant, elle est certaine d'avoir mal entendu, pourtant sa posture ne laisse aucun doute sur ses propos. Elle scrute son visage, mais il regarde l'horizon, par-dessus son épaule.

« Comment ?

— Les reins. Ça fait un moment, mais tu sais comment elle est. Il a fallu qu'elle en arrive à pisser du sang pour réagir. »

Il fait la grimace, à croire que prononcer ces mots lui est douloureux.

« Mon Dieu. »

La faiblesse de son expression frappe tout de suite Caitlin. Sa chair a la teinte meurtrie et la consistance du mastic, elle semble accrochée à ses traits, lui épaissit le nez et lui enfle les joues comme s'il larmoyait. Sa bouche paraît s'affaisser, à croire qu'après toutes ces années passées à retenir ces paroles qu'il avait tant besoin d'exprimer, elle a fini par sombrer. Il vient d'avoir quarante-huit ans. Le 6 janvier. À quarante-huit ans, aujourd'hui, on n'est plus vieux ainsi qu'on l'était jadis, mais le manque de sommeil s'ajoutant à d'autres sources d'épuisement l'a fait rouiller précocement. Et puis il a près de vingt kilos de trop, et il a beau mesurer un mètre soixante-dix-huit et être bien charpenté, ce genre d'excès a un coût. Sa démarche révèle un boitillement léger à présent, ses articulations réagissent aux premiers accès saisonniers de sciatique, il garde la tête baissée et ses larges épaules donnent l'impression de s'être rétrécies en s'arrondissant. Elle connaît les méfaits de l'âge, de quelle manière ils peuvent soudain attirer l'attention, mais pour elle c'est d'autant plus difficile à accepter que dans son esprit il demeure si jeune, si énergique, il est toujours l'homme fort et aimant qui vint vers elle il y a si longtemps dans ce bar et qui la foudroya. Cela remonte à plusieurs décennies maintenant. Leurs arrangements alimentent ce genre d'illusion, évidemment, puisqu'ils se voient seulement une fois par mois sans faute, le premier mardi. À force de passer tant de temps dans l'attente, la réalité est devenue fragile, et sans doute est-ce un peu volontaire.

Quand il ne peut plus se soustraire à ce regard qui en sait long sur lui, il se tourne vers elle et soupire, exhalation profonde qui insuffle toute sa lassitude. Aussitôt, elle le reconnaît. À la manière dont ses yeux se plissent et s'allongent, à sa bouche taillée à la serpe, à ce sourire qu'il semble toujours vouloir réprimer, mais qui, au moment où il émerge, paraît si précieux à mesure qu'il grandit. Ça, c'est lui. L'homme qu'il est : son grand Irlandais maladroit. Elle pose la tête au creux de son cou. Ce soupir est pour elle, elle le sait. Tout est pour elle. Ce frisson lorsqu'il échappe aux griffes de ce monde, pour se libérer tout entier, complètement, ne serait-ce que quelques heures.

« Jusqu'ici, ils lui ont pompé des tonneaux de sang et fait passer toute une batterie de scanners. Elle a déjà eu deux biopsies, et maintenant ils veulent examiner son foie. Elle est prise en charge par un certain Monsieur Wylie, qui est paraît-il un ponte dans son domaine. Ça a l'air d'être un type correct. Au moins, il te regarde dans les yeux quand il te parle, c'est déjà mieux que la plupart. »

Le cœur de Caitlin bat la chamade, il remonte en ondulant dans sa poitrine, lui inonde l'esprit, et pendant quelques instants, elle ne sait plus quoi faire : doit-elle se détacher ou au contraire serrer Michael plus fort ? Mais son bras passé autour de sa taille lui évite d'avoir à choisir, aussi appuie-t-elle à nouveau le visage au creux de son cou, ferme les yeux, comme si cela pouvait suffire à la tenir à l'écart du monde, à la mettre en sécurité. Elle a la gorge serrée, les mots ne peuvent plus sortir que sous forme de murmure.

« Mon Dieu, répète-t-elle. Quelle horrible nouvelle. Je suis désolée.

— Je sais. Oui je sais que tu es désolée. Moi aussi. Mais ça ne suffit pas. Wylie fait ce qu'il peut, seulement le pronostic n'est pas bon. Je crois qu'il craint le pire. Au début, on a parlé de chirurgie, mais les examens ont révélé que les choses étaient plus avancées qu'il ne pensait. Il n'a pas tout dit, mais il emploie régulièrement des mots du style « agressif » ou « métastases », pas le genre de termes qui inspirent confiance. Et ça ne peut qu'empirer. Barbara a cinquante-cinq séances de chimiothérapie prévues, ce qui va nous projeter dans un nouveau cycle infernal. Il est presque certain qu'elle va perdre ses cheveux, et on nous a prévenus qu'elle serait fatiguée, qu'elle aurait de fortes nausées. Je me suis renseigné. La chimio touche toutes les cellules, les bonnes et les mauvaises. Voilà comment ça marche. C'est un vrai poison pour le corps, et pour moi tout ça n'a aucun sens. Jusqu'ici, elle reste calme, mais c'est parce qu'elle est encore sous le choc, je pense. »

Il prononce ces paroles d'un ton neutre, son regard s'est ancré quelque part dans le lointain, transe rêveuse du boxeur qui s'est pris trop de coups en pleine gueule, ou de l'ivrogne qui a renoncé à feindre de ne pas l'être. Puis ses mains remontent le long du dos de Caitlin, enserrent doucement sa tête, et ses lèvres déposent un baiser au-dessus de son oreille. Partout, le vent fait rage, immense. Même les cabanes verrouillées derrière eux oscillent et grincent. Elle le serre plus fort, comme pour s'attacher à lui. À son tour, il l'enlace plus étroitement.

« C'est ma faute. Wylie nous a expliqué que le cancer est actif depuis au moins un an. Voilà comment il dit les choses. Il m'a regardé en nous annonçant ça. À son habitude, Barbara a réussi à tout dissimuler, mais après tant d'années, on pourrait s'imaginer que je sois capable de voir clair en elle. J'aurais dû remarquer les signes. Parce qu'ils étaient tous là. Certaines nuits, je me réveillais, et elle n'était plus dans le lit, et puis elle a beaucoup maigri ces derniers mois, au point qu'elle n'est pas à son aise quand elle est assise. On commence à voir ses os. »

À l'époque où lui et Caitlin commençaient juste à se fréquenter, il avait un second emploi, il donnait un coup de main le week-end dans un garage dont le propriétaire, Jerry, était un cousin de Barbara. Son activité principale, de tout temps, avait été la vente, le genre de travail qui aux yeux des gens passe pour intelligent parce qu'il vous oblige à rester assis sur une chaise une bonne partie de la journée, et rend le costume obligatoire, comme une partie intégrante de l'uniforme. Son activité du week-end impliquait tout autre chose. C'était un boulot physique, un travail de forçat, car il avait beau être nul sur le plan technique, il était costaud et avait besoin d'épuiser ses forces, physiques et mentales. Naturellement, il était payé, en cash, vingt-cinq ou cinquante dollars par jour, enfin disons une somme qui passait pour correcte à l'époque. Mais il ne le faisait pas vraiment pour l'argent.

Sans parler de devoir et de loyauté familiale, Jerry était un type bien qui avait vraiment besoin d'aide. Il n'était pas paresseux ; il travaillait de longues heures et faisait de vrais efforts, mais il lui fallait une présence, une main miséricordieuse qui l'aide quand la panique le gagnait et qu'il se retrouvait plongé dans la confusion. Les livres de comptes représentaient pour lui un obstacle insurmontable, et les affaires, ce n'était pas son truc. La solution à ces problèmes se présenterait finalement en la personne de Wanda, trente ans dans la ligne de mire, même si elle ne s'était jamais complètement débarrassée d'un air de petite fille. Grande et mince, tel un roseau, elle avait un corps svelte et ondulant que n'importe quelle danseuse, classique ou plus exotique, aurait tout donné pour avoir. Elle mâchait du chewing-gum, portait ses cheveux couleur de rouille permanentés, et s'habillait en minishort ou minijupe, alternant entre le vinyle noir et le rouge le plus évocateur, tous les jours de l'année à part Noël. Elle parlait baseball à croire qu'elle possédait des actions dans le milieu, et jurait comme si elle faisait partie de l'équipe. En outre, puisqu'il existe toutes sortes d'excuses pour aimer, elle était adorable en tout point avec Jerry. Plus que capable dans tous les domaines, elle se mit au travail, prit le contrôle de la caisse, réalisa les inventaires, s'occupa des livres de comptes, des commandes et des factures, et prit de son propre chef la responsabilité d'organiser la vie de Jerry pour l'aider à réussir autant sur le plan personnel que professionnel. Elle couchait également avec lui, lui faisait la cuisine, le ménage, nettoyait ses vêtements et, au bout du compte, elle finit par l'épouser. Toutefois, au moment où Jerry avait commencé à glisser sur la mauvaise pente, elle faisait partie du futur qui allait se matérialiser un an plus tard seulement, si bien que l'obligation de maintenir debout et à flot ce cousin par alliance était retombée de tout son poids sur Michael.

Or la situation se détériorait rapidement. Dix-huit mois plus tôt, Jerry avait repris le garage, au mépris de toute sagesse, en s'appuyant sur un emprunt empoisonné, et pendant un moment, il s'en était tiré grâce aux crédits et à son enthousiasme. Démarrer une entreprise sans apport est affreusement difficile, aussi avait-il été obligé de contracter un prêt ; matériel acheté à crédit, salaires payés à crédit, paquets de café instantané à crédit, et même les gâteaux Twinkie qu'il engloutissait debout, penché sur un capot ouvert, afin d'économiser du temps et de l'argent sur la pause déjeuner. Tous ces crédits, à long terme, ne firent qu'empirer incommensurablement la situation. Et quand l'ampleur des dettes accumulées se fit jour, il se mit à boire comme un trou, le genre de truc emballé dans un sac en papier Kraft qui nécessite les deux mains pour pouvoir garder le rythme, et à force de whiskey ou Dieu sait quelle autre boisson, il devint si acariâtre qu'à la moindre provocation, il pétait les plombs. Après que tout son entourage eut filé aux abris, il eut besoin, surtout le week-end, de quelqu'un qui le connaisse, accepte sa façon d'être, et de préférence sache aussi se servir d'un cric, changer un pneu, actionner un treuil de levage sans qu'on doive le surveiller et lui hurler dessus, et évite de rameuter les syndicats au sujet de la pause déjeuner, de la pause pipi, de la pause clope, du paiement des heures supplémentaires et du doublement de la rémunération le dimanche.

Michael lui apporta une solution pleine de bonne volonté.

Six mois après l'enterrement de ce qui serait leur unique enfant – leur petit garçon, James Matthew –, le monde changea. Quelques secondes de joie, puis quatorze semaines, deux jours et cinq heures d'attente jusqu'à cette fin inévitable qui, des mois, des années plus tard, concentrerait encore en elle toute la désolation d'un déraillement ferroviaire. Chacun gère à sa manière ce genre de calvaire. Certains se tournent vers la prière, d'autres entament une thérapie. Pour Michael, cela consista à s'éloigner de Barbara et à se lancer dans le travail physique. Il n'était pas fier de lui, mais bon, il culpabilisait déjà pour tant de choses qu'au bout de quelques semaines, cela ne fut plus qu'un élément de la longue liste des choses dont il avait honte. Ce qu'il lui fallait, c'était un travail physique, difficile, et au garage, il n'y avait pas de limites. Il pouvait trimer jusqu'à en perdre connaissance, jusqu'à en avoir mal aux bras, au point que son dos lui paraisse près de se rompre, et continuer encore et encore, prenant plaisir à cette douleur, cherchant à s'infliger toutes les souffrances qu'il pouvait se représenter. C'était à la fois physique et viril, et d'une certaine manière, rédempteur. Ensuite Jerry et lui sortaient dans la nuit, sur les rotules, ils verrouillaient les portes après un bon dimanche de travail et allaient se trouver un bar, un troquet où on diffusait un match sur un petit écran, ou suivant leur humeur, un endroit à la lumière tamisée où on jouait du jazz, ces *blue notes* qu'on entend seulement dans des salles cachées au fond des ruelles et des établissements clandestins, grottes nocturnes qui rappellent l'atmosphère des *speakeasy* du temps jadis, à une époque où l'alcool obéissait à des règles différentes. Le carillon d'une trompette, un saxophone alto qui glapit dans cet espace au-delà des larmes, où le chagrin comporte quatre murs solides, un plancher et un plafond, où le son peut prendre corps, enfler, rebondir.

Ce fut dans un endroit de ce genre qu'il vit Caitlin pour la première fois. À l'époque, c'était une gamine de vingt-deux ans, mais elle possédait une innocence qui depuis bien longtemps avait déserté son existence à lui. Déjà mariée, elle avait pourtant l'air d'une jeune fille, toute de douceur, et animée de la curiosité pleine de légèreté de celle qui cherche encore les limites de ce monde. Les fleurs jaunes et vieux rose de sa robe d'été ne convenaient pas du tout aux assauts de l'automne, mais pour un bar, la coupe était parfaite, le coton bon marché soulignant ses hanches, sa taille, ses seins, mettant en valeur sa délicatesse, et lui moulant le cul comme des mains qui s'accrochent au moment où elle attrapa les deux verres sur le comptoir et retraversa la salle, jusqu'à l'alcôve où son amie Sally tripotait un briquet jetable en plastique vert. Elle avait commandé un Sea Breeze et un Mojito, et ce n'était pas leur premier verre à en juger par la manière dont elle lui sourit lorsqu'elle s'aperçut qu'il la regardait, assis au bar. La tête légèrement baissée, avec de grands yeux, elle montra en se déplaçant une fausse réserve très suggestive. Environ une heure plus tard, quand elle revint au bar, il avait avalé assez de bières et de shots pour descendre de son tabouret, s'approcher tranquillement et lui demander si elle accepterait qu'il lui offre un verre. Aujourd'hui encore, il se rappelle l'argent de ses yeux grands ouverts, d'un ton semblable à l'océan par un jour blanc. Sa peau paraissait luire même dans la faible lumière du bar, et sa bouche se retenait autant que possible, serrant les lèvres pour ne pas sourire, jusqu'à ce qu'elle succombe. Aucun souvenir ne subsiste de ce qu'elle répondit à sa proposition, ni des mots magiques qui la convainquirent de tenter sa chance avec lui, toutefois l'image de son visage tel qu'il était ce dimanche soir-là, demeure gravée en profondeur dans son esprit. Elle ouvrit la bouche, et sa voix se révéla assez grave pour s'élever en volutes, un peu comme Coltrane, Parker, Ornette Coleman ou qui que ce soit d'autre qui emporte l'âme, puis l'esprit, dans un cri de surprise jusqu'au plafond du bar, et il ne put que se pencher pour prendre ce qu'elle lui offrait, écouter ses mots et son souffle.

Enfin, vers minuit, une fois passés les moments délicats, après avoir suffisamment attendu, ils se mirent à danser, là, dans le bar. Enlacés, ils dansaient en bougeant à peine, remuant comme une toile d'araignée sous le souffle de la brise nocturne, tandis que les mélodies s'enchaînaient l'une après l'autre. Sa tempe chaude et humide collait à sa joue et il baissa la tête pour lui murmurer des choses qu'il n'avait jamais confiées à quiconque. Ils avaient la sensation de ne plus faire qu'un. Il n'y avait pas d'étincelles. Il s'agissait de fusion, rien de moins. Et peu après, quand vint le moment de se séparer, il griffonna le numéro de téléphone de son bureau en lui demandant instamment de l'appeler demain, le matin si elle pouvait. Elle ne dit rien, lut le numéro d'un air concentré, puis plia en deux le bout de papier, encore en deux, et le glissa dans la poche de son sac où elle rangeait sa monnaie. Ils s'embrassèrent une fois, brève rencontre de leurs bouches, presque sans y penser, puis elle hocha la tête en guise d'au revoir, se soustrayit à son étreinte, et rejoignit en hâte son amie de l'autre côté de la salle.

Il demeura là où elle l'avait laissé et la regarda grimper l'escalier le long du mur qui menait à la rue sans qu'elle se retourne, certain qu'il n'entendrait plus jamais parler d'elle. À cet instant, quelque chose se produisit en lui, un sursaut de terreur à l'idée d'être obligé de poursuivre sa vie sans elle. Ridicule, puisqu'ils venaient juste de se rencontrer, et pourtant c'était vrai.

« Parle-moi d'autre chose, lui murmure Caitlin à présent. S'il te plaît.

— De quoi par exemple.

— N'importe quoi. Parle-moi de ton travail.

— Du travail ? »

Michael goûte ce mot avant de saisir l'ampleur de son sens. Le travail, c'est un choix sûr, de même que la météo, la politique, ou tout ce qui a trait à l'économie ; sujet bateau au plan nettement défini, ce qui est très rassurant. Arrivé à la quarantaine, les désirs changent, et se satisfont du confort plutôt que de l'excitation.

Un demi-sourire relève la commissure de ses lèvres.

« Le boulot, ça va. Les piles habituelles de paperasse, les acheteurs qui essaient de jouer le bras de fer avec toi au moment de repasser la commande – le bureau est bourré à craquer de menteurs, de voleurs, et de gens prêts à te planter un couteau dans le dos. Rien ne change. À présent, on engage de grands criminels, tout frais émoulus de ces maisons de correction que sont les grandes universités, avec leur accent chic et leur manie de sniffer mille dollars de coke par semaine. Ils te brandissent sous le nez un master ou un doctorat, à croire qu'à notre époque c'est la garantie ultime de paix, et ils s'en servent comme d'une licence en piraterie. Il se passe rarement dix minutes d'affilée sans que j'envisage de tout envoyer balader et de me tirer de là tant qu'il reste encore un peu de vie dans ma carcasse.

— Mais tu ne le fais pas. »

Il la regarde à nouveau, secoue la tête.

« Et non. D'autres se réveillent le matin et s'en vont courir le monde, par exemple Gauguin ou Brando ou ce connard de Marco Polo. Mais ça, c'est un truc de jeunes. Quand on est jeune et que l'horizon est encore dégagé, on prend des risques qui par la suite nous paraissent insensés. Le temps nous rend craintifs. Peut-être seulement parce que nous nous trouvons des ancres auxquelles nous raccrocher au fil du temps. J'ai des rêves, moi aussi, comme tout le monde, mais à l'époque où j'étais gamin, quarante ans, ça me paraissait vieux. Maintenant que j'ai la cinquantaine en ligne de mire, je sens chaque minute qui passe. La vérité, c'est que je ne suis pas courageux. Con, peut-être, mais courageux, certainement pas. »

Caitlin se soustrait à son étreinte pour s'installer à côté de lui, et ensemble, adossés à l'alcôve qui les protège, ils contemplent l'océan. La ligne d'horizon a été gommée et ne permet plus de différencier l'eau et le ciel, en dehors d'une vague suggestion logique. De loin, tout semble soluble.

Elle lui prend la main, la serre entre les siennes, et passe le bout de ses doigts sur ses articulations saillantes.

Les os sous la surface, à la naissance de la main, et les veines qui apparaissent, méandres bleus à travers la peau opaque. C'est la main d'un vieil homme dont les forces déclinent. Des touffes de poils dépassent sous la manche de sa chemise et sortent, ébouriffées, sombres comme de l'encre renversée. Répondant à un changement subtil en elle, il ouvre la main et écarte les doigts telle une invitation urgente. Ils restent ainsi un moment, à contempler l'océan en se tenant la main. Elle sourit intérieurement et il le devine, ils se penchent l'un vers l'autre et s'embrassent à nouveau. Et ce baiser compte plus que leur premier geste. Il dure cinq à dix secondes, moment de chaleur que l'obscurité de leurs yeux fermés transforme en autre chose. Elle entrouvre les lèvres – un instant d'hésitation exaltante qui se prolonge un peu trop avant qu'elle ne touche sa langue.

« Si on allait au lit », dit-il en l'attirant à lui. Il se demande si elle réussit à le sentir à travers toutes ces couches de vêtements. Il l'embrasse sur les joues, lentement, puis sur les paupières quand elle ferme les yeux. Sa peau est glacée, soumise aux assauts de la bise, mais elle soupire de contentement, et il ressent la même chose. Ainsi dehors, à l'abri de la tourmente, il est presque possible de croire que le monde a été créé tout entier pour eux, et que rien d'autre ne compte que leur bonheur.

« Tu n'as qu'une idée en tête, lui dit-elle. Tu le sais ?

— Bien sûr. Et c'est comme ça que j'obtiens ce que je veux.

— Et c'est toi le chef.

— Oui, et sur six comtés.

— Oh, et modeste avec ça.

— Naturellement. Et tu sais que je ne pense qu'à toi, mon amour. Ce n'est pas un temps pour traîner dehors. Je propose juste une solution pour ranimer un peu nos vieux os glacés.

— Pas si vieux que ça, s'il te plaît. »

Sa main, qu'il a posée au creux de son dos, descend et resserre son étreinte.

« Tu connais le dicton. C'est dans les vieux pots…

— Et tu te crois parmi les meilleurs, c'est ça ?

— Jusqu'ici personne ne s'est plaint. »

Elle incline la tête sur le côté, pour faire semblant de réfléchir, même si évidemment, il n'y a pas à hésiter. Il l'observe, amusé, et sent qu'il retombe amoureux. Son expression est celle d'une jeune femme, d'une innocence absolue. Elle pose un doigt au coin de sa bouche d'un air songeur, écarquille les yeux, et à cet instant, il comprend que le temps ne signifie rien, que l'âge ne signifie rien.

« Au lit.

— Au lit. »

Son rire résonne, soudain et timide, petit éclat d'oiseau qui jaillit et disparaît, mais qui laisse derrière lui un sillage, l'image de ses dents, de la pointe de sa langue. Voilà ce qu'ils sont. Dans ce bar, il y a tant d'années, lorsqu'ils ont dansé sur le jazz qui pleurait des enceintes, ils n'étaient ni plus ni moins qu'ils ne sont aujourd'hui. À présent, l'air autour d'eux leur offre assez de mouvement, et la chanson du vent qui siffle à travers les lattes de la jetée joue tout le jazz dont ils ont besoin.

« Finissons d'abord notre promenade », dit-elle en s'écartant, mais sans lâcher sa main. « On discutera de la suite après. »

Toutes les échoppes et boutiques sont fermées, et c'est triste à dire, mais même en plein cœur de la saison, l'endroit ne tourne plus à plein régime. Au mieux, à la moitié de sa capacité. On sent la fin d'une époque, à Coney Island. La pourriture s'est installée. Pourtant, ça fait du bien de se retrouver là un jour pareil. Ce lieu parfait pour accueillir tout ce qui est brisé est devenu leur endroit. Le meilleur est peut-être déjà loin, mais il y demeure un parfum romantique, et s'installer là est un choix. Ils aiment s'y retrouver parce qu'ils sont suffisamment loin de là où ils devraient être. Ici, délivré de l'immense claustrophobie de Manhattan, on peut encore avoir le ciel à soi.

Et même par un après-midi aussi désert que celui-là, déchiré par les vents, lourds de la menace neigeuse, le souvenir de la jetée en des temps meilleurs paraît tout proche. Des temps où, passé mars ou avril, après que tout eut séché, pendant les mois d'été au doo-wop torride et jusqu'au cœur de la fin octobre, les stands de hot-dogs et les vendeurs de glace travaillaient à tour de bras, où pour un nickel ou dix *cents*, devant vos yeux écarquillés et incrédules, des sacs de sucre liquide filaient pour se transformer en barbe à papa mystique, où des cracheurs de feu juchés sur un monocycle jonglaient avec des couteaux et se livraient à des actes d'une audace insensée, où les planches tremblaient et résonnaient sous vos semelles, grondant sous le pas sonore des gosses qui couraient, où le carillon des machines à sous déversait sa chance partout alentour. L'air était à la fois salé et sucré, les vagues déferlaient, on faisait frire toutes sortes de choses, et partout, oui partout, il y avait du bruit, un mur de bruit, pur et inéluctable. Des cris aigus quand les garçons adolescents malmenaient et brutalisaient leurs copines en bikini, la plainte des accordéons des musiciens des rues, les mesures à la mode des derniers tubes jaillissant d'une douzaine d'enceintes, toutes branchées sur la même radio, et de temps en temps, le son puissant d'un orgue à vapeur tout proche, vibrant comme un fou. Tous ces ingrédients participaient de la cacophonie indémêlable de cent bruits simultanés, qui tous essayaient de se surpasser les uns les autres.

Et même en ce milieu de journée battu par les vents, mieux vaut se trouver là que n'importe où ailleurs, car cet endroit leur permet de laisser filer leur imagination. Les petites boutiques sont fermées, cadenassées, mais il est facile pour Caitlin de se convaincre qu'en réalité, elles ne sont pas à l'abandon – juste assoupies dans une confortable hibernation saisonnière. On peut imaginer la même chose à propos des hommes qui y travaillent, ces types qui parlent vite, sourient comme des voleurs parce qu'ils sont pleinement satisfaits de leur travail, mais aussi parce que cela leur permet d'exhiber leurs dents manquantes, ou leurs couronnes en or. Des hommes qui en d'autres temps seraient devenus pirates, qui portent des tee-shirts dont la sueur a métamorphosé les couleurs bien loin de leurs teintes initiales, qui ont trop de poils aux mauvais endroits, et pas assez là où il en faudrait. S'ils ne sont pas là, en ce moment, se dit-elle, c'est juste parce qu'ils obéissent aux lois de l'emploi saisonnier et qu'ils sont sans doute retournés dans la fange de la cité pour se frayer un chemin à travers ces mois lugubres, et passent leur temps courbés sur un marteau-piqueur, ficelés dans un tablier, voire, Dieu nous en préserve, sanglés dans un costume de commercial. Pourtant, malgré les apparences, ils sont courageux, et sages aussi, parce qu'ils comprennent la vérité des choses. Ils ont des cœurs de marins, mais la perspicacité des explorateurs, et le sel et la graisse coulent dans leurs veines. Ils sont durs au mal, aussi bandent-ils leurs forces et font ce qu'il y a à faire, creuser, vendre, battre, car ils savent que le jour succède toujours à la nuit et que, bientôt, la fortune leur sourira de nouveau et les renverra s'égayer dans les parages, armés de toutes sortes de sucre, de graisse et de viande douteuse, afin de se délecter une fois de plus des splendeurs estivales de la charmante vie sur le front de mer.

Des éclats de plaisir peuvent surgir même en cette époque offerte à la tristesse. Il suffit de chercher l'or dans le tamis, et le passage du temps apporte une certaine sagesse. Les bouddhistes luttent pour vivre ainsi, exclusivement dans l'instant présent. Caitlin sait que la journée qui s'annonce contient des moments sombres, qu'il est des choses dont ils doivent discuter, et qui les mèneront sans doute au bord du précipice redouté, mais pour l'instant, elle peut sourire en toute sincérité. Depuis cette nuit où ils sont entrés en dansant chacun dans la vie de l'autre, jamais ils n'ont passé de journée ensemble sans qu'elle ressente au moins quelques secondes de joie infinie. Cela se produit lorsqu'ils font l'amour, mais pas seulement, parfois c'est en marchant main dans la main, où s'il murmure son nom d'une certaine façon, dans un souffle. Quand le doute ou la culpabilité s'empare d'elle, elle pleure, sans hésiter ni s'interdire quoi que ce soit, car ces heures sont limitées. De cette manière, tout ce qui est négatif est emporté dès son apparition, et les larmes lui deviennent comme étrangères. Elle a appris qu'il est possible de pleurer et de se sentir bien en même temps. Pareille sensation, elle en est certaine, ne peut naître que de l'amour, et chaque détail de cet amour est intensifié par sa distillation.

Elle n'interroge plus ses sentiments. Si elle a envie de sourire, elle sourit. Il faut apprendre à tirer le meilleur parti de chaque situation, sinon, c'est la mort. Cette nouvelle au sujet de Barbara est terrible. Caitlin a côtoyé le cancer de près, à dix-neuf ans, elle l'a vu grignoter sa mère petit à petit, jusqu'à ce qu'il ne reste plus qu'un morceau de viande en fin de vie, un corps ne connaissant plus que la douleur. Depuis vingt-cinq ans, Barbara gravite à la périphérie de sa liaison avec Michael, présence fantôme, grande et mince, sculpturale, figure immaculée taillée à la perfection mais enveloppée d'une éternelle mélancolie. Belle, si la beauté se limite à l'art des statues romanes, mais toujours considérée au moins jolie avec ses cheveux courts et touffus de la couleur des blés, entre permanente, coupe au carré, au bol, à la Louise Brooks, qui toujours souligne un certain style sans insister. Ce genre d'associations a pour effet de gommer la réalité. Lorsque Caitlin pense à Barbara maintenant, son esprit imagine une chambre d'hôpital étouffante, pareille à celle où se trouvait sa mère, une petite boîte éclairée par la lumière qui filtre du couloir, puant les antiseptiques destinés à masquer des choses mille fois pires. Des fleurs dans un vase en verre opaque, couleurs vives diminuées, geste bien intentionné, flattant l'œil à un mètre de distance ou plus, contrant une illusion de vie grâce à un peu d'eau et d'aide chimique. Et dans le lit voisin, somnolant sous un crucifix d'ébène de vingt-cinq centimètres accroché au mur, un corps presque redevenu poussière, un visage où, quel que soit l'angle de vue, on reconnaissait le cancer, redevenant humain seulement quand la lumière du jour le transformait en cire, ou quand ces grands yeux tristes, brun foncé, s'entrouvraient un instant.

Bravant la tourmente, ils poussent de l'avant, vers le bout de la jetée. Michael serre les dents que découvrent ses lèvres, son regard est fixé à cinquante ou cent mètres devant lui, comme si cela pouvait les aider à atteindre leur destination. Enfin ils y arrivent, et la rambarde de protection les retient, barrière face à l'abysse, car aujourd'hui Coney Island est un précipice. Les années, les décennies ont nappé le bois, couche après couche, d'une croûte de mucus, de la répugnante couleur d'algues de l'océan et du souffle des flots. Au-delà sont les Titans, pense Caitlin, retrouvant de l'intérêt pour ces choses apprises à l'école dont elle se souvient à moitié. Les mythes, évidemment, mais le mythe n'en est un que tant qu'on n'a pas prouvé sa réalité, et croire n'est qu'une question de conscience, de savoir où l'on met la limite entre ces absolus obstinés du fantasme et de la vérité. En regardant ainsi l'océan qui va et qui vient, enfle, s'agite, toujours vivant, inspire et expire, écrase et brutalise le rivage, puis se retire, pour à nouveau bander ses forces en vue du prochain assaut, elle songe à ces Titans, imagine un regard qui passe sans s'en apercevoir au-dessus d'eux, soit par accident, soit par ignorance, se méprenant sur leurs traits et expressions au point de les confondre avec la marée, scrutant longuement les vagues, l'eau qui réfléchit la lumière et le ciel, sans reconnaître avec précision qui ou ce qu'ils sont.

« Tu rêves ? », demande Michael.

Elle lève les yeux vers lui pour essayer de détecter l'intensité de son expression. Mais elle se trompe sur ce qui attire son attention. Le regard de Michael continue d'explorer le royaume de la mer. Au loin, à l'est, l'eau ressemble à de la tôle ondulée, dont les bords brillent faiblement de l'éclat de l'acier usé, les creux remplis d'ombre.

« Oui, je crois, murmure-t-elle.

— À nous ? »

Elle hésite. « À nous, et à d'autres choses. »

Quelque chose change dans l'expression de son visage. Cela se concentre principalement dans les poches sous ses yeux plissés, si la lumière était différente on pourrait presque croire à une grimace. Mais sous les rafales, il est difficile de rester serein.

« J'imagine que je peux m'en contenter, dit-il. Du moment que je suis inclus dans le lot.

— Tu l'es », assure-t-elle, mais elle se détourne pour ne pas avoir à parler de ce qui est le plus pressant. La fin n'a jamais été aussi proche, mais avec ces quelques heures devant eux, ils disposent d'assez de temps pour faire l'expérience des mots difficiles et des différentes saveurs de l'adieu.

Se délectant des embruns qui poudrent leurs visages, ils regardent de l'autre côté de cette plaine liquide qui s'étend jusqu'à l'horizon et par-delà. Tous ces milliers de kilomètres carrés de surface qui voilent l'infini des profondeurs. Et tous ces secrets. L'océan ressemble à l'espace dans le sens où une grande partie de ce qu'il y a sous la surface n'est que théorie. Il existe parce qu'il doit être là, comme Dieu pour les croyants. Comme le diable, ou la note parfaite, ou l'homme de la lune. Ou l'air. Tout ce qu'il faut, c'est avoir la foi. Science et mythe diffèrent de douzaines de manières féroces, folles, mais ils ont au moins ça en commun. Et six pieds sous terre, là où la lumière du jour ne pénètre plus, où même les vents les plus violents n'ont plus de prise, existe un tout autre monde, régi par un cycle parfaitement ordonné qui consiste à se nourrir, se reproduire, mourir. C'est la vie, mais elle obéit à un tout autre rythme. Dans les profondeurs, le bien et le mal n'existent plus, la terre est la seule divinité qui compte, la seule susceptible de briser la rêverie.

Tout change. Le cancer de Barbara offre de nouvelles possibilités, trop tard. Les belles femmes souvent vieillissent mal, et faire trop d'efforts ne sert qu'à accélérer leur détérioration. Pour d'autres, néanmoins, le problème est celui du renoncement et de la négligence. Michael a dit un jour que c'est la perte de l'enfant qui a muré Barbara dans l'isolement. Avec cette sensibilité à fleur de peau qui était la sienne, la mort de James Matthew l'a mise sur la touche, et elle s'est retrouvée dans une sorte d'état second dont elle n'a jamais réussi à émerger. Même quand elle se trouve dans une pièce, il n'y a guère plus qu'une partie d'elle qui soit présente. Savoir cela et y voir une certaine vérité calme leur culpabilité depuis des décennies. Et même si le cancer brise Barbara tout entière, la transforme en quelque chose de monstrueux, cela n'influera sur elle que de manière superficielle. Si Michael a raison, au fond d'elle-même, elle est déjà depuis longtemps détruite.

Caitlin ferme les yeux, elle voudrait descendre dans cette obscurité qu'elle contrôle davantage. Elle attend la main de Michael, compte les secondes en attendant que ses doigts se referment sur les siens. Elle arrive à cinq, à dix, et comme elle ne sent toujours rien, un soupçon de crainte s'éveille en elle, réactivant toutes sortes de peurs, toutes sortes de choses qui sont là depuis longtemps, et se font de plus en plus pressantes ces derniers temps, des choses qu'elle déteste regarder en face. Et là, à l'instant même où elle va ouvrir les yeux, il prend sa main dans la sienne. La serre doucement, et tout rentre à nouveau dans l'ordre. Sa peau contre la sienne lui redonne de l'assurance, un pouls se remet à battre en profondeur.

Ils restent là, main dans la main, accrochés l'un à l'autre, enchaînés ensemble par ce simple contact, chacun pensant à des choses qui reviennent au même, mais selon des angles différents. Le revers du manteau de Michael claque sous le vent, et bien qu'il la protège de son mieux, une bourrasque s'engouffre sous la robe de Caitlin, et elle doit lutter pour la maintenir contre ses jambes, rassemblant les pans légers du tissu en tenant l'ourlet contre sa cuisse.

« C'est bon, annonce-t-elle enfin l'air vaincue. Je renonce. Allons au lit. »

Michael passe le bras autour de sa taille. Elle ne le regarde pas, ne réagit pas quand il lui embrasse la joue, tout en haut, près de l'œil. Elle veut imaginer qu'il sourit, qu'il est heureux. Ils tournent le dos au panorama de l'océan, à l'énorme ciel bouché, et repartent serrés l'un contre l'autre le long de la jetée, le dos recroquevillé pour soutenir les assauts vicieux du vent.

II.

Limbes

Leur deuxième année de mariage débutait à peine quand Barbara tomba enceinte. Jusque-là tout n'avait été que pur bonheur. Michael travaillait d'arrache-pied, ainsi qu'on le fait à l'âge où la vie vous paraît encore telle une ligne droite. Il était avide de bonnes affaires et de toutes les choses intéressantes qu'il pouvait dénicher, comme cet adorable petit appartement à New Rochelle, le dernier Chevy Nova, propre et suffisamment bien entretenu pour passer pour neuf, avec des rentrées d'argent modérées mais continues qui permettaient de payer les factures sans angoisse.

La voiture était leur plus grand luxe, un vrai boulet financier, mais puisque sa profession l'obligeait à quitter souvent la ville, cela lui permettait d'emporter jusqu'au fin fond du Connecticut ou du Maine les échantillons qu'il n'aurait jamais pu transporter par car, train ou avion, et cela lui donnait la possibilité de conduire toute la nuit pour être de retour à la maison au petit déjeuner au lieu de dormir seul dans un motel pourri. Lorsqu'il avait commencé à travailler chez Jefferson, il avait tenté d'utiliser les transports publics, mais très vite il avait eu des torticolis et le dos raide à force de passer de longues heures loin de son lit confortable. Après leur mariage, ils avaient décidé que ça valait le coup de faire un effort pour s'acheter une voiture, et cet effort consistait en cinq à dix heures supplémentaires par semaine au bureau, arriver tôt ou repartir tard, passer des coups de fil, écluser des montagnes de paperasse, essayer de dégager plus de temps libre pour la vente, ce qui pourrait faire toute la différence. Porter seul toute cette activité supplémentaire n'était pas simple, surtout quand une belle jeune femme vous attendait à la maison, mais même après avoir accompli tout ce qu'il avait à faire, il lui restait encore de l'énergie. Parce qu'il avait vingt-trois ans, et qu'il était taillé pour en voir.

La première année, les journées se bousculaient. La vie était difficile et exaltante, toujours à travailler, courir, attraper les mots au passage, garder le rythme, et n'exister que l'un pour l'autre. Et tard le soir, se serrer sous les draps, pour découvrir que le sommeil ne faisait pas partie de leurs priorités. Tant de choses s'offraient à eux en même temps, le moindre détail était rehaussé, chaque caresse, chaque gémissement, chaque odeur, chaque saveur. L'obscurité agissait tel un cataplasme sur le monde, sublimant sa saveur. Et Barbara avait cette façon de sourire en somnolant, un petit sourire aguicheur qui transformait Michael en ballon n'attendant qu'un petit coup d'aiguille vif et brutal. Jolie, adorable, remplie de ce rire rauque parfait en toute situation, mais qui prend tout son sens lorsque les lumières sont éteintes. La première année fut une marée de petites choses, et la vie consistait à trouver à tout moment le moyen de créer des opportunités. Contacts, stratégies, marchandage, négociations menées jusqu'au point de rupture, en faisant de la lèche de tous les côtés, en promettant la lune et les étoiles, de réduire les chiffres jusqu'à une décimale ou deux au-dessus de la mort absolue, uniquement par bonne volonté, par gentillesse, pour être juste, et souvent par pur et simple désespoir. Entre-temps, dès que possible, quelques instants d'exaltation volés ; jeux de pieds au petit déjeuner, déjeuners pris debout, dîners à se lécher les doigts, bière sirotée à deux, vautrés sur le canapé, complètement cuits et aux trois-quarts brisés, devant un vieux film de fin de soirée qui vous arrache quelques éclats de rire, avec James Stewart, par exemple, ou Cary Grant : charmants, débonnaires, avec leurs sourires d'escrocs, toujours embarqués dans des affaires pas très honnêtes. Ça ou bien les durs, Bogart, Lee Marvin, Mitchum. John Wayne. Ce genre-là. Pas de gros muscles ; assurément. Des hommes qui pouvaient se prendre un coup de pied-de-biche dans les genoux sans que ça les ralentisse, ni les empêche de danser. L'important, ce n'était pas ce qu'ils regardaient, ni quels acteurs, mais le fait qu'ils soient sur un canapé avec une bière – ou du vin, quand c'était ce genre de soirée qu'ils désiraient – ensemble. Lumières baissées, Barbara aimait s'asseoir, ses jambes nues repliées sous elle, ou alors étendues sur celles de Michael. Il regardait l'écran, la prenait à son propre jeu en feignant de ne pas s'intéresser à elle mais uniquement à l'histoire qui se déroulait sous ses yeux, cela durait vingt à trente minutes, puis d'elles-mêmes, ses mains se mettaient en mouvement, ne pouvant résister à la tentation de caresser ses mollets, ses pieds, ses chevilles, et enfin, incapable de se retenir, tout le reste de son corps.

Et puis, au bout d'environ quatorze mois, sans qu'ils y aient jamais pensé, la grande nouvelle leur tomba dessus. Ce qui jusqu'ici leur avait paru le comble du bonheur leur sembla soudain bien pâle. Ce fut soudain un état de pure exaltation, comme un banquet après le jeûne, la première lueur après une vie de ténèbres. Enceinte. Ce simple mot les laissait pantois. De la joie, Michael et Barbara passèrent tous les deux à quelque chose qui était proche de l'extase. Tout leur souriait. Tout.

L'enfant naquit à la fin novembre, le 27, quelques minutes après que l'aube la plus frêle se fut diffusée dans le ciel menaçant. Un garçon, James Matthew, deux kilos quatre. Il était né dix-neuf jours avant le terme, mais cette légère prématurité n'était qu'un détail technique et personne ne s'en souciait vraiment. Un garçon, un fils, un peu timide dans ses mouvements, peut-être, mais bon, il fallait s'y attendre. Avec le temps, ça viendrait.

Une lumière s'était allumée quelque part, un éclat subtil qui révélait des limites jamais observées auparavant, qui rajustait les couleurs et leur donnait une nouvelle force. Michael ne pouvait s'empêcher de sourire. Au bout d'un moment, il en eut mal au visage, pourtant son expression ne changea pas, d'ailleurs il ne le voulait pas. Il souriait et hochait abondamment la tête, émerveillé devant tout cela. Terrassée de soulagement, Barbara souriait également. Aussi parfait que des pièces au fond d'un puits, disait-elle, chacune de ses profondes inspirations marinant dans ce rire qui exerçait à peu près les mêmes fonctions que les larmes. Parfait comme les arcs-en-ciel, comme des baisers dans le cou, et la bonne *country music*, avant que les faux cow-boys en toc s'en mêlent, parfait dans cette confortable position où l'on se retrouve parfois quand l'étreinte est sublime, devient fusionnelle, et arrête le temps.

Plus tard, lorsque Barbara rentra à la maison pour se reposer alors que tout semblait encore parfaitement normal, ils passaient leurs nuits allongés, comptant les minutes et les heures jusqu'au moment où ils pourraient raisonnablement retourner à l'hôpital pour être là où ils devaient être. Pour eux, la vie était devenue très simple, elle consistait à arpenter les couloirs, ou à rester assis près de l'incubateur à s'émerveiller, admirer, prier pour le miracle devenu réalité, étudiant la manière dont ses doigts minuscules remuaient, dont ses lèvres bougeaient, dont son ventre montait et descendait, les courbes et les aplats couleur mastic de ce petit corps presque immobile dans son abri de verre, sous les lampes anti-jaunisse. Au lit, pour compenser la pièce manquante, ils demeuraient collés l'un contre l'autre, si bien qu'ils ne bougeaient plus, de toute façon ils étaient trop fatigués, et plutôt que de bouger, ils soupiraient, souriaient, murmuraient, chacun son tour partageant la longue liste des choses parfaites qui, malgré tout, étaient à des années-lumière de la perfection cristalline qu'ils avaient réussi à créer, par hasard ou alchimie.

Avec les années, une journée normale pour Michael consistait à convaincre ses contacts de dépenser un dollar de plus qu'ils ne l'auraient voulu, mais pas davantage, il ne s'agissait pas de vider leur coffre-fort, mais de résister à l'argent facile, préférant un flux continu qui s'accumule selon la méthode du goutte-à-goutte. Ce genre de transactions menées dans la douceur aboutissait à des affaires saines, qui se concluaient avec un petit frisson de satisfaction, toutefois, il savait que malgré tout, ce n'était que du travail, pas la vie, et que ce qu'il y avait de plus précieux dans ses journées résidait dans les moments de calme, lorsqu'il conduisait, par exemple, qu'il se prenait un bon café, ou était allongé, éveillé dans son lit, absorbant les innombrables beautés de sa femme assoupie. Alors il avait le temps d'évaluer ce que pesait le monde et la place qu'il y tenait, le temps de réfléchir et de méditer. Dans ces moments, il songeait à des choses plus profondes, et se demandait si l'existence avait ou non un sens, s'il existait un dessein, un destin, ou si l'univers n'était que le fruit du hasard, d'une carte retournée. Il s'agissait moins de trouver des réponses que d'exercer les muscles de son cerveau et de sonder les désirs de son cœur. Certains naissent pragmatiques ;

d'autres, les rêveurs de ce monde, ont besoin de ressentir un certain effroi, de même que les plantes ont besoin du soleil. Il tournait et retournait ces questions dans sa tête, s'en délectait, et il était heureux.

Aboutir à un équilibre entre le travail, l'amour et la rêverie avait été assez facile, mais en un seul battement de cœur, il avait chaviré. Les mots s'étaient faits chair et le jeu tout entier avait acquis un intérêt nouveau, plus intense. Tout ce qui comptait, c'était James Matthew. À partir de ce 27 novembre, dès que son fils poussa son premier cri, l'univers et tout ce qu'il contenait se resserra comme un poing autour de Michael, se distillant pour créer une population de trois personnes, en plus de quelques assistants périphériques. Le monde se résuma alors à un lit double d'occasion dans un petit appartement en ville, joliment situé, et au service de néonatologie d'une maternité à l'éclairage en permanence tamisé, dans un hôpital encombré de machines. Entre les deux – tout ce qui pouvait exister : les kilomètres de rue, le train bondé, le temps –, il n'y avait rien, qu'un espace vide, un néant traversé à toute vitesse. Au lit, dans l'obscurité, Barbara et lui se chuchotaient leurs rêves, le jour ils attendaient en espérant que tout se passerait bien et en priant pour conjurer le pire.

Enfin, ce qui était probablement inévitable, un jour, il manqua un battement à leurs prières, et cela suffit pour renverser leur équilibre précaire. Mettez cela sur le compte de la fatigue, de la complaisance, d'une malveillance en éveil qui aimait distiller l'espoir pour mieux l'étouffer ensuite. En jouant avec eux, en acceptant leurs prières, en laissant filer l'histoire à la manière d'une blague qui va forcément mal se terminer, tout en les poussant, encore et encore, jusqu'à ce qu'il ne soit plus possible de faire un pas en avant. À la mi-mars, tout était terminé. Quatorze semaines de folie, sens dessus dessous. Le pire d'une certaine manière, c'est qu'ils apprirent la nouvelle en arrivant à l'hôpital. Environ une heure plus tard que d'habitude, car l'épuisement les faisait traîner, ce minuscule instant de délicieux confort où par accident on n'arrive pas à se lever, on donne un bon coup pour arrêter le réveil et gagner cinq minutes, juste cinq minutes, qui se transforment en une demi-heure, en trois quarts d'heure. Ils se réveillèrent en proie à la panique, sautèrent le petit déjeuner, s'habillèrent à toute vitesse, et choisirent sans réfléchir de prendre la voiture plutôt que le métro, comme ils le faisaient d'habitude aux heures de pointe. Croyant qu'ils pouvaient rattraper le temps perdu, sans rien comprendre au fonctionnement réel de ces choses. Ils en ressortirent tremblants de colère et de peur, mais toujours aussi peu préparés. Une heure avait fait toute la différence.

Soudain, ils tombèrent. La chute fut pathétique, impossible à arrêter.

« Passez à autre chose », leur dit-on lorsque les premiers feux du deuil commencèrent à pâlir. Les gens sont conditionnés à accepter la douleur dans certaines proportions, parce qu'ils veulent témoigner de la compréhension, ou au moins montrer qu'ils éprouvent de la compassion. Mais cette tolérance n'est pas perpétuelle. Quelques jours, c'était bien, une semaine, ça allait, peut-être un peu plus, mais après, on se heurtait aux règles strictes de la limite. L'amitié offerte était authentique, mais à mesure que la patience diminuait, chose inévitable, cette amitié montrait des faiblesses. Et tout le monde avait sa théorie sur ce qu'il s'était passé. Les médecins, les infirmières, et même les proches. Tous faisaient attention à ne pas élever la voix, à demeurer graves. Mais chacun à sa manière mettait en avant des éléments pragmatiques. C'était arrivé, et c'était tragique, évidemment, le pire du pire, néanmoins, cela n'avait pas réussi à arrêter le temps. Le monde était toujours le même. La conclusion était claire : laissez-le reposer en paix et éloignez-vous. Passez à autre chose.

Ils étaient tous persuadés de dire les choses les plus sensées du monde, mais ils pouvaient seulement s'exprimer ainsi parce que James Matthew n'était rien pour eux, enfin pas vraiment. Un instant de chagrin passager, qui concernait peu l'être véritable, celui qui respirait, était fait de chair et de sang, un être corps et âme, mais surtout les possibles esquissés, si cruellement effacés. Ils ressentaient une perte, ils avaient le cœur brisé, mais ils ne le comprenaient pas vraiment parce que cela n'avait pas d'influence directe sur leurs vies. Ils pouvaient toujours rentrer chez eux le soir et fermer les yeux sans se tourmenter en se rappelant le petit garçon sous le dôme de verre Perspex de son incubateur, prisonnier minuscule sous une grille de lumière, jaune à cause d'un foie qu'il fallait sans cesse faire redémarrer, un tube dans le nez, et d'autres enfoncés dans les veines des poignets, et certains points stratégiques au ventre, à la poitrine, et à l'aine.

« Passez à autre chose », c'était le mantra implicite, répété de mille manières qui revenaient toutes à la solution de facilité, on l'adressait à Michael et Barbara pas seulement lorsqu'ils étaient ensemble et pouvaient s'appuyer l'un sur l'autre, mais aussi quand ils étaient seuls. Pour les confronter l'un à l'autre et profiter de leur vulnérabilité, de leur impuissance, afin de leur faire passer le message. Et on attendait de ce jeune couple en deuil qu'il acquiesce, essaie de sourire, alors même qu'à l'intérieur, ils n'étaient que fontaines de sang. Le monde autour d'eux était la proie des flammes, leur devoir était donc de se blinder contre les assauts de la douleur et de murmurer qu'ils comprenaient. Il leur fallait mentir, à eux-mêmes, à tout le monde, et continuer, jusqu'à ce que le mensonge devienne vérité.

Les semaines qui suivirent le décès du bébé auraient pu représenter aussi bien un nouveau départ qu'une fin, une transition entre deux périodes de la vie, une progression naturelle et autres conneries. Mais au lieu de faire front et de mener une guerre pour se guérir, Barbara et Michael abandonnèrent, de manière abjecte et sans un gémissement. Ils avaient perdu leur combat, ils étaient épuisés. Ce qui suivit, en fait, ce fut un temps mort, à peu près comme ce qui avait immédiatement précédé. Plus encore même, parce que la période précédente, ces mois passés assis sur le bord d'une chaise dans une petite chambre stérile, encerclés de toute part par d'innombrables mais nécessaires moniteurs et machines aux écrans scintillants accompagnés de petits bruits, les avait confortés dans leurs illusions en leur laissant croire qu'il pouvait y avoir un espoir. Et même plus tard, quand tous ces espoirs s'étaient éteints, cela leur permettait encore de s'abuser, leur donnait des moyens de se réconforter, en se racontant des mensonges purs et simples, mais tout à fait honorables. Hélas, ce vide soudain n'offrait aucun soutien, pas même le secours d'une tromperie grossière. Dans les semaines qui suivirent la mort de leur enfant, leurs amarres furent rompues, et ils se mirent à dériver, jusqu'à ce qu'ils retrouvent le chemin du rivage, ou qu'ils passent par-dessus bord et se laissent sombrer.

L'une des choses les plus difficiles à accepter, ce fut combien la fin s'était avérée terre à terre. Des excuses murmurées, après qu'on eut débranché une prise. Seigneur. C'était comme éteindre la lumière. Aussi radical. Si l'on avait insisté, Michael aurait admis que oui, c'était définitif, mais correctement mené, jusqu'à un certain point, même s'il y avait là quelque chose de trop calculé, à croire que l'hôpital se contentait de suivre sa décision, leur décision à lui et Barbara, comme si eux, les parents terrassés, avaient eu le moindre choix, la moindre influence en la matière. Enfin, à un moment donné de leur parcours, au cours d'une de ces heures indues dans la masse des semaines, des mois, on l'avait pris à part et on lui avait demandé de signer un formulaire parmi d'autres. Rien d'inquiétant ; une procédure de renoncement, une formalité dans ce genre de situation, car si les chiffres suggéraient que dans 99 % des cas, tout se terminait bien, le simple fait qu'il puisse exister la plus minuscule possibilité d'un échec signifiait que les médecins devaient en permanence être sur le qui-vive, et prêts à agir vite. Signer ce formulaire permettait de couvrir tout le monde et leur laisserait les mains libres si jamais quelque chose venait à changer. Et si tel et tel faits se produisaient, il serait possible de tenter tout ce qui était médicalement nécessaire, établir un diagnostic basé sur leurs décennies d'expérience et d'expertise. Ils parlaient de cas extrêmes, évidemment, car si jamais cela arrivait, chaque seconde serait critique. Agir rapidement deviendrait décisif, cela pouvait faire la différence entre miracle et tragédie. Michael avait considéré le formulaire et s'était laissé convaincre par les deux médecins, pourtant il ne pouvait se résoudre à tenter de comprendre. Signer, voilà tout ce qu'il put faire en fin de compte. Assis dans un fauteuil en cuir rembourré gardant encore la chaleur de son occupant précédent, il hocha la tête, émit quelques sons du plus profond de sa transe, et enfin prit le stylo qu'on lui tendait pour apposer sa signature à côté d'un petit x. Les médecins le regardèrent, penchés de part et d'autre, le plus vieux lui désigna de son long index fin où il devait aussi parapher, et puis la case à cocher. Aucun des deux n'avait pris le soin de l'informer que dans le fond, ce qu'il signait, c'était l'arrêt de mort de son fils unique.

Nul ne souhaite qu'un enfant souffre, pas plus qu'on ne souhaite qu'un enfant meure. Mais jusqu'où peut-on repousser les limites sans que la définition de l'éthique et de la morale s'inverse ? La réponse apparut à Michael et Barbara d'une voix parfaitement claire et cette interprétation fut telle une morsure. Quand rien ne fonctionne plus sans l'aide des machines, quand même la plus infime possibilité de guérison a été explorée et abandonnée, quand la fin devient l'unique façon de soulager une douleur insupportable et que la seule option humaine encore disponible est de laisser le corps s'épuiser. Flotter dans un faible bruit, guère plus qu'un murmure, dont la certitude de l'existence est ténue, c'était une réponse, mais qui hélas n'expliquait pas comment l'on devait accueillir l'instant réel de la fin. Combien de temps fallait-il pour s'apercevoir que le cœur était mort, et quelle signification devait-on en retirer ? Car même à travers le dernier battement, il était impossible de sentir le néant. Car le fait de voir la vie exister, puis, en un claquement de doigts, s'éteindre, ressemblait non seulement à de la mauvaise magie, mais à quelque chose d'infiniment pire, puisque même avec la magie la plus noire, les choses n'étaient pas forcément définitives. Tout le monde avait son mot à dire, des conseils à donner, pour rassurer, mais comment auraient-ils pu savoir ce qu'ils ressentaient à moins de l'avoir vu de près, à moins d'avoir ressenti la pierre et la puanteur terreuse du dernier souffle de l'autre sur leurs lèvres, leur langue ? Il n'y a pas de mots pour ça, et sans doute rien à faire, ni sur le moment ni après, non il n'y a rien à faire, à part rester là en essayant de ne pas faire la grimace et, bordel, de ne pas hurler.

Vers l'âge de sept ou huit ans, Michael eut la chance de voir comment on soufflait le verre. Un oncle de son père travaillait à la cristallerie de Waterford et, après lui avoir assuré que le spectacle en valait vraiment la peine, il s'était arrangé pour l'emmener visiter la manufacture. Michael était excité à l'idée de s'évader d'Inishbofin, de prendre le ferry pour faire la traversée, puis le car qui traversait le pays depuis Galway, de voir au passage des villes et des villages, et de passer une ou deux nuits sur une autre côte, dans une maison inconnue avec des gens qui n'avaient avec lui que des liens de sang. Il ne s'était pas posé de question sur cette bonne fortune, car à son âge, le verre, c'était du verre, une substance qui se contentait d'être là, et n'avait rien de mystique. Aussi n'était-il absolument pas préparé au processus qu'il allait découvrir, ce gonflement, cet allongement d'énormes bulles brûlantes, cette espèce de souplesse élastique mettant sans vergogne la gravité au défi d'innombrables manières. Que son esprit puisse comparer ce jour-là avec celui où il se retrouva dans une chambre d'hôpital à regarder à travers une paroi de verre son petit bébé s'en aller lentement mais sûrement vers une mort absolument imméritée, paraissait au premier abord aussi stupéfiant qu'incompréhensible. Observer, attendre, et même s'y attendre honteusement à partir d'un certain stade, tout en se sentant ballotté à l'intérieur par les conséquences, en éprouvant encore l'aspiration sauvage et vide de son implosion quand l'inévitable s'était enfin produit.

La logique paraissait ne jouer aucun rôle dans cette association ; la chose ressemblait même plutôt à un coup de feu tiré à l'aveugle dans la nuit, une balle qui fuse d'un point à un autre, quel qu'il soit, dans une direction vague, sans intention réelle. Deux pensées, deux expériences tenues dans l'étau des années, menant à des positions opposées sur le spectre émotionnel, qui réussissent à se fondre en une alliance clandestine grâce au crachotement des parasites pour décupler leurs énergies dans une sorte d'être commun. Lorsqu'il y pensa, à l'époque des faits et dans les années qui suivirent, lorsqu'il essaya de comprendre les choses selon différentes perspectives, il finit par trouver au cœur de ces deux expériences une même sensation d'effroi partagé, d'émerveillement terrifié, pétrifié. Souffler du verre était un tel défi pour son système de croyance, observer un homme qui en injectant de l'air donnait forme à une substance qui pourtant semblait rigide sur le plan moléculaire. Même pour un esprit aussi jeune que le sien, cela défiait les lois de la physique. Et puis, avec une accélération prodigieuse de plus ou moins quinze ans, être forcé de supporter cette chambre d'hôpital qui était la réalité de la vie, la mort, et tout ce qu'il y avait entre les deux, un moment particulier mais néanmoins très anonyme parmi des milliers, des centaines de milliers, compressés pour former une couche de verre qui ne bougeait absolument pas, et qui ne pouvait pas même octroyer un millimètre de soulagement. Là était peut-être le lien, une étincelle de subconscient qui chantait avec précision la note juste, la chanson juste, la juste lamentation, tandis que son souffle virait au brouillard sous ses yeux. Et au-delà, dans cet espace réservé aux cas désespérés qui refusaient d'accepter le verdict, le corps minuscule et précieux de ce petit garçon, James Matthew, nu, la peau jaune, enrubanné de tubes. À peine existait-il. Ce visage, même tendu par les accès de douleur, ce nez précis, semblable à celui de Barbara, ces yeux toujours fermés, ce menton qui à l'occasion se relevait ; et toute la chair de Michael, leurs chairs mêlées à lui et Barbara, leur miracle à eux, vivant mais intouchable, vivant essentiellement parce qu'une machine l'affirmait, et que c'était elle qui décidait. Et mort, à la fin, pour exactement les mêmes raisons.

Il dut se demander où était la main du Sauveur dans toute cette histoire. Barbara et lui s'étaient montrés confiants, obéissants, et de bonne foi ils s'étaient laissé emmener jusqu'à des hauteurs impossibles, s'étaient rués aveuglément vers un véritable pinacle de satisfaction. Et puis, au moment où ils s'y attendaient le moins : le précipice, et au-delà, la chute, suivie d'un impact qui brisa tout en eux. Était-ce là l'œuvre du Tout-Puissant ? Dans ce cas, qu'est-ce qui le distinguait du démon ?

Pendant quatorze semaines, ils formèrent une famille. Malgré les murs qui les séparaient, des liens s'étaient tissés. Et pendant tout ce temps, il y eut peu de changement. Les jours se suivaient, ils demeuraient assis à regarder, à patienter, tentant de ne pas trop s'inquiéter car le pronostic était bon, de gentils sourires venaient les rassurer à intervalles réguliers. Certains jours, une lueur d'espoir, les moniteurs affichaient de meilleurs chiffres, la température restait stable naturellement, mais pas de changement visible, rien qui puisse interrompre l'attente. Et vivre ainsi, à un seuil de vigilance aussi élevé, ne laissait indemne ni l'âme ni le corps, à la façon dont le vent érode la roche. Rares sont les vies vécues dans une concentration aussi intense, et rares sont ceux qui peuvent le supporter si longtemps. Pour certains, quelques heures sont déjà trop. Michael et Barbara, des semaines durant, se postèrent derrière la vitre, parfois à tour de rôle, le plus souvent ensemble. Arrivés au troisième mois, ils étaient au-delà du déni. Les promesses et l'insistance avaient ralenti avant de disparaître, ne laissant que de sombres pensées ourler le silence. Ils restaient derrière la vitre car ils n'avaient nulle part où aller, et ils gardaient les yeux fixés jusqu'à ce qu'ils battent au cœur de leurs orbites, que leurs esprits s'enflamment dans un chaos liquide de culpabilité, de soulagement, de terreur, du chagrin le plus profond et le plus amer. Souvent Barbara devait courir aux toilettes pour vomir, et au bout d'un moment, ils prirent l'habitude d'avoir sur eux une petite flasque de whiskey, pour aider à supporter l'affreuse machine à café instantané, mais aussi pour se redonner un peu de cœur au ventre.

Se relayer ainsi, surtout vers la fin, déclencha une sorte d'hypnose visuelle, répétition sans fin du néant. C'était le stade supérieur, où l'on quittait l'état d'impuissance pour entrer dans le royaume désolé qui se trouvait au-delà. Et quand l'ultime espoir qui subsistait commença de se fissurer, Michael apprit à vivre sa vie dans l'infime, reprenant courage à chaque nouvelle inspiration du nourrisson, certain, à ce niveau où les nerfs affectent physiquement les tissus, que cette inhalation était en quelque sorte différente des précédentes, et qu'elle devait par conséquent être la dernière.

Une partie du problème venait du fait que rien dans leur environnement ne changeait. Tout ce qu'ils pouvaient faire, c'était se tenir dans une position particulière, les épaules rentrées, le corps raidi dans l'anticipation de la chute, d'un mouvement, n'importe quoi en dehors d'un simple souffle manqué. Rien d'autre n'avait d'importance, ni le travail, ni la maison, ni la ville grouillante à Noël, au Nouvel An, les toits givrés, semés de flocons, les rues où s'engouffraient les bourrasques du vent du nord. Debout dans cette pièce faiblement éclairée, vivant instant par instant, redoutant eux-mêmes de respirer lorsque tout se dégonflait pour s'arrêter dans le silence. Puis attendre la fin de ce silence, déchirés par à peu près tous les sentiments imaginables, jusqu'à ce que, enfin, le petit paquet de chair devant eux se gonfle à nouveau, ses petits poumons se gorgeant héroïquement d'air, et que le cycle recommence.

Barbara refusait d'abandonner. Le déni était sa drogue et elle le célébrait à la manière dont un naufragé du désert glorifie une oasis. Lors d'un débarquement militaire, il y a ceux qui se mettent à courir, à courir, et ceux dont le seul instinct les pousse à creuser. L'état de James Matthew, qui avait semble-t-il été bon pendant un très long moment, avait suivi avec lenteur un virage à 180 degrés pour devenir plat comme une plainte. Les mêmes médecins qui quelque temps plus tôt assuraient que tout irait bien et faisaient taire toute inquiétude, à présent venaient jour après jour, nuit après nuit s'exprimer à voix basse, surpris que la situation ait perduré si longtemps. Ils suivaient le regard de Michael à travers le verre, disant que même si cette lutte – ce courage, pouvait-on dire – était en tout point admirable, elle était aussi d'un point de vue médical tout à fait regrettable. Car l'espoir était une chose, mais l'état de santé du bébé s'était détérioré à tel point qu'aucune amélioration n'était plus possible. La fin, pour dire les choses crûment, était inévitable, et toute cette résistance ne servait qu'à prolonger la souffrance. Ces condoléances, qui ressemblaient à une leçon apprise, n'étaient pas tout à fait des excuses, ni un constat de leur échec, mais une partie supplémentaire du processus, une case cochée en plus, un devoir accompli. Et Michael et Barbara faisaient ce que tout le monde aurait fait, même en n'ayant enduré qu'un fragment de leur douleur. Ils écoutaient, chacun leur tour ils serraient les mains qu'on leur tendait, hochaient la tête dans les moments de blanc pour montrer qu'ils comprenaient. Leur expression hébétée entretenait l'illusion qu'ils parvenaient à se protéger dans une certaine mesure, ce qui laissait croire qu'ils parviendraient peut-être à s'en tirer sans trop souffrir des dommages collatéraux.

Mais une fois seuls, leurs défenses tombaient, et il n'y avait plus que la douleur. Michael s'en protégeait derrière un bouclier de silence et se tenait à l'écart du monde, derrière un mur impénétrable, quant à Barbara, elle portait son désespoir ouvertement, tel un désir insensé. Des projets d'avenir, qui et que deviendrait leur petit garçon, quel genre de fille il épouserait, de quelle manière prodigieuse il leur donnerait un petit-enfant. Comment il rendrait parfaite leur famille, leur vie, lorsque tout cela serait derrière eux. Michael baissait la tête, mais il ne savait ni quoi faire ni quoi dire. Alors il se taisait. Et puis, un après-midi où il rapportait des sandwiches au pastrami et à la moutarde achetés dans une sandwicherie du coin, il la trouva perchée sur le rebord d'un mur, au-delà de l'hystérie.

Les larmes brouillaient sa vision si bien que quand il lui parla, quand il lui demanda ce qui n'allait pas, elle se mit à pianoter sur sa poitrine, ses épaules, remontant jusqu'à sa mâchoire. Il lui fallut une bonne minute avant de pouvoir répondre, et il dut supporter cette minute : jamais il n'avait eu aussi peur de sa vie. Même cette fois à Buffalo où deux hommes l'avaient menacé au couteau, un blanc, l'autre latino, tous deux suant l'héroïne par tous les pores. Des mecs en manque, nerveux, peureux, qui, même après qu'il eut donné son portefeuille, continuèrent de brandir un couteau à steak au manche en bois, avec une lame crénelée de près de quinze centimètres. C'était une grosse perte, pas seulement parce qu'il avait un mois de loyer en liquide sur lui, ce qui devait faire l'équivalent d'une douzaine de doses pour eux s'ils savaient s'approvisionner au bon endroit, mais aussi parce qu'il y avait dedans une photo de Barbara prise lors de leur premier rendez-vous, à dix-neuf ans, belle, fraîche, jeune et souriante, irradiant toute la vie qui lui restait à vivre. Le latino avait des yeux comme des petits trous, et un tatouage grossier de style indien sortant du col de sa chemise, remontant le long du cou jusque sur la joue, les flammes de l'enfer se métamorphosant en un serpent démoniaque à plusieurs têtes, et c'est lui qui avait mis la pointe du couteau sous le menton de Michael, là où la chair était molle, appuyant jusqu'à lui faire mal, jusqu'à ce qu'un peu de sang s'écoule, en quantité suffisante cependant pour rendre l'agression plus grave encore. Il se contentait de le dévisager, serrant les dents, tandis que l'autre, crâne rasé, le visage d'une blancheur de lait, en dehors du hâle brumeux d'une barbe de quelques jours, sautait d'avant en arrière, d'un pied sur l'autre, en hurlant joyeusement à son compère de le faire, de lui couper la langue à travers la gorge. Commence par la langue. À cet instant, Michael sentit sur lui l'ombre de la mort, elle avait une masse physique, et tout ce qu'il put faire, ce fut fermer les yeux, pour essayer d'éradiquer toute pensée consciente, tandis que sa bouche ne cessait de répéter encore et encore qu'ils n'avaient qu'à prendre son portefeuille, continuant alors même que le portefeuille n'était plus là, faisant la grimace quand la pointe du couteau lui transperça la peau et fit couler le sang, grimaçant de plus belle lorsque ses agresseurs parlèrent de le violer, de l'emmener dans la ruelle, par terre, dans la merde et la pisse, lui, avec son beau costume, putain, pour lui creuser un tunnel. Et là, dans les secondes qui suivirent, après qu'ils eurent fichu le camp, il eut cette image en tête, la compréhension absolue de la manière dont ça allait se passer, comment ils l'obligeraient à aller dans la ruelle, comment ils s'en prendraient à lui, tour à tour, non parce qu'ils en avaient envie, mais juste parce qu'ils le pouvaient, et après avoir accompli leur forfait, comment ils prendraient le couteau et lui criblerait la poitrine et le ventre, oui, lui déchireraient la gorge, l'un des deux l'attrapant par les cheveux, tandis que l'autre traçait une belle courbe d'une oreille à l'autre d'un coup de lame. Même après qu'ils eurent fichu le camp en courant comme des dératés, hurlant de rire dans la nuit, la sensation de mort demeura en lui. Parfois il doutait même que cette sensation l'ait jamais quitté. Jusqu'à ce que l'état de James Matthew empire, c'était de très loin le pire moment de sa vie. Mais même si cela avait été un supplice de bout en bout, le simple fait qu'il ne soit pas mort changeait tout, car que ce soit la chance ou son attitude, il s'en était sorti, certes traumatisé, les poches vides, mais le cul et le cœur intacts. Cependant, la terreur qu'il éprouva cet après-midi-là, à l'hôpital, en voyant Barbara lutter pour fixer son regard, pour respirer, pour parler et s'expliquer, ce fut encore pire, un moment à jamais indépassable.

Elle avait réfléchi, dit-elle, quand ses mots devinrent enfin intelligibles. Elle avait fait son autocritique. Au sujet du rôle qu'elle avait joué dans tout cela, ce qu'elle avait fait pour causer peut-être cet état, ce qu'elle aurait pu faire différemment. Elle avait bu un verre, plus d'un même. Et pas qu'une fois. Avant d'être certaine qu'elle était enceinte, bien sûr, mais l'ignorance n'excusait rien. Et même lorsqu'elle l'avait su, ça lui arrivait une fois de temps en temps le soir de prendre un verre de vin, au dîner, ou devant chez Carson. Et si c'était le vin ? Et puis il y avait ce matin où elle avait ressenti une douleur soudaine alors qu'elle faisait les courses, mais n'y avait pas prêté attention, songeant juste que c'était la fatigue, ou quelque chose qu'elle avait mangé ? Et si c'était autre chose qu'elle avait fait, qu'ils avaient fait, et qui changeait tout ? Comme par exemple certaines positions sexuelles ?

Michael avait beau essayer de comprendre, ses paroles n'avaient aucun sens. Les sanglots bientôt étouffèrent sa voix, la mirent dans tous ses états, pourtant elle poursuivit, et il continua de l'écouter, se demandant tout du long s'il n'avait pas raté un détail critique qui aurait permis de tout éclairer. Il comprit seulement peu à peu qu'elle s'égarait, qu'elle s'était enlisée dans un fantasme d'autoflagellation émotionnelle. Cherchant désespérément à faire porter le blâme à quelqu'un, elle s'avérait la plus simple des cibles.

« Ça arrive, ce genre de chose », disait-il en l'attirant à lui. Il ne le pensait pas vraiment, n'y croyait même pas vraiment, mais il voulait malgré tout essayer. Derrière la paroi de verre gisait la minuscule forme inconsciente de leur enfant, et leur lien avec lui était de plus en plus ténu. Un jour proche, tout l'espace serait désert. La peur qui avait envahi Michael et qui l'étouffait se dissipa tout à coup, laissant derrière elle un désespoir profond, mortifère. « Ce n'est pas ta faute, Barbara. Ce n'est la faute de personne. Un verre de vin ne peut pas être responsable de tout ça. C'est une catastrophe, je sais, mais nous devons nous relever. Nous devons être forts. »

Sa voix avait perdu une grande partie de sa vigueur, et il se rattrapait comme il pouvait. Barbara appuya le front contre sa poitrine et pleura, puis, au bout d'un moment, les larmes diminuèrent, elle leva les yeux vers lui, hocha la tête pour lui dire qu'elle se sentait mieux, qu'elle avait juste eu un moment d'égarement, qu'elle avait craqué. Il la regarda, à la recherche d'indices, et pour détourner son attention, elle sourit et leva la tête pour l'embrasser. Il se rappela, longtemps après, la sensation exacte de sa bouche contre la sienne à ce moment. Avide de contact, se pressant contre la sienne. Il sentit ses propres lèvres repoussées contre ses dents d'une manière qui n'était guère plaisante, mais pas douloureuse non plus, juste intense. Ensuite, sa chaleur qui l'envahissait lorsqu'elle s'était mise à respirer. Même après s'être écartée, la sensation était restée. Elle sourit et il lui sourit à son tour, adoptant sans concertation la même expression de tristesse, puis ils s'assirent sur les deux chaises en plastique rose posées côte à côte, et mangèrent lentement leurs sandwiches.

Elle avait besoin de s'exprimer. Michael le comprenait, et même si sur le moment c'était effrayant, il apprit à le supporter, sachant que cela passait vite et qu'elle redeviendrait à nouveau elle-même tôt ou tard. Peut-être y avait-il quelque chose de sain dans tout cela, même si parfois ses délires semblaient vraiment échapper à tout contrôle. Comme cette nuit où elle somnolait, assise, s'était brusquement éveillée et pendant une demi-heure avait pleurniché sur la faible éventualité que leur petit garçon soit gay. À croire qu'il s'agissait de son principal souci du moment. Non, elle ne pleurait pas sur son homosexualité potentielle, expliqua-t-elle quand elle fut en mesure de le faire, mais elle se sentait coupable d'entretenir ce genre d'attentes, elle était égoïste. Ne serait-il pas suffisant qu'il soit dans leur vie, heureux et en bonne santé ? Qu'est-ce que cela pouvait bien faire qu'il soit gay ? C'était le devoir des parents de soutenir leur enfant, de le nourrir, de prendre soin de lui et de le rassurer. Le reste du monde le jugerait assez vite sans qu'elle ajoute à sa peine. Alors pourquoi souhaitait-elle déjà qu'il lui donne des petits-enfants, pourquoi lui coller des étiquettes, le ranger dans des cases où, en toute honnêteté, il n'aimerait ou ne pourrait peut-être pas se reconnaître ? Dans de tels moments, son esprit voyait le monde complètement sens dessus dessous, et elle partait dans des labyrinthes aux murs en miroir, dédales dignes des fêtes foraines, où tout possédait plus d'une face, où rien n'était ce qu'il paraissait être. Quand elle était ainsi, Michael pouvait seulement faire le dos rond et attendre que ça passe.

Mais chacun gère les crises à sa façon. Ces petites explosions permettaient à Barbara d'exercer un certain contrôle sur la situation, même si elles ne pouvaient en changer l'issue. Et la plupart du temps, c'était elle la plus forte. Ses moments de faiblesse étaient des anomalies dans un environnement stable par ailleurs, voilà sans doute pourquoi elle était si prompte à les laisser éclater, et avec tant de vigueur. Michael, lui, suivait une voie différente. Il supportait les choses en les réprimant. Son corps fonctionnait toujours à peu près normalement, mais plus il passait de temps à l'hôpital, plus il voyait les choses avec distance. À l'intérieur, il était dévasté, mais il n'était pas du genre à pleurer. Au bout d'un moment, une nouvelle expression de vide total se lisait sur son visage. Il sentait ses muscles se transformer, descendre sur les os de son visage, s'installer dans cette position, mâchoires serrées, en permanence. Le manque de sommeil était en grande partie responsable, mais pas totalement. C'était autant cet état de veille lorsqu'il était de surveillance, et plus encore depuis que l'espoir commençait à décliner. C'était un mécanisme de survie, tout se figeait, car le corps anticipait le coup à venir et s'armait pour l'encaisser. Ni cette technique ni celle de Barbara n'étaient idéales sur le plan psychologique, mais bon, l'instinct ne suit pas les règles des manuels.

Leur univers devint un couloir, ils passaient de longues heures devant la vitre, penchés pour essayer de suivre les mouvements de leur petit garçon, le faible gonflement de sa poitrine à chaque minuscule inspiration, chaque goulée d'air stérile et purifié, puis le soupir imaginaire accompagnant l'inévitable expiration. Observer son souffle, en se disant chaque fois que ce serait le dernier, au moins jusqu'à ce que le néant bouge à nouveau.

Michael s'autorisait peu d'optimisme, et il se demandait par moments si James Matthew ou Dieu lui-même le haïraient d'avoir si facilement renoncé, si sa conspiration passive serait considérée comme un acte de trahison de la règle la plus stricte de Dieu, c'est-à-dire que la vie est sacrée. Le simple fait d'être là signifiait-il que son âme s'abandonnait à la résignation ? Car il savait s'exprimer. Bon sang, il était commercial, il avait les outils, les armes. Parler, c'était son métier. Il n'était pas d'accord avec ce qui avait été fait, pourtant il s'était retenu d'exprimer toute objection, d'insister pour qu'ils fassent vraiment quelque chose, ces médecins, ces infirmières, qu'ils tentent le tout pour le tout, rien à foutre des théories, des scénarios, des issues envisagées, qu'ils continuent à le maintenir en vie, à le mettre sous perfusion, à stimuler ses poumons, son foie, ses reins pour lui insuffler un semblant de vie. Mais au lieu de prendre la parole, il avait accepté ce statut de spectateur, et il avait regardé les choses se dérouler à la manière dont les foules ont toujours vu les innocents marcher vers le bûcher, la potence, les chambres à gaz. Ou les lions.

Où se situait exactement la limite entre miséricorde et meurtre ? Une pensée aussi extrême n'était que le fruit d'un esprit sur le point de craquer, mais quand les faits étaient magnifiés, distillés au énième degré, les questions sortaient en hurlant avec une insistance abjecte. À mesure que les secondes défilaient, il comprenait à une multitude de niveaux qu'il s'agissait là d'un de ces moments définitifs de la vie, qui battrait encore en lui le jour où sa propre fin viendrait.

Le problème, l'un des problèmes, c'est qu'il n'avait plus du tout d'adrénaline, ce qui le laissait démuni, inerte, s'étendant à travers le vide. Alors que Barbara avait choisi de pleurer et de se tailler un chemin, il gérait ses doutes et sa douleur en les enfermant dans des boîtes qu'il enterrait à des profondeurs inouïes. La question de Dieu, ou de l'intervention de Dieu dans toute cette affaire était histoire de croyance, et la réponse, quelle qu'elle soit, échappait curieusement à toute raison et elle était simple. Pour employer un euphémisme, on pouvait comparer la foi à une allergie : on en souffrait, ou on était immunisé. Certains, dans la même situation, s'en prenaient à la notion de foi et méprisaient ce genre de pensées qu'ils jugeaient sans valeur, mettant à la place une détermination à trouver leur propre voie, pour le meilleur ou pour le pire. D'autres, par contraste, s'en remettaient entièrement à la religion, terrorisés à l'idée que les choses puissent empirer dans les grandes largeurs, et que dans le vaste ordonnancement des choses, ils ne puissent être rien d'autre que poussière et poltronnerie, envoyés sur Terre pour le simple divertissement d'un Tout-Puissant qui décidait de leur destin selon ses caprices. Enfin, pour ceux qui s'avéraient trop las pour affronter de tels extrêmes, il existait une troisième option, celle qui consistait à accepter les limites de l'existence comme celles d'une situation donnée, et si jamais on pensait aux grands mystères, en particulier si Dieu était un mythe ou une réalité, alors il fallait faire attention à ne pas s'enfoncer plus profond que le genou dans ce marais-là. Cette troisième voie, c'était celle qui selon Michael offrait les meilleures chances de survie.

Le dernier jour, quand les employés de l'hôpital eurent jugé que pour l'instant, tout était en ordre, Michael et Barbara quittèrent les lieux en silence. Ils avaient perdu plusieurs heures. Le matin s'était mué en après-midi, et l'ombre du soir menaçait. Des détails s'étaient faufilés en travers de leur route : la nécessité prenante des papiers à signer, des formulaires à aller chercher, à remplir, à rapporter à tel ou tel service, copiés, bien ordonnés, puis tamponnés. Certificat de décès, autorisation d'autopsie et rendez-vous avec un psychologue conseiller en deuil, ce que malgré leurs meilleures intentions ils abandonnèrent à la deuxième ou troisième séance, lorsque toute illusion eut disparu et qu'il leur fut apparu clairement qu'il n'existait aucun remède, quoi qu'en disent les autres.

Michael passa devant, faisant de son mieux pour ne pas craquer, Barbara s'agrippa à son bras, et ils errèrent dans le sombre labyrinthe des couloirs, à la recherche d'une sortie. Dans sa main libre, dans un petit sac en plastique transparent qui laissait échapper un murmure à chaque pas en frottant contre son jean délavé, elle tenait les affaires de James Matthew. Une grenouillère en coton bleu pliée avec soin et un cardigan couleur citron, qui n'avaient été portés ni l'un ni l'autre ; des certificats de naissance et de décès ; un seul Polaroïd, image imprécise à cause des reflets sur le verre, mais c'était mieux que rien ; enfin un bracelet vert en plastique avec un nom inscrit à l'encre bleue en lettres capitales. Ces quelques bribes d'identité constituaient les seules preuves physiques que leur fils avait jamais existé, mais cette concision rendait les choses pires encore.

Dehors, la fin du jour leur assena un vent d'est humide et cinglant en pleine figure, et parvenue quelque part entre les portes de l'hôpital et la voiture Barbara se relâcha et se mit à pleurer. Une forte odeur de phénol empuantissait leurs vêtements, leur peau, leurs cheveux, malgré le vent. Elle partirait au lavage, mais pas en une seule fois, et laisserait des traces dans leur mémoire. Michael ouvrit la portière côté passager à Barbara, elle hocha la tête et monta, mais ne put cesser de pleurer. Après avoir cherché en vain pendant une minute ou deux quelque chose à dire, pauvres paroles de réconfort, il renonça, se mit au volant et alluma la radio. Des années plus tard, cela paraîtrait dur, mais sur le moment la vérité était encore plus insoutenable et pathétique. Parce que lui étaient insupportables ses sanglots, le tressautement de ses épaules, les gémissements qui jaillissaient à gros bouillons du plus profond de son être. Une hémorragie de l'âme.

Tête penchée, elle tenait son visage dans ses mains pour recueillir ses larmes, mais il résista à l'envie de la regarder, alluma la radio et tourna le bouton lentement au milieu des grésillements, croisant parfois un bégaiement, jusqu'à ce que enfin il tombe sur une station dont la réception était bonne et que la musique envahisse l'habitacle, mélodie rude et, pendant une ou deux mesures, informe, en l'absence du bruit du moteur pour tempérer ses rugissements. L'impact fut si fort qu'il lui coupa le souffle, et il dut se renfoncer dans son siège pour regarder les premiers missiles de pluie marquer, mutiler le pare-brise, tandis que la mélodie montait en lui telle la marée parmi les piquets sur un banc de sable. D'abord, Van Morrison, « You Make Me Feel So Free », aussi frais que les nouvelles du soir, mais qui déjà sonnait tel un classique, froid comme la pierre, avec les riches gargouillis de la basse et le saxo joyeux qui apportaient leur soutien massif à la soupe mielleuse et expressive de la construction du chœur montant vers l'extase, avant de revenir en arrière, saturé, sur les douces promesses qui s'étalaient.

Cela passa, les laissant démunis face à l'air vide, au bruit de leurs respirations tendues, au martèlement d'aiguilles de la pluie sur le pare-brise, puis le silence se laissa entortiller dans les premières mesures d'une deuxième chanson, quelque chose de plus ancien, à ce qui semblait : « Gates of Eden », une terre qui après avoir sombré remontait aussi à la surface, et le battement de Bob Dylan dans toute sa puissance. C'était une chanson qu'il connaissait bien, ou croyait connaître, après avoir écouté toutes les nuits durant de longues années ce disque rayé, acheté d'occasion, de *Bringing It All Back Home*, quand il n'écoutait pas Willie Nelson, ou quelque chose de plus *swamp rock*, mais il ne l'avait jamais entendue dans une version aussi dépouillée, la guitare sèche partant dans une frénésie vaudoue, les cris occasionnels à l'harmonica, et surtout, la voix, incroyable, une voix énorme, taillée dans le roc, ébréchée, fendillée, mais dégageant la force des pierres plantées, avec cette beauté qu'ont parfois les choses forgées de haute lutte, et gorgée d'une vérité d'évangile à l'image de la terre elle-même, poussant à la prophétie ou à l'annonce d'une révélation complètement surréaliste. Des mots de pur cauchemar, qui vous dépeçaient tout entier, laissant l'auditeur à un cheveu de la folie dans les notes finales.

Il se sentait vidé, exsangue. Ils l'étaient tous les deux. Barbara prit des mouchoirs dans la boîte à gants mais elle eut du mal à arrêter le flot de ses larmes. Assise, tête penchée, elle serrait dans sa main des chiffons de papier, mais la musique couvrait le bruit éventuel, et semblait même parler à sa place. Alors, ne sachant comment répondre, Michael ferma les yeux pour écouter, tandis que les paroles de la chanson s'envolaient au-dessus des battements de la guitare, légèrement trop forte, mais suffisante pour écraser toute pensée, concentrant l'air à la manière du brouillard. Les interruptions à l'harmonica prenaient à présent leur sens, des cris de corbeau pour tout ce qui avait été perdu, denses comme un roc doué de sentiments, fissuré par un désespoir presque insupportable.

Quand la chanson s'acheva, il ne pouvait pratiquement plus bouger. Il tremblait à l'intérieur, il vibrait. Mais en surface, il était engourdi. Il éteignit la radio et au bout d'un moment alluma le moteur qui toussa, s'arrêta, puis se mit en route à la seconde tentative. Ils quittèrent l'hôpital et rentrèrent au milieu de la circulation en ce début de soirée. Le silence était pire que les mots, il grandissait, fermentait entre eux tandis que la blancheur du jour mourant s'écoulait peu à peu, pareille à du poison. Barbara, entre deux vagues de larmes, demeurait assise à quelques dizaines de centimètres, petite ruine fragile, ses grands yeux luisant dans la lumière jaune de la rue et du tunnel. Sachant que les paroles seraient impuissantes, il se concentrait sur la route, se préparant à l'anticipation d'un impact inévitable, certain qu'il allait encore se passer quelque chose, il le fallait. Ne bougeant plus, même pour respirer, essayant d'être fort, sans y parvenir.

III.

Dans la chambre blanche

La chambre est petite mais ils se l'approprient immédiatement. Caitlin entre la première, regarde autour d'elle, se nourrissant des détails. Sa nuque se dévoile, juste un instant, pan blanc, avant qu'elle ne tourne la tête à nouveau et que le rideau léger de sa simple queue-de-cheval ne revienne en place.

Michael s'appuie contre la porte jusqu'à ce que le loquet se referme. Il adore la regarder, habitude forgée par le temps, armure contre le jour où elle lui échappera ou lui sera arrachée.

Elle s'avance à travers l'espace jusqu'au lit, absorbant tout ce qui les entoure. Son expression fait naître une impression de jeunesse enfuie, ses yeux écarquillés, presque effrayés, sa bouche serrée mais pas sa mâchoire, son corps tel un vase droit et mince, rempli de tout ce passé. Elle frôle le lit, se laisse dériver à l'autre bout de la pièce, traînant derrière elle son manteau en un doux murmure au contact de la moquette de nylon bon marché, oublié, sans importance. Quand elle entre dans le cadre de la fenêtre, la lumière pâle et fumeuse de midi la transfigure. L'effet est saisissant. Sa peau paraît fragile et glaçurée comme une surface de porcelaine, légèrement translucide, allusion à la structure osseuse en deçà, et le souvenir d'un rêve revient à l'esprit de Michael, vieux souvenir depuis longtemps oublié, mais soudain à nouveau réel, net, gorgé de cette lumière précise, montrant Caitlin près d'une fenêtre semblable à celle-ci, nue jusqu'à la taille, sa chevelure de jeune femme encore longue cascadant pleinement en volutes sombres sur ses épaules et ses petits seins. Debout de profil, tête baissée, elle comptait sa monnaie, ses *brown pennies*, passant d'une main dans l'autre. Et elle pleurait.

« Pas trop mal, hein ? » Elle ne se retourne pas encore vers lui et il sait pourquoi.

« Oui, dit-il par devoir. Pas mal du tout. On a connu pire. »

La chambre est propre, simple mais complètement aseptisée, toute trace d'amours anciennes ayant été effacées de manière chirurgicale, c'est le genre de chambre parfaite pour une femme en fuite, un voyageur de commerce, pour ceux qui veulent disparaître quelque temps sans qu'on les retrouve, qui ont besoin de rester seuls un moment afin de chercher les bonnes et les mauvaises raisons qui pourraient les dissuader de se pendre dans l'armoire, ou de se trancher les veines avec un rasoir. Le froid mordant de l'après-midi ajoute quelque chose. Il filtre par la grande fenêtre étroite à guillotine, une lumière dense, blanchie, qui épaissit l'air, fait fondre les surfaces et ralentit même la course du monde. Contre cela, tous les passés et les futurs possibles se heurtent dans un claquement et fusionnent.

Il n'y a pas que la distance qui les sépare. Les yeux de Caitlin repèrent Michael en repérant les angles de la pièce, et son sourire lui aussi paraît usé et lointain. « Moi, ça me plaît, dit-elle. Je ne sais pas pourquoi, mais cet endroit me parle. Je pourrais écrire, ici. C'est une idée qui ne m'était pas venue depuis longtemps. Mais on sent de nombreuses histoires respirer dans cette pièce. »

Son immobilité adoucit la réalité. Aux yeux de Michael, en cet instant, elle pourrait avoir à nouveau vingt-cinq ans, être jeune, jolie, encore mince comme un bouquet de brindilles, la femme de ses rêves, pour le meilleur et pour le pire, souriante, mais avec cette tristesse qui ne la quitte jamais, et qui décuple toujours sa tendresse. La chambre, décide-t-il, suffira pour ce qu'ils ont à y faire, mais seulement parce qu'ils apportent l'amour avec eux, en eux. Ça, et peut-être la qualité particulière de la lumière offerte.

Il s'assoit sur le coin du lit le plus proche. Fait compréhensible étant donné l'usage qu'on en fait, le matelas est aussi ferme que de l'acier plaqué. Les exigences ici sont très faibles, l'ambition limitée. Des signes de fatigue et de vieillissement apparaissent et demeurent, telles de petites traces vantardes de survie, pareils à ces touffes de poils qu'on trouve semées dans les fossés pleins d'épines, chez lui, par les matins d'octobre humides. La peinture sur les murs est couleur babeurre dilué ; un voilage réduit à la lugubre teinte et à la texture de la poussière à force d'être bouilli ; des draps empesés, semblables à du papier, et une couverture de laine aussi lourde que du contre-plaqué, couleur rose cochon. Au pied du lit, rompant la monotonie du mur nu, un miroir ovale de taille moyenne, sans cadre, plein de son propre reflet amplifié, de ses épaules épaisses et tombantes, de son visage jaune où la peur a creusé ses ornières. Des bulles à la surface du verre, le métal oxydé comme de l'acné saumâtre sourdant à travers l'argent, mais ces défauts ne font qu'accentuer le réalisme de son image.

Au lieu de se blinder face à ce reflet, il s'assoit, travaille à rester calme, s'efforce de faire coexister ces morceaux de lui-même avec ceux qu'il voit dans la glace. Mais il a aussi une conscience aiguë du temps. Ils n'ont qu'un après-midi, les heures et les minutes sont comptées. Il porte toujours son manteau, et avec cet air maladroit qui lui est devenu coutumier, il commence à défaire ses lacets. Ces dernières années, son état physique s'est beaucoup dégradé, et cette position penchée révèle trop à quel point il en a pâti. Une vague de chaleur lui monte au visage, lui rougit la peau, il a le souffle court, halète.

Il ôte ses chaussures et les dépose d'un geste précis au pied du lit. Il lève les yeux, Caitlin le regarde, lui et ses épaules rondes devenues grasses, son cuir chevelu rose sous ses courts cheveux poivre et sel, la première trace de calvitie. Ce changement à un moment de l'existence ne peut être une surprise ; il a dépassé le mitan de la vie, et seuls les morts et quelques veinards à l'obscène bonne fortune gardent à jamais l'air juvénile. Mais peut-être est-ce cette lumière, blanche et froide, ce doux océan étrange, la brume des cimetières sortie des histoires irlandaises de fantômes, ou même un signe du début de sa déchéance subtile à elle, car il décèle quelque chose de rigide dans son sourire. Elle détourne les yeux, mais son regard s'arrête sur le miroir, et ne voulant pas en voir plus, elle parvient à tout voir.

« Je suis désolé, ce n'est pas le Ritz », lui dit-il, de profil. Il sait que son reflet le regarde, que ce moment se joue dans un triangle, et ces angles de vue ne les épargnent pas. « Tu mérites le Ritz. Tu mérites plus que je peux te donner.

— Je n'ai pas besoin du Ritz », répond-elle, et aussitôt toute dureté disparaît, il retrouve son sourire, cette forme qu'ont sa bouche et ses yeux. « Je ne suis pas ce genre de fille, je ne l'ai jamais été. Tu dois me confondre avec une autre.

— L'avantage, c'est qu'au moins il n'y a pas de cafards.

— Non, pas de cafards, acquiesce-t-elle en regardant par terre juste au cas où. Il fait sans doute trop froid pour eux. »

Il rit, car elle a raison, et elle rit à son tour. Elle vient vers lui, et il se redresse pour qu'elle puisse s'asseoir sur ses genoux. Elle passe les bras autour de son cou, noue ses doigts derrière sa tête, se rapproche et étudie chaque aspect de son visage. Et puis, comme la conclusion d'une promesse, ses lèvres se posent sur celles de Michael.

C'est un baiser différent des précédents. Dans l'intimité de la chambre, ils sont libres. Elle bouge pour trouver une meilleure position, il sent son corps se relâcher, et en même temps se tendre. Il prend doucement sa lèvre entre ses dents et l'explore du bout de la langue.

« Alors, tu vas le dire ou pas ? demande-t-elle.

— Dire quoi ?

— Ce que tu ressens pour moi. Combien je suis précieuse à tes yeux. Que tu n'as jamais aimé personne autant que moi, et que ça n'arrivera jamais. Que pour moi, tu te dresserais devant un lion. Que si j'avais besoin d'un cœur nouveau, tu serais heureux de me donner la moitié du tien.

— Mon cœur ? Il faudrait d'abord que tu me le rendes. »

Elle l'embrasse à nouveau, et l'envie grandissant, elle se penche contre lui, enroule ses doigts dans ses cheveux, dans le sens contraire des écailles. En elle, un tremblement. Il en sent le rythme à travers son corps. Ce réveil le met en joie. Sa main s'éloigne de la hanche de Caitlin et remonte lentement le long de son flanc. Elle se tourne légèrement, sachant très bien ce qu'elle veut, dirigeant son corps sous sa caresse, pour qu'elle aille où elle veut.

« Je t'aime », dit-il, soufflant cette promesse sur sa peau. Il retarde souvent le moment de partager ces paroles, jouant avec elle à son gré, à croire que ce jour sera celui où le désir ou la passion lui fera oublier de le lui dire. Pourtant, pendant toutes ces années, il n'a jamais oublié. Et il n'oublie pas cette fois non plus.

Elle s'écarte, son souffle porte un poids nouveau. À la commissure de ses lèvres, d'un côté, la peau commence à rougir, comme en colère. Voilà l'homme qu'elle connaît depuis si longtemps, seulement parfois, les preuves de cette relation paraissent ténues, et elle doit se forcer pour s'assurer qu'il demeure inchangé. Elle prend son menton dans sa main, sa joue, et du pouce essuie un peu de salive sur sa lèvre. Sans réfléchir, il ouvre la bouche et happe son doigt.

« Tu m'aimes vraiment ? » La voix de Caitlin résonne, guère plus qu'un murmure. « Ou tu crois seulement m'aimer ? »

Il entrouvre ses lèvres. En ressortant, son ongle heurte ses dents. Ça ne fait pas de bruit, il le sait, pourtant il sent ce bruit. Cela transmet une vibration dans sa langue, son palais.

« Quand il s'agit d'amour, y a-t-il une différence ? » Il essaie de sourire, et de moins faire attention à cette sensation dans sa bouche.

La main de Caitlin dans la sienne est semblable à celle d'une enfant. Il l'examine, depuis le poignet jusqu'au bout de ses ongles taillés avec soin, d'un blanc de lune. La peau est pâle et sèche, fine comme un mouchoir en papier, mais sans sa douceur – elle n'est douce que pour les yeux. Des lattes osseuses appuient, dessinent une grille à la surface, et là où les articulations saillent, la chair diminue et fonce, d'un ton plus défini. Il suit les os du bout de ses doigts. La structure inférieure rappelle les galaxies, cathédrales de mystère s'étendant au-delà de sa compréhension, et chaque cellule le fascine.

Contrastant avec tous ces détails, la peau au creux de sa main est celle d'une courge. Les lignes présentes sont effacées, le temps les a érodées à la manière dont le vent lisse et polit les pierres, même s'il a conscience que ce phénomène est peut-être davantage dû à sa vue déficiente qu'à la réalité. Au travail, il porte toujours des lunettes, cela fait autant partie de son uniforme que le col de chemise et la cravate, ou les chaussures en cuir. Sans elles, les contours sont flous, mais il a beau éviter de les porter devant Caitlin, des creux rouges marquent les ailes de son nez. Elle n'est pas bête, et pour son propre bien ou pour le sien, elle n'en dit rien. Il y a, suppose-t-il, suffisamment d'objections de surface pour ne pas en évoquer d'autres.

Il ouvre la main de Caitlin dans la lumière de la fenêtre, ce qui lui facilite la tâche. Les lignes deviennent plus visibles, tout en gardant intact leur sens immédiat.

Des années plus tôt, poussé par un caprice passager, il a lu un livre sur l'interprétation des lignes de la main. Il a depuis longtemps oublié l'essentiel, pourtant il se rappelle le sens qu'on attribue aux trois lignes principales. Il sait aussi que sa main dominante est la droite. Les lignes de la gauche sont, d'après ce qu'on sait, des marques de naissance qui évoquent son potentiel en tant que personne, ses talents et défauts, les bénédictions ou malédictions qui ont accompagné sa venue au monde.

Ratissant le fond de sa mémoire, il interprète ce qu'il peut, commençant comme tout le monde avec la ligne de vie, qui décrit un arc généreux en partant de la base de la main. C'est un jeu, mais il va plus loin.

« Intéressant. »

Elle sourit. Il le voit à travers ses doigts : le bord de ses dents, un tout petit bout de langue.

« Quoi ?

— Oh, rien. Je découvre juste quelques-uns de tes secrets.

— Et ?

— Ne t'inquiète pas. Je t'accorderai une chance de tout avouer. »

Pour ceux qui y croient, tout fait sens : la longueur et la courbure des lignes, leur profondeur, les intersections. Sa ligne de cœur, qui évoque non seulement la santé mais aussi l'amour, est tracée là-haut, démarrant du bord, pleine d'assurance, avant de se recourber pour venir s'arrêter juste à la base de l'index. Il y a une fourche aussi, à un moment, qui montre une ramification secondaire suivant la ligne principale en dessous, et qui s'arrête soudain, à peu près au milieu.

Un cratère de crainte s'ouvre en lui. Pour l'ensevelir ou le contenir, il pose les lèvres sur sa peau, cherche sa ligne de destin, essaie de la suivre, dans l'espoir d'obtenir un peu de compréhension. Et il lui vient à l'esprit qu'après toutes ces années, il a trouvé une nouvelle partie de son corps à embrasser.

Elle réagit en hoquetant de rire. Mais ses yeux se rétrécissent d'anxiété.

« Depuis quand tu sais lire les lignes de la main ?

— Je suis en partie gitan. J'avais oublié de te le dire ? » Il sourit, embrasse son poignet. Il imagine son pouls battant au bout de sa langue, et ça ne lui en paraît pas moins réel pour autant.

De sa main libre, elle lui tape sur l'épaule. « Conneries ! »

Son sourire s'agrandit sans qu'il relâche ses efforts. Il remonte son avant-bras de baisers et elle le regarde, sent la douceur humide de sa bouche, puis le frottement de son menton, car il y a des heures qu'il s'est rasé. Et lorsqu'elle persuade les doigts de sa main libre de passer dans ses cheveux, souriant de plaisir devant la minutie de ses efforts, pince le lobe cireux de son oreille de petites touches enjouées, elle pense aux chakras, souvenir d'un flirt éphémère avec le yoga, et en particulier aux chakras des mains. Illustrés dans tous les textes dérivés par un œil hiéroglyphique grand ouvert, ourlé de somptueux cils, telles les dents d'un peigne, on dit qu'ils servent de canaux pour administrer et recevoir l'énergie médicinale. L'attention que Michael porte à sa tâche, essayant par ses baisers de dissiper tous ses soucis, toutes ses peurs, tous les résidus négatifs de sa vie, l'amuse et l'impressionne à la fois, et même si l'acte en soi n'est pas réellement stimulant, pas comme quand elle sent sa bouche et ses dents sur sa nuque tendue, au creux de son dos, ou mieux encore entre ses cuisses, le geste en soi lui est précieux.

Elle continue de sourire, même si quelque chose en elle se transforme, qu'une chaleur naît. Elle retire sa main et ils se retrouvent à nouveau l'un contre l'autre, leurs corps enlacés. Elle lui embrasse les joues, les yeux, et la chair de ce pli profond juste au-dessus de son nez.

« Donc, soupire-t-elle. Tu m'aimes. Eh bien, si cela peut t'être une consolation, je crains que ce sentiment soit réciproque. » Mais en parlant ainsi, elle s'écarte et se relève.

Michael lève les yeux vers elle ; il paraît juvénile en cet instant, ouvert, rempli de dévotion, et blême d'inquiétude.

« Alors je suppose qu'on est coincés ensemble. »

Elle hausse les épaules et ravive son sourire, ou agrandit celui qui fleurit déjà, un sourire aussi vague que de la fumée, et quand les larmes menacent, elle se penche et l'embrasse à nouveau, mais se détourne avant qu'il ait le temps d'ouvrir la bouche, et fait le tour du lit, jusqu'à la fenêtre.

Dès qu'elle tire les voilages, l'après-midi se clarifie. Toucher ces rideaux laisse un film de poussière, réel ou imaginaire, sur ses doigts qu'elle frotte sans y penser contre sa cuisse, et elle se penche en s'appuyant contre le rebord bas de la fenêtre, le visage tout près de la vitre.

À l'époque où Coney Island signifiait encore quelque chose, les hôtels y étaient tout de soie et de roses, à une marche du luxe. Les messieurs avaient de beaux costumes, et les dames, même les prostituées, s'avançaient comme des fleurs. Des orchestres de swing et de jazz rythmaient les jours et les nuits, les conversations étaient pleines de billets de cinquante ou de cent, on choisissait son poison à voix basse, avec l'air de s'y connaître. C'était une autre époque, c'était dans le temps. Le passage des années, des décennies, a fait le ménage sur le front de mer, emportant les franges, les montres-gousset et les porte-cigarillo en argent massif, et ce qui reste aujourd'hui est propre, élémentaire, utilitaire, comme le sont les choses laides ravagées par le temps à force d'avoir été trop lavées. Encore bonnes pour servir une heure ou deux, mais guère davantage. Les transactions se font en liquide car les cartes bancaires compliquent les choses et tendent à embarrasser aussi bien celui qui paie que celui qui encaisse. Cet argent vous procure quatre murs et un lit, mais ce qu'il vous achète vraiment, c'est un lieu et un morceau d'après-midi dont vous devez faire le meilleur usage.

Le deuxième étage donne au-dessus des fourrés d'un terrain vague s'étendant vers les cordes de métal qui soutiennent les arabesques de montagnes russes depuis longtemps à l'abandon. Apparemment, la vue est un bonus. Puisque l'activité de l'hôtel a ralenti, jusqu'au point mort, en cette période de l'année, on dirait que les propriétaires éprouvent de la reconnaissance envers leur moindre clientèle, même éphémère ou sordide. On s'y montre peu regardant. On ne s'attarde pas, de crainte d'être exposé, et nul ne croit aux questions, car le risque est élevé que la réponse déplaise. Aujourd'hui, leur offrir cette vue est probablement la moindre des choses. À gauche des montagnes russes désaffectées, quelques centaines de mètres plus loin, la moitié supérieure d'une grande roue à l'exosquelette barbe à papa, comme des fossiles de la Préhistoire dressés sur fond de versant. Invisible mais présente à travers tous les pores de l'après-midi, l'oscillation incessante de l'océan qui flue et reflue sur le rivage. Le souffle de Caitlin se heurte à la vitre, de la buée se forme et s'évapore, donnant une texture supplémentaire à la journée. Quand elle s'en aperçoit, elle dessine un *smiley* grossier, cercle rapide et imparfait, deux points pour les yeux, longue courbe débonnaire en guise de bouche. L'image demeure quelques secondes, puis s'évanouit dans le néant.

« Tu te rends compte depuis combien de temps on vient ici ?

— Sans doute plus qu'il n'est bon de compter.

— Je connais la moindre pierre, la moindre paroi de cet endroit, maintenant. Je pourrais marcher dans ces rues à l'aveugle sans jamais faire un faux pas. Pourtant, j'ai toujours l'impression que c'est la première fois. Pourquoi, à ton avis ?

— Parce que tu le vois toujours sous des angles différents. La nouveauté supplante l'habitude. »

Elle se retourne et s'appuie contre la fenêtre. Michael, toujours assis sur son coin de lit, se déshabille sans y penser. Il a ôté son manteau et sa veste, sa ceinture pend, défaite. Quelques boutons de sa chemise sont ouverts, dévoilant un morceau de son marcel thermique au col rond, mais que ce soit par apathie ou distraction, ses doigts se sont arrêtés en chemin. Ses mains sont à présent posées, oisives, sur ses genoux, et son regard est comme figé à mi-distance.

« Moi, je te vois toujours sous des angles différents. Tu ne changes pas du tout, seulement la vue a tellement vieilli. »

Le poids du silence qui suit le sort de sa transe. Il revient peu à peu à lui, la regarde, et hausse les épaules sans comprendre la plaisanterie. Ainsi adossée à la fenêtre, la lumière la diminue, adoucit ses traits, concentre son image. Tout ce qu'il est capable de penser en cet instant, c'est combien elle est belle ; que les années n'ont aucune prise sur elle. Cela l'excite et l'attriste. Ils ont l'après-midi pour eux, ils ont connu beaucoup de jours semblables, mais il sait aussi qu'ils auraient dû mieux profiter des moments qu'ils passent ensemble, lutter davantage pour réduire le temps de séparation. Le problème, évident avec un peu de recul, c'est qu'ils ont trop rationné leur désir, accepté trop vite leur destin, et c'est seulement maintenant, à cet âge, qu'ils s'aperçoivent combien le mouvement du monde les a détachés d'un ancrage essentiel. Ces quelques heures volées, naguère destinées à préserver l'amour, ou quelque chose d'inséparable de l'amour, sont devenues un simulacre de satisfaction.

« Mon Dieu, mais c'est le Grand Nord, ici. On pourrait imaginer qu'ils ont les moyens de dépenser un peu pour chauffer cet endroit. Comment espèrent-ils ne pas faire faillite, quand ils infligent un froid pareil à leurs clients ? »

Elle se frotte les bras avec vigueur, puis rassemble ses mains devant son visage et souffle. Il ne fait pas si froid dans la chambre, mais l'atmosphère est humide, et elle a beau exagérer, elle a néanmoins raison. Le problème, bien sûr, c'est que l'air glacial du dehors les a suivis.

« Un peu de café, je crois. Pour ranimer le feu. »

Il y a une bouilloire en plastique sur la coiffeuse, couleur de raisin vert, posée sur une sorte de plateau rond avec deux tasses retournées sur des soucoupes presque assorties, quelques sachets épars de sucre et de café instantané, des capsules de crème chimique. On dirait un décor, un commentaire moderniste sur l'instant et l'artificiel. L'art pour l'art, une nature morte dépourvue de vie.

Michael s'intéresse à nouveau aux boutons de sa chemise. Elle voit ses doigts épais descendre peu à peu sur son ventre, et songe que la position assise ne lui sied guère.

« Il me faudra plus que du café pour ranimer le feu. Avec ce froid, il va en falloir des efforts pour allumer la flamme. »

Concentré sur sa corvée, il rate l'offrande de son sourire. Au-delà de la fenêtre, le ciel est congestionné du vernis jaune sale de la tempête à l'approche.

« Essayons d'abord le café. On verra ensuite dans quel état on est. »

Elle remplit la bouilloire avec une eau qu'elle verse d'une bouteille de verre ouverte, aux trois quarts pleine, dont la fraîcheur n'est pas garantie, et quand elle appuie sur le bouton, la petite lumière rouge s'allume pour aussitôt s'éteindre. Elle appuie de nouveau, rien ne se passe.

« Merde.

— Qu'y a-t-il ?

— La bouilloire. Elle ne marche pas.

— Essaie encore.

— J'ai essayé.

— Alors recommence.

— C'est ce que je fais. » Elle appuie à nouveau. « Ça ne veut pas marcher. »

Michael retire sa chemise et la plie avec soin, coinçant le col sous son menton, tendant les bras. L'ordre est important pour lui. Caitlin le trouve trop maniaque. Barbara aussi, même s'il y a longtemps qu'elle a cessé de lui en parler. Mais il ne peut s'en empêcher. Ce n'est pas une question de vanité. L'alternative – le chaos – lui serait insupportable.

« Attends, dit Caitlin en levant la main.

— Quoi ?

— Je n'y comprends rien. La lumière est éteinte, mais ça a l'air de fonctionner. »

Elle se penche d'un peu plus près. Sa main reste levée sur le côté, comme pour palper l'air. Michael s'interrompt et tend l'oreille à son tour. Au bout de quelques secondes, un frémissement faible mais distinct s'annonce, bruissement dans le silence, et une première volute de vapeur s'échappe du bec verseur. La lumière n'est qu'un indicateur, elle est là pour rassurer, elle ne joue aucun rôle dans le fonctionnement de la bouilloire, et pourtant, pour des raisons que Caitlin ne s'explique pas, son absence fait naître en elle un certain malaise.

« La LED a dû péter », dit Michael autant pour lui-même que pour elle, mais ses paroles ne sont qu'un constat des faits. Même la Terre était plate avant que quelqu'un en décide autrement.

Elle acquiesce, troublée à l'idée que l'ignorance n'est pas un état bienheureux, mais au contraire fort imprudent.

Il retire sa montre, par habitude, la porte à son oreille, puis la remonte. Rares sont les montres aujourd'hui qui nécessitent qu'on les remonte, mais la sienne est ancienne et entre dans une autre catégorie. Et puisqu'elle a appartenu à son père, sa valeur réelle ne peut être que sentimentale.

Une fois, il y a des années, il lui en a parlé un peu alors qu'ils étaient au lit. Elle lui avait posé la question. Ils atteignaient à l'époque le seuil d'une de ces barrières temporelles de la vie, un anniversaire de leur première rencontre important, ou peut-être leurs trente-cinq, leurs quarante ans, un de ces événements qui paraissent si sérieux jusqu'à l'arrivée du suivant, qui le rend obsolète, et à l'époque, ils avaient beau se connaître, bien des choses demeuraient encore inexplorées. Ils étaient dans les bras l'un de l'autre, fatigués et heureux, la sueur de leurs ébats refroidissant sur leur peau, et ils discutaient doucement des rêves concernant des objets qu'ils possédaient, des biens qu'ils sauveraient en premier en cas d'incendie.

« La montre, a-t-il répondu au bout d'un moment de réflexion. À première vue, elle ne vaut pas grand-chose, mais elle compte pour moi. »

Elle a tendu le bras par-dessus son torse et pris la montre sur la table de chevet. Bon marché, en acier, froide au toucher, avec un bracelet en cuir usé et un verre si érodé, si abîmé, que lire l'heure impliquait une bonne dose d'imagination. Il l'a laissée chercher ses secrets, puis la lui a reprise pour l'examiner à son tour.

« Chaque fois que je la regarde, j'ai l'impression d'être à nouveau un enfant. Je revois la vieille cuisine, c'est clair comme de l'eau de roche dans ma tête : le transistor qui fait refluer le silence, et mon père à la table du petit déjeuner, tourné vers la fenêtre pour avoir de la lumière, ou recroquevillé sur la lanterne, plissant les yeux, tandis que ses doigts maladroits essaient de synchroniser le temps avec les nouvelles du matin. Déjà à l'époque, elle souffrait d'une hémorragie de secondes, mais elle marchait comme elle pouvait, elle connaissait un peu la vie et beaucoup trop la mort. Mon vieux la remontait, puis il la portait à son oreille et inclinait la tête jusqu'à ce qu'il soit sûr que le battement était régulier. C'était sa routine, mais c'était plus que ça. C'était pour lui le moyen de se prémunir de tout ce qui pouvait arriver, dans les champs ou sur l'eau. Et de temps en temps, il s'apercevait que je le regardais et il la portait à mon oreille à moi aussi, alors soit je fermais les yeux pour écouter, soit je me concentrais sur son sourire. "Pareil qu'un cœur qui bat", il me disait, et j'ai toujours su ce qu'il voulait dire, pas les mots, mais à sa manière de le dire, fier, avec une certaine compassion, ensuite il se levait, posait la main au creux de son dos, et s'étirait, puis il attrapait son manteau.

— Quel joli souvenir. Tu as de la chance d'avoir ça. »

Michael a secoué la tête.

« C'est bien plus qu'un souvenir. C'est comme si je venais de le vivre, ou que je le vivais encore. Et peut-être que c'est la vérité. Parce que le passé n'est jamais tout à fait passé pour nous, pas vrai ? Je crois qu'il est toujours là, en nous, près de la surface. Cette montre est la clé qui ouvre une porte particulière, utile pour ouvrir une partie de moi. D'autres souvenirs ouvrent d'autres portes. Ça soulage, mais à la vérité, ça me refroidit un peu aussi. »

D'après ce qu'il lui avait dit et ce qu'elle avait appris dans les livres, elle comprenait que son île, à l'époque tout au moins, était le genre d'endroit qui fait vieillir les hommes très vite, les endurcit contre le vent et la pluie. C'était un lieu difficile à quitter, si ce n'est physiquement. Il y avait dix ans seulement qu'il avait renoncé à garder dans son portefeuille cette petite photo usée de chez lui, quand il avait enfin pris conscience du côté morbide de la chose. Son père s'appelait Seán, la photo le montrait par une belle journée, revenant des champs ou de son bateau, avec une casquette de laine plate en tricot et un gros manteau noir ouvert sur sa large poitrine. On discernait une certaine ressemblance avec Michael, surtout dans le pli de la bouche, timide et presque triste, et sa manière de plisser les yeux dans le soleil. Elle savait combien il était douloureux pour Michael de penser que le vieil homme était mort seul, dans l'angle ouest d'un champ en contrebas de leur cottage, par une soirée de février humide, après avoir passé quelques heures à retourner la terre de son champ de patates, en prévision des plantations de pommes de terre nouvelles. Il avait dû se redresser, et s'attarder ainsi qu'il aimait à le faire pour contempler le vide impavide de l'océan, les eaux tranquilles ce jour-là, entre argent et bleu fumée, s'étendant vers le radeau invisible de l'Amérique et la suggestion d'un soleil couchant. Il n'avait manqué à personne jusqu'au jeudi, où il n'était pas venu chez Hickey boire ses deux pintes habituelles et faire quelques parties de *forty-five*, et c'est seulement le samedi matin qu'on l'avait trouvé, presque cinq jours après son décès. Son cœur avait lâché et il était tombé dans un fossé, où on finit par le découvrir – quelques voisins avaient mené leurs recherches vers le champ en contrebas en une ultime tentative, après avoir passé l'île au peigne fin, jusqu'aux rochers au pied des falaises –, on comprit que c'était lui à ses vêtements et au vieux rosaire en bois de santal qu'il serrait dans sa main, car les rats et les corbeaux avaient déjà pris la chair grasse des yeux, du nez, de ses joues et de sa gorge.

Áine écrivit à Michael, mais la lettre mit un certain temps à lui parvenir. À l'époque, cela faisait déjà près de deux ans qu'il était parti, et certains jours Inishbofin lui paraissait encore la seule réalité tangible. New York n'était pas du tout tel qu'il l'avait imaginé, et jusqu'à ce qu'il reçoive cette lettre, le lien qui le rattachait à son île était encore très fort. Mais après pareille nouvelle, il n'était plus question de repartir, il n'y avait plus grand-chose pour lui, là-bas. Il travaillait de manière intermittente, trois ou quatre jours par semaine pour un petit sous-traitant, un type de Dublin qui s'appelait Hallissey et payait moins que le tarif normal mais toujours en liquide et qui ne posait pas de questions, alors Michael arrivait à survivre. Tout ce qu'il pouvait s'offrir à l'époque, c'était une chambre dans un immeuble miteux, un cran au-dessous du dernier barreau de l'échelle la moins fiable. Les tuyaux crachotaient, toussaient, il fallait retirer un épais voile de moisissures sur les murs tous les quinze jours, et deux portes plus loin, logeait un jeune prostitué africain qu'on trouvait souvent le matin inconscient dans le hall, le pantalon aux chevilles et un tuyau en caoutchouc noué au-dessus du coude, ou encore perché en haut des escaliers, les coudes sur les genoux, oscillant doucement d'avant en arrière, les larmes aux yeux.

« Mon père serait mort de toute façon, a répondu Michael quand Caitlin lui en a demandé davantage. Même si j'avais été là. L'enquête a révélé qu'il s'agissait d'un infarctus. Mais ça n'a pas été instantané. Je connais ce champ, j'en connais chaque motte de terre. Il est sans doute descendu dans le fossé pour se reposer en attendant que ça passe. Il s'est sûrement évanoui sous l'effet de la douleur, mais il lui a fallu une heure pour mourir.

Si j'avais été là, au moins, il serait parti dans la dignité. J'aurais pu lui tenir la main comme il l'avait fait pour ma mère, et il aurait été enterré entier. Il n'aurait pas dû être seul.

— Ce n'est pas ta faute », lui a dit Caitlin, mais il a haussé les épaules.

« C'est ce qu'on se dit toujours, non ? On essaie de s'absoudre de toute culpabilité, ou au moins de s'élever au-dessus de ça. Mais ce n'est pas bien. Parce qu'on n'est jamais innocent. J'avais une responsabilité envers lui. Un devoir.

— Envers toi aussi tu as une responsabilité. Et envers ceux que tu aimes aujourd'hui. Et il en est toujours ainsi. Pour tout le monde. »

Ils pouvaient encore se parler ainsi, tels des amants qui viennent de se rencontrer, parce que leur relation ne s'était pas encore embourbée. Partager un lit restreignait les marges de leurs perspectives, et ramenait tout dans une proximité apparente. Et avec des contours aussi nettement définis, leur relative jeunesse leur permettait de prétendre que leurs amours étaient faciles, qu'il ne s'agissait guère plus que d'une question de choix. Il suffisait à Caitlin de le voir, ou d'entendre sa voix au téléphone pour devenir soudain radieuse, mais elle comprenait déjà à l'époque que ce qu'elle voyait et entendait n'était qu'une partie de lui, qu'un écrin terni. Aussi avançaient-ils avec précaution et espoir en faisant attention à ce qui se trouvait devant eux et, petit à petit, ils se découvraient, surtout après avoir fait l'amour, dans les moments les plus intimes. Meurtrir la peau encore et encore à force de questions, chacune cherchant un meilleur moyen d'explorer les profondeurs de l'autre.

À l'époque, Michael portait encore le deuil de son petit garçon, de bien des manières il essayait de se protéger de ce choc, et même à mesure que les mois se transformaient en années, que les années passaient, il ne se dévoilait que par bribes, égrenant les faits comme des souvenirs imprécis. Sa vie, son passé, les personnes qui avaient pavé son chemin. Il s'exprimait de manière banale, insinuant dans ces paroles qu'elles n'avaient pas tant d'importance, peut-être pour tempérer l'impact de leur révélation, ayant appris déjà alors, à coups de rudes leçons, à ne pas dévoiler certaines parties de lui-même. Mais les images, échardes du passé, brisaient la surface et reprenaient leur forme, exigeant son attention. Il y avait cette protubérance que son père avait dans le dos et sur un poignet, un kyste synovial ; après avoir lu quel était le meilleur traitement, il avait posé le bras à plat sur la table, et insisté contre l'avis de sa fille pour que Michael, sept ans alors, fasse s'abattre sur le grumeau une grosse bible reliée en cuir. Car il fallait que ce soit une bible. Et fait incroyable, cela avait marché ; pareille foi était récompensée, mais avec cet effet pervers typique de la plupart des prières exaucées, le kyste s'était provisoirement résorbé dans l'important gonflement de deux métacarpes brisés. Il y avait aussi ces bains dénués de gêne que lui et Áine prenaient ensemble, petits, ces images entr'aperçues de cette marque de naissance à l'intérieur des cuisses de sa sœur lorsqu'ils s'asseyaient, genoux repliés, face à face, dans la grande bassine de cuivre vert qu'il fallait apporter du jardin, derrière la maison, et placer devant un feu ronflant chaque deuxième dimanche du mois en hiver, le soir. On chauffait l'eau dans des casseroles, et tandis que leur mère savonnait leurs petits corps, leurs chevelures embrouillées, ils jouaient comme des harpies, ne cessant de hurler que c'était trop froid, se donnant des coups de pied, s'éclaboussant l'un l'autre afin de regagner quelques centimètres d'espace perdu pour leurs pieds. Et puis il y avait ce matin où Áine et lui avaient trouvé la carcasse en décomposition d'un dauphin ou d'un marsouin échoué sur l'une des plages de galets désertes du Westquarter. Après plusieurs jours dans l'eau, le cadavre était mutilé au point d'être difficile à identifier, mais les dommages se limitaient à la moitié supérieure du corps, la queue était presque intacte. Environnée d'algues brunes, la peau sombre brillait d'un éclat iridescent rappelant la lumière brumeuse du printemps, et la queue dentée, tachetée de sable, gisait avec l'élégance d'un éventail japonais déployé, ou les ailes repliées d'une créature mythique, et il ne leur avait pas été difficile de se convaincre l'un l'autre qu'en réalité, c'était le corps d'une sirène qu'ils avaient découvert. Sur la suggestion d'Áine, ils s'étaient agenouillés et mis à chanter, telles les pleureuses lors d'une veillée funèbre, dans un gaélique composé surtout de sons, car ni l'un ni l'autre ne connaissaient suffisamment les paroles d'usage pour mener la cérémonie. Ensuite, après avoir terminé leur chant et examiné en détail leur trouvaille, ils avaient remonté le cadavre sur environ vingt pas, et s'étaient mis à creuser une tombe au-delà de l'estran, lui avec ses mains, elle avec un morceau de bois flotté, car ils avaient décidé que même les créatures de la mer méritaient la dignité d'un enterrement chrétien.

Caitlin l'écoutait, elle apprenait à cultiver une impression de calme tandis qu'elle accumulait ces détails épars, chacun pareil à un trésor suggérant tellement plus. Chaque piste d'une réminiscence révélait une partie de lui, et elle mesurait, comparait dans sa tête ces images avec les quelques photos qu'elle avait vues. Lorsqu'il parlait de son père, on sentait toujours le chagrin dans sa voix, une pointe de culpabilité. Même après toutes ces années. Mais la présence de l'amour était évidente, comme celle d'une admiration inconditionnelle.

Elle regrettait, souvent à haute voix, de ne pas avoir eu la chance de rencontrer son père, juste pour lui serrer la main, lui faire la bise, s'asseoir auprès de lui pour discuter des petits riens qu'ils partageaient sans le savoir, et puis aussi de ces choses uniques, de la manière la plus pure concevable pour eux. Longtemps après la mort du vieil homme, ces souvenirs d'emprunt avaient continué d'exercer leur fascination.

« Je ne sais vraiment pas ce qu'il aurait pensé de nous, a dit un jour Michael alors qu'elle l'interrogeait sur le sujet. Vers la fin, les deux dernières années avant que je parte, il était revenu vers l'Église. Non qu'il s'en soit beaucoup éloigné, je jurerais qu'il n'a jamais raté la messe du dimanche de sa vie, mais même si les enseignements religieux étaient profondément ancrés en lui, je ne pense pas qu'il ait été vraiment pieux avant la fin de sa vie. Et là encore, c'était sans doute davantage un mécanisme de soutien qu'autre chose, parce qu'il y a un certain confort à entretenir sa foi. Mais la question de Barbara se serait posée. Il n'était pas du genre à juger, et il avait assez vécu pour comprendre que le bien et le mal ne sont pas toujours si nettement définis. Je suis sûr qu'il t'aurait adorée. S'il avait un type de femme, c'était toi. Mais bon, les circonstances. Tu vois ? »

Elle voyait. Et elle savait aussi ce que Michael exprimait sans le dire, que même dans une situation totalement improbable, un fils ne veut pas décevoir son père. Leur relation a beau être de l'amour pour eux, c'est aussi par définition un adultère. Ils préféreraient un autre terme, mais il est impossible d'évacuer ce vilain petit mot. Et il y avait à peu près une chance sur deux pour qu'un vieux pêcheur comprenne, ou veuille comprendre ce genre de chose.

À présent qu'il est assis sur le bord du lit, à se mordiller le coin des lèvres, la posture de Michael a quelque chose de pathétique et de charmant à la fois. Ces dernières années, il s'est empâté. Son marcel forme une protubérance au niveau de la poitrine, et s'il moule la masse épaisse de son ventre, ce n'est pas uniquement parce qu'il est assis. La montre paraît petite entre ses doigts, pourtant elle sait qu'il est très délicat et prend beaucoup de précautions. À l'instant où l'eau se met à bouillir, Michael se lève, défait le bouton de son pantalon et le laisse glisser à terre.

Il montre une gêne étudiée. Il sait qu'elle le regarde. Elle voudrait détourner les yeux, pour le préserver, mais elle ne peut s'y résoudre. Son corps n'a pas de secret pour elle ; sculptural, il est passé à un type d'œuvre d'art totalement différent, elle a accompagné cette évolution, ou révolution, et sa chair lui est aussi familière que la sienne. Pourtant il rougit. Elle reste là à le contempler, en songeant à ce qu'elle pourrait dire, combien elle l'aime, combien elle savoure les détails de ce qui le constitue. Mais elle se retient, non parce que ce ne serait pas sincère, mais parce que cela ne sonne pas suffisamment vrai. En tout cas, pour lui. Tout ce qu'elle pourrait dire à présent le mettrait encore plus mal à l'aise. Alors elle garde le silence et le contemple, car détourner les yeux aurait le même effet.

Leurs regards se croisent et se retrouvent. Elle le voit tel que le montrent les apparences : mou et avachi, les épaules larges, dégarni, le visage marqué par l'âge. Mais une seconde vision apparaît, qu'elle seule sans doute peut déceler. C'est bien là, enchevêtré dans les détails de ses traits, dans les cernes ombreux sous ses yeux, dans le pincement mouvant de ses lèvres minces, et cela le révèle tel qu'il est : un innocent, presque un enfant, qui a besoin d'elle plus que quiconque, un homme encore fort, mais si perclus d'insécurité qu'elle le verra un jour ainsi qu'il est devenu et le rejettera. Il est douloureux de reconnaître combien le temps et la vie l'ont marqué, l'ont affaibli. Le jour viendra où il sera perdu pour elle, et même lorsqu'ils seront séparés, ne seront plus dans la vie l'un de l'autre qu'à l'état de souvenir, elle sait que son absence déstabilisera tout son univers. Elle le regarde et c'est comme si un voile était tombé, car elle voit tout, les différents passés et futurs superposés sur son corps, strates d'états émettant différents éclats. Ce qu'elle voudrait lui dire, c'est que, loin de l'idée que ses défauts lui répugnent, ils revêtent à ses yeux une forme de beauté élémentaire. C'est tout cela qui le rend plus réel à ses yeux que n'importe qui d'autre, et elle est soudain envahie par ce brasier d'amour que déclenche en elle la plus petite trace de Michael. Son souffle s'étrangle dans sa gorge. Les larmes sourdent, menacent de couler. Mais il ne le voit pas, ou feint de ne pas le voir.

« Le café », murmure-t-elle, histoire de détourner les yeux.

Elle remet les tasses d'aplomb sur leurs soucoupes, déchire deux sachets de poudre instantanée et verse l'eau bouillante. Sans lui demander, elle ajoute pour lui de la crème et deux sachets de sucre. Elle remue, et le mélange prend la couleur du sable.

Elle relève la tête, il est toujours assis, mais il a retiré ses chaussettes et son caleçon. Le marcel, encore en place, recouvre presque tout. Elle baisse les yeux pour s'amuser, reconnaissance audacieuse, et sourit, parce qu'elle sent que c'est la meilleure chose à faire mais aussi parce que la situation, débarrassée des diktats de la société qui pèsent sur la notion de beauté, est soudain très tendre, même si c'est inattendu. Au-delà de ces fenêtres et de ces murs, un autre monde les attend, mais pour l'instant ça n'a plus d'importance. Ici, entre eux, ils ne se cachent rien. Il la regarde et elle se demande s'il sait, s'il a des soupçons. Elle est certaine que oui. C'est maintenant qu'il faut parler, dire ces choses nécessaires pour en finir, en finir pour de bon. Mais elle ne peut pas. Ce moment est trop parfait. Il reste assis devant elle, pire que nu. Le marcel fait toute la différence, il dissimule sa honte, diminue l'anxiété de s'être tellement laissé aller. Prétendre qu'il le garde parce qu'il a froid est aussi une manière de s'exposer.

« Tu vas avoir froid, à rester assis là comme ça, dit-elle. Il ne faudrait pas que tu attrapes un rhume. »

Il la regarde, se met à rire. Petit bruit sec, qui secoue, puis s'arrête.

« Ça se voit ? », demande-t-il, et sans attendre sa réponse, il se lève pour faire le tour du lit. D'une nonchalance grotesque, ses fesses apparaissent l'espace d'une ou deux secondes, nues et lourdes, puis il ouvre les draps du côté de la porte et se glisse dessous.

Ils boivent leur café par devoir. Caitlin s'assoit sur le bord du lit et, déçue mais pas surprise, constate son manque de souplesse. Le matelas est ferme, bien entendu, sans le moindre espoir de confort, de doux rêves ou de magie. Encore une concession au pragmatisme, une preuve supplémentaire de la froide efficacité qui accompagne leurs habitudes. Par ici, les promesses ont la mauvaise habitude de ne pas se réaliser, et l'espérance a causé trop de dégâts.

Michael goûte et fait la grimace. Il a beau faire un effort, ses yeux le trahissent, et il abandonne à la moitié environ, pose la tasse sur la table de chevet et se rallonge sur les oreillers, les mains croisées derrière la tête. Heureuse qu'on la regarde, elle poursuit, lève la tasse avec la soucoupe juste au-dessous, et boit à la manière d'un oiseau, par petits coups. Elle se concentre sur la chaleur. L'affreux café nappe sa bouche, chaque gorgée forcée laissant derrière elle un arrière-goût amer, mauvais comme l'est le café instantané quand on est habituée à mieux. Il n'y a pas si longtemps, leurs appétits ne les auraient pas laissé s'adonner à une distraction aussi superficielle qu'un café, mais les rafales du temps émoussent tout.

Elle se sent toute petite à côté de lui, pas seulement sur le plan physique. À l'abri aussi, protégée, et heureuse d'être désirée. Il ne dit rien. Sa patience semble inflexible. On croirait que le temps s'est arrêté. La lumière de l'après-midi enveloppe le lit, sa blancheur brusque trempe toutes les surfaces – les draps, les murs, leurs corps – d'un ton savonneux qui affadit. Relevé par les oreillers, il paraît à l'aise, mais il ne sourit pas. La chair de ses bras et de ses épaules nus semble dure et lisse, tel le marbre moucheté de certaines cheminées anciennes. Arraché à sa pureté par la fumée, et pourtant d'une étrange propreté, avec cette espèce de permanence immaculée. Elle éprouve le désir soudain et presque insupportable de le toucher, pas de manière érotique, mais simplement pour se délecter du contact de son corps, de sa chair, d'appliquer sa bouche sur lui, de le goûter. Le chaume noir de ses poils creuse ses aisselles, de fragiles cercles ombrent le fin coton blanc de son marcel là où pointent ses tétons. Cela amuse Caitlin et ça lui brise un peu le cœur qu'il se montre encore si timide et gêné d'être entièrement nu devant elle après tous ces moments d'intimité partagée. Les années, surtout les cinq ou six dernières, n'ont pas été tendres avec lui, sur le plan physique. Il est en surpoids désormais, et son ventre, plat comme une feuille de papier à l'époque où ils ont commencé à se fréquenter, appuie à présent contre elle et la bouscule à chaque étreinte. Le fait que cela la gêne beaucoup moins que lui, qu'elle apprécie même cette proximité confortable, cette sécurité enveloppante, ne change rien. Elle a souvent essayé de le lui dire, parfois avec légèreté, plus habituellement en adoptant un ton sérieux, mais son sentiment d'insécurité le rend imperméable. Il ne peut accepter ces paroles rassurantes, alors il préfère garder un tee-shirt.

Quant à elle, elle a appris à s'en accommoder. On n'arrive pas toujours à expliquer les lubies ; parfois il n'y a rien à faire, à part les accepter. L'âge apporte la sagesse à ceux qui ont de la chance, et celui de Michael se voit bien dorénavant, notamment dans son état général en déclin. En dehors des inévitables détériorations de surface, de la vue qui baisse, des complications liées au surpoids, il a régulièrement des bronchites, qui semblent chaque fois durer des mois, et il est soigné pour une angine de poitrine, encore au premier stade fort heureusement, mais cela emplit Caitlin d'inquiétude en songeant à l'avenir. Les détails ne sont jamais évoqués, sauf lorsque le problème s'insinue dans leur cocon. Il n'en discute pas avec elle, même s'il l'a mentionné en deux occasions. La première fois, un an et demi plus tôt, parce qu'il a dû reporter leur journée d'une semaine pour pouvoir aller à un rendez-vous à l'hôpital ; à nouveau, quelques mois plus tard, car le premier traitement n'était pas assez efficace selon les médecins et qu'ils ont dû l'hospitaliser pendant plusieurs jours afin de le soumettre à une batterie de tests pour affiner les dosages. Les deux fois, il a parlé à Caitlin de son angine de poitrine comme s'il évoquait la météo, un livre qu'il avait lu, ou un film récemment vu. Elle l'a écouté en hochant la tête, a haussé les épaules quand c'était nécessaire, sachant avec précision jusqu'où elle pouvait aller sans risquer de lui faire perdre contenance.

Elle boit son café jusqu'au bout, jusqu'à ce qu'elle sente des grains dans sa bouche, alors, la mâchoire serrée en signe de triomphe, elle repose la tasse et la soucoupe sur la coiffeuse et commence à se déshabiller. Dans ses gestes, aucune timidité. L'habitude et une confiance éprouvée l'ont libérée. Elle déboutonne son chemisier, défait la fermeture de sa jupe sur le côté gauche, l'air sérieuse, attentive à la tâche, mais s'adoucit jusqu'à esquisser un sourire lorsqu'elle jette un coup d'œil en direction du lit et voit Michael, le regard rivé au bon endroit.

Son corps a bien su négocier le processus de vieillissement, et elle est fière de son allure, mais même à l'époque où tout était encore pur, excitant, nouveau, être nue ne l'a jamais gênée. Déjà, au faîte de sa beauté, elle avait fixé ses propres standards, sans se soucier de ses atouts et de ses défauts, ni laisser de place à l'exagération ou à l'hystérie. Sa beauté a toujours été dépourvue d'artifices, mais elle peut être ambiguë, dépendant du moment, du bon regard, de l'angle de vue, d'un rythme précis de pulsation, d'un aspect particulier de la lumière déclinante. Même les mauvais jours, quand elle n'est pas au mieux d'elle-même, qu'elle a un rhume, ou qu'un souci, à la maison, lui brouille l'esprit, Michael sait où poser les yeux. Parce que dans les pires journées, il y a toujours un moment où elle a les paupières mi-closes, en réponse à ce qu'il dit, où sa bouche s'entrouvre, hésitant sur quelque promesse, et révèle le bout rose de sa langue par-dessus ses dents. Parfois au lit, elle se cambre sous certaines caresses, alors la structure de ses côtes apparaît davantage au-dessus de son ventre en creux, et ses petits seins tremblent à chaque inspiration, ils s'épanouissent, attirent toute l'attention, se rendent maîtres de l'attention, les tétons durs comme la pierre, telles des baies encore vertes qui appuient sur l'air, avec insistance, fleuris, gorgés. En tant que couple, ils ont appris à vivre pour ces instants, ces battements de cœur, et lorsque son front se détend, qu'elle irradie la lumière, le monde extérieur cesse d'exister, il n'y a plus qu'eux, ensemble, non seulement liés, mais fusionnels.

Comparée à la languide Barbara, femme aux formes si parfaites qu'elle semble à peine de chair, mais plutôt d'ivoire et de fils de la Vierge, ou peut-être de verre, d'une substance dure et chatoyante, éternelle d'une certaine manière, oui, par comparaison, la silhouette modeste et un peu androgyne de Caitlin a toujours été au moins un cran en dessous. Et quand il fait chaud, en tenue d'été, la distance entre elles ne se mesure plus en centimètres, mais en mètres. Pourtant quand elle est nue, ou vêtue de son ensemble de satin rose qu'elle ne porte que pour Michael et dans lequel elle se sent si bien, elle est submergée d'une confiance qu'elle rencontre rarement désormais dans les autres moments de sa vie.

Cela a moins à voir avec l'amour qu'avec la force des sentiments. Avec Thomas, son mari, elle vit une sorte d'amour tendre, que le temps a dilué jusqu'à ne plus lui suffire. Thomas est un type bien – peut-être mieux qu'elle ne mérite – mais il vit à un rythme pratique, et l'amour, pour lui, c'est offrir des casseroles à Noël, ou des couteaux à steak, ce n'est qu'un élément d'une longue liste, jamais une priorité. Pour certaines femmes, cela peut paraître acceptable, car d'autres choses ont également de l'importance, voire davantage. Comme la sécurité, le confort que procure l'effort, une jolie maison et des biens, le désir d'être à l'aise enfin assouvi, ou du moins accepté. Toutes ces choses peuvent témoigner de l'amour, mais seulement d'une sorte d'amour.

Michael est différent. Entre eux, ce n'est pas seulement physique. Avec lui, elle peut être celle qu'elle désire être et croire que c'est la réalité. Ses défauts valent la peine d'être supportés au regard de ce qu'il apporte dans son univers : la manière dont elle se sent auprès de lui, dont elle se voit elle-même. Les féministes peuvent crier qu'une femme n'a pas besoin d'un homme pour se sentir accomplie, mais elles – au moins les plus militantes – refusent de considérer que chaque femme est différente, et qu'on ne peut être forte en permanence. Pour celles de l'espèce de Caitlin, ces petits moments de passion explosive sont ceux qui valent le plus d'être vécus. Plus que tout le reste, c'est la conscience, la reconnaissance qu'il a d'elle en tant que personne entière et complète, son absolue considération qui comptent le plus, qui font tout peut-être. Dès l'instant où il l'a prise dans ses bras, elle a compris combien elle comptait pour lui, combien chaque forme, chaque creux, chaque pli de son corps avait de valeur pour lui.

Elle dégrafe lentement son soutien-gorge, prend son temps pour faire durer le plaisir, car elle adore qu'il la regarde ainsi, tourne légèrement ses épaules pour le taquiner, lui donner le temps de se préparer. Ils ont payé leur morceau de journée en pensant à cela, même s'ils ont appris à modérer leurs attentes. Chaque pas de danse *est* la danse. Le thermostat met du temps à monter, et le froid de la chambre est mordant.

C'est le moment pour la musique. Ils sourient au même moment, le flot de leurs pensées formant une sorte de tandem. Elle remue les hanches d'une façon exagérée pour le provoquer, et il se met à chanter quelques mesures d'une chanson un peu grivoise, tout en grognements et sons incompréhensibles. Puis il relève le drap de son côté à elle, et elle se précipite vers lui en sautillant, pour plonger dans ses bras.

À partir de là, ils font l'amour. Quelque chose dans le visage de Caitlin aiguillonne Michael, l'angle particulier de ses pommettes, et son menton auquel la lumière épaisse donne une allure particulière. Ils s'embrassent, les yeux fermés, si fort que ça fait mal. Mais il n'est plus question de s'arrêter. Elle suffoque, accepte qu'il mène le jeu jusqu'à l'instant où ils s'écartent, souffle plat, sec comme du papier, qui devient audible alors même qu'il s'efface. Ses mains enveloppent son corps, d'abord ses seins, qu'il agrippe avec douceur et fermeté, titillant ses tétons de petites caresses et pincements, puis descendant vers ses hanches. Il murmure, et ses mots entrent en elle, parce qu'il aime ça, qu'il ne peut s'en empêcher, il a besoin du soutien de la voix. Pas vraiment des mots, ce n'est pas si précis, mais il s'exprime dans une langue qu'elle semble comprendre, car en réponse, ou en réaction, elle penche la tête en arrière et son cœur vient battre contre son corps, à travers elle, pas à un endroit précis, mais partout à la fois. Elle ferme les yeux, les ouvre à nouveau en sentant ses pouces passer sous l'élastique de sa petite culotte. Elle essaie de l'aider, mais il repousse sa main et finit seul de la déshabiller. Finir de la dénuder devient facile lorsqu'elle se laisse faire. C'est un jeu en soi.

La pièce qui s'ensuit n'est pas de celles qui peuvent figurer dans les manuels, mais les détails n'ont pas d'importance. C'est beaucoup mieux que ce qu'ils ont connu la plupart du temps ces dernières années, et cela leur suffit. À tous les deux. « Je t'aime », lui susurre-t-il à nouveau, et quelque part, très haut, comme s'il naissait de l'air, survient le sentiment qu'il s'agit de la seule vérité nécessaire à dire. Elle lui répond en s'enroulant sous lui, en glissant les mains le long de son dos, en caressant les vertèbres de sa colonne qui montent et descendent, montent et descendent. Dans l'étreinte, leurs corps se rencontrent si bien, même les parties qui se sont ramollies, ont perdu leur forme, et certains mouvements leur donnent un sentiment de toute-puissance, ce sont des astuces qu'ils connaissent, à force d'être passés par là.

Mais rien ne dure éternellement.

IV.

Familles heureuses

Les livres, pour Caitlin, n'avaient jamais été rien moins qu'une forme de sorcellerie. Enfant, elle était toujours armée, et à l'approche de l'adolescence, elle était devenue une lectrice si vorace que ses deux visites par semaine à la bibliothèque locale parvenaient à peine à étancher sa faim. Plus qu'une éducation, les livres lui offraient une échappatoire, la liberté dans toutes les directions. Les îles désertes et les profondeurs du cosmos devinrent pour elle aussi réelles que les rues de Brooklyn ; elle découvrit les cavaliers sans tête, le rafting, le Londres de l'époque victorienne, les chiens qui traversaient des continents pour retrouver leurs maîtres, et elle fit connaissance avec des pirates à la jambe de bois, des détectives fumant la pipe, des cowboys qui buvaient et se bagarraient mais qui aimaient leur monture plus encore que leurs femmes, et plaçaient l'honneur au-dessus de tout.

Dès qu'elle fut capable d'écrire ses propres phrases, ses ambitions furent claires. Elle entendrait souvent dans les années futures, et même parfois de la part de ses professeurs – des personnes vêtues de petits cardigans, amères comme la mort parce que leur vie n'avait pas pris la tournure souhaitée –, que les gens de son espèce ne devenaient pas écrivains, que leur monde n'était pas fait d'histoires. Mais dès le plus jeune âge, elle sut que ce n'était pas vrai, parce que écrire n'était pas une question d'argent, d'université, de diplômes, mais de vision, de choix du mot juste, de capacité à tirer l'essence des choses. Le papier n'était pas cher – gratuit à la bibliothèque locale, enfin pour elle, et toujours accordé avec le sourire, trois à quatre feuilles à chaque fois – et les stylos et crayons s'empruntaient. Le but de l'écriture n'était pas non plus que ce soit bon ; ce qui comptait, c'était de le faire, de le vouloir. D'en avoir besoin. Elle avait des histoires plein la tête, et allongée dans son lit, tout en écoutant les bruits de la nuit, en regardant les ombres qui traversaient le plafond, les murs, arrachées aux ténèbres par les phares des voitures qui passaient, elle se les projetait et imaginait les livres qu'elles constitueraient un jour.

Ses premiers écrits étaient en rapport avec son âge, remplis d'angoisse, d'exagération, nécessaires pour trouver ses bases, mais sans intérêt par ailleurs. Finalement, ses brouillons adolescents perdirent un peu de leur lustre romantique et prirent une forme plus sérieuse, mais ce fut seulement après avoir rompu avec les rires et les larmes de l'enfance que ses tentatives plus réfléchies prirent tout leur sens. Le truc, c'était d'avoir le temps de s'observer soi-même, ainsi que son environnement, pour reconnaître et accepter le tranchant des émotions qui commençaient à meurtrir sa peau, les désirs et les peurs qui avaient sans doute toujours existé quelque part en elle, mais qui n'avaient jusqu'ici jamais attiré son attention. Les sentiments que lui évoquaient l'amour, la sexualité et tout ce qu'il y avait entre les deux : jouer au mari et à la femme, le partage de soi, la cuisine, le ménage, les économies, les jours qui filent. C'était ça, la vie, la finalité tranquille de l'existence qu'il fallait toutefois vivre pleinement. Et plongée dans la confusion face à tant de nouveauté, elle trouva refuge dans ces deux heures, le soir quand, allongée sur son lit, sur le ventre, elle déversait ce qu'elle était dans ces blocs-notes couleur safran, d'abord par bribes, puis dans sa totalité, s'imaginant en ménagère d'âge mûr, ou en petite fille perdue dans la forêt, en soldat combattant dans des guerres futiles et incessantes, en pêcheur assailli par de gigantesques tempêtes. Elle écrivait à la main, avec un vieux stylo à plume, cadeau bon marché mais bien intentionné, offert à l'homme qu'elle avait considéré comme son beau-père par une personne depuis longtemps oubliée, et que celui-ci avait abandonné dans sa fuite pour le lui laisser redécouvrir. Avec son corps de chrome terni, usé au point de se fracturer, sa plume ébréchée qui fonctionnait uniquement si on la tenait selon un angle précis, il semblait porteur d'opportunités presque ratées et de chances gâchées, pourtant il paraissait fait pour être guidé par sa main et se comportait tel un canal, le moyen énigmatique de transcrire les mots sur la page, les mots justes, de les persuader de se détacher, puis de leur donner un sens.

À dix-neuf ans, à l'âge où son écriture commença vraiment à s'épanouir, elle et Thomas vivaient déjà ensemble. En concubinage, disait sa mère, qui continua toujours à employer l'expression jusqu'à sa mort, et s'accrocha à ce mot même lorsqu'il fut devenu impropre car ils s'étaient mariés, comme s'il disait quelque chose d'eux, évoquant de profondes failles dans leurs caractères respectifs. Concubinage : un mot aigre qui faisait tourner toutes les humeurs, trop de syllabes sur un espace trop court, trop long à mâcher. Mais c'était bien du Madge Hely tout craché, ça. Peut-être son esprit avait-il retricoté son propre passé pour qu'il soit plus présentable, ou peut-être était-ce générationnel, un truc dans le sang irlandais qui s'aggravait avec la maturité, mais elle entre tous, elle aurait dû savoir, elle aurait dû être la dernière à attendre son tour dans la file des gens qui portaient un jugement sur autrui. Avant que son cœur ne lâche alors qu'elle faisait la queue à l'heure du déjeuner chez un traiteur de Brooklyn, à une semaine à peine de son cinquante-sixième anniversaire, c'était une femme petite et costaude, épaisse de partout, aux épaules tombantes, aux gros seins lourds, aux bras massifs et au large visage rougi par la chaleur des cuisines, avec sa façon de tout faire au pas de course, et ses nuits noyées dans le whiskey bon marché. Ses yeux avaient le vert humide et dur des plantes des étangs, et la déchirure de sa bouche était remplie de minuscules dents grises qui toujours grinçaient. Elle se coupait elle-même les cheveux, s'habillait chez les fripiers, travaillait trop dur et trop longtemps. À la maison, elle brûlait tout ce qu'elle tentait de cuisiner à part ce qu'elle faisait bouillir, et le goût de l'enfance de Caitlin était celui du bacon calciné, des pommes de terre gorgées d'eau, et du chou informe, trop cuit.

Madge détesta tout de suite Thomas, et jamais elle n'approuva sa présence dans la vie de sa fille. On ne pouvait pas lui faire confiance, il avait les mains froides et le regard fixe. Des yeux de menteur. Elle l'avait découvert ce premier soir sur son canapé, niché contre Caitlin d'une manière qui annonçait presque leur intimité. « C'est pas un type bien, dit-elle après son départ. Et il n'a pas de sang irlandais. Y a qu'à le regarder pour le savoir. » On n'aurait pu concevoir commentaire plus stupide, mais c'était typique de sa part. En dehors de l'accent et des chansons, être irlandais pour elle, ça signifiait des coups de poing dans la gueule, et le genre de pauvreté tant physique qu'émotionnelle à laquelle seul un départ inattendu avait su mettre fin. Elle aurait dû avoir sa dose, mais au contraire, elle s'accrochait à ça comme si c'était sacré. Ce jour-là, elle était allée à une soirée bingo, et une des règles domestiques avait été enfreinte. Elles vivaient toutes les deux et ne pouvaient prendre le risque de laisser entrer des étrangers. Il était avachi sur le canapé, les jambes tendues, écartées, et quand il prit la parole, il sembla se délecter de son propre sourire, ce qui lui donna l'air trop sûr de lui, le genre de garçon qui pensait trop à lui et pas assez aux autres, même à ses proches. Il posa la main sur le genou de Caitlin, l'y laissa alors même que Madge lui faisait les gros yeux, à croire que ce geste n'avait aucune signification, et il répondit à des questions qu'on ne lui posait pas avec des bruits plutôt que des mots, des petits grognements et acquiescements indifférents. Elle aurait dû comprendre qu'il y avait là une bonne dose de simple prétention, le genre de fanfaronnade classique de la fin de l'adolescence, seulement elle avait de bonnes raisons de ne pas l'apprécier, en tout cas au début, raisons qu'on pouvait peut-être discuter, mais pas complètement nier.

« Il va te mettre en cloque », déclara-t-elle quelques jours plus tard, alors que Caitlin rentrait un peu après minuit, seule, son chemisier visiblement lissé avec soin sur son corps frêle, un rouge vibrant lui collant aux joues. Ils étaient allés boire un café et manger une tranche de *carrot cake*, même si Thomas s'était surtout concentré sur l'épais glaçage au beurre et à la crème. Caitlin songea qu'il valait mieux ne pas dire qu'il préférait manger avec les doigts plutôt qu'avec une fourchette, ou qu'ils s'étaient tous les deux occupés de lui lécher les doigts pour les nettoyer, dans le café, au vu et au su de tout le monde. Sa mère attendait ce genre de saletés, la preuve de ses turpitudes. Tout en s'affairant à travers la cuisine afin de se préparer un sandwich au fromage et aux pickles dont elle n'avait pas vraiment envie, elle consentit peu à peu à livrer les faits de la soirée au cours d'une « confession » vague, ponctuée de haussements d'épaules et de débuts de phrases qui n'offraient qu'une illusion de transparence. Oui, il l'avait raccompagnée à la maison ; et avec réticence, oui c'est vrai, ils s'étaient embrassés, dans le hall en bas, là où il faisait sombre, et un baiser, ça n'en faisait pas Jack l'Éventreur.

La version officielle avait expurgé toute mention de ses tentatives pour obtenir davantage d'elle : son insistance plaintive pour qu'ils aillent ailleurs, qu'il voulait l'emmener chez lui, dans cette petite chambre de l'appartement qu'il partageait avec un de ses frères et un ami. Il jura qu'ils auraient la chambre pour eux seuls sans qu'on les dérange, mais elle se contenta de sourire et secoua la tête parce que non, ça voulait dire non, mais aussi pas encore. Dans le hall, elle lui avait lâché la main mais elle était restée auprès de lui jusqu'à ce qu'il l'embrasse, un long baiser lent, un peu nerveux au début, puis qui gagna en confiance, à croire qu'il prenait des forces, et elle ne s'écarta pas lorsqu'il commença à déboutonner son chemisier, ne l'arrêtant que quand il voulut obtenir un peu plus.

« Mais si », lui dit sa mère, sa bouche tordue esquissant un sourire méchant. « Note ces paroles. Il te mettra en cloque, et puis il s'en ira, et tu resteras toute seule. Y en a eu plein d'autres qui ont vécu ça avant toi. » Le silence abrupt qui s'ensuivit pesait si fort sur les mots que Madge s'apprêtait à prononcer, qu'elle comprit soudain qu'il valait mieux rester dans le sous-entendu, aussi sa mâchoire se vissa et, soufflant sa colère par le nez, elle regarda Caitlin découper son sandwich en triangles bien nets pour les ranger ensuite la pointe en l'air sur une petite assiette, comme au restaurant.

Les inquiétudes de Madge étaient celles de toutes les mères célibataires. L'amour, pour elle, avait toujours été un plongeon dans le froid, une distraction semblable à un rayon de soleil ou un rire avant l'inévitable naufrage sur d'invisibles récifs. Elle avait eu des hommes dans sa vie, par deux fois les choses avaient été sérieuses, et elle avait tout donné – en vain. D'abord, cette liaison passagère avec Brian, le père biologique de Caitlin, que l'enfant avait seulement connu de nom et de réputation ; ensuite, plus tard, Pete, un autre type d'homme, qui pendant une période au moins avait endossé le rôle de père. Ses échecs l'avaient blessée à une profondeur chimique, et après le départ de Pete, elle s'était blindée contre l'amour, avait verrouillé son cœur contre toute tentative. En surface, ce n'était pas une grosse perte, car elle était forte et capable. Mais les personnes qui ne voyaient que la surface ne pouvaient imaginer les innombrables nuits où les notes graves et mouillées de ses pleurs parvenaient jusqu'à la chambre de sa fille à travers la cloison, et après s'être tournée et retournée dans tous les sens, avoir mis son oreiller sur la tête pour se protéger de cette intrusion, Caitlin n'avait d'autre choix que d'allumer la radio afin de se noyer dans la musique. Ces nuits-là, aux heures les plus noires, l'interlude entre les morceaux se gonflait parfois de sanglots à vous déchirer le cœur, alors, même les chansons au rythme le plus joyeux se teintaient à leur tour de tristesse.

Ses souvenirs de Pete forment une masse indistincte de bribes et d'imaginaire. Parfois elle revoit clairement son visage, à croire qu'il est assis à un mètre d'elle, à d'autres moments, son esprit ne se rappelle qu'une forme, la manière peu gracieuse dont il remplissait l'espace, comme s'il s'en excusait. Son nom résonne parfois dans ses pensées, toujours encadré par la voix de sa mère, lancé tel un coup de poing, le ton accusateur, condamnateur, une lame en défense. Pete partagea leur vie à la maison pendant environ quatre années, arrivant dans les semaines qui précédaient le troisième anniversaire de Caitlin, homme grand et mince, taiseux sauf quand il buvait, et même alors le plus souvent larmoyant. Les jours où il ne travaillait pas, il la prenait par la main et ils allaient au bout de la rue acheter du chocolat, une glace ou ces friandises cristallisées, à l'ancienne – berlingots, sucettes, sucres d'orge –, qu'elle aimait surtout parce qu'il les aimait, lui. Elle se sentait toute petite, en sécurité, heureuse à ses côtés, courant presque pour marcher à son allure, fière qu'il ait accepté ou décidé d'être son père.

Il éprouvait une véritable passion pour le baseball. Il en parlait tout le temps, murmures ressassés qui faisaient bruisser l'air à travers les mots et jamais elle n'avait rien entendu de tel. Sa voix paraissait confinée, bien trop modeste pour sa carrure, mais cela conférait aux moments qu'ils passaient ensemble une délicieuse atmosphère de conspiration. L'essentiel de ce qu'il avait à dire lui passait au-dessus de la tête, mais cela ne diminuait en rien l'enthousiasme de Pete. Et le bruit qu'il faisait, soufflant les mots doux comme de la terre humide, suffisait à Caitlin. Plus tard, elle comprendrait qu'il s'exprimait ainsi parce que sa voix était formée depuis des générations avec une autre langue en tête, et que même s'il avait oublié ces mots, les avait remplacés par d'autres, l'essence de cette musique différente demeurait en lui, l'accent restait gravé. Et parfois, en marchant, pour s'amuser, elle se mettait à chanter « Take Me Out to the Ball Game », avec timidité, sans qu'on lui ait demandé, bruit de fond de ses bavardages. Il souriait alors, et elle aimait la sensation que lui procurait ce sourire. Ses yeux se fermaient un peu quand sa bouche s'ouvrait, et même à cinq ou six ans, elle savait que si jamais elle le voyait un jour pleurer, il aurait exactement la même expression, avec juste les larmes en plus.

Aujourd'hui encore, elle a du mal à comprendre quelle attirance a pu exister entre lui et Madge. Surtout aujourd'hui, avec le recul. Mais l'amour est un langage qui défie souvent toute traduction. Pete n'était pas beau. Il avait le visage long, mince et plat, avec trop de front et trop de menton. Ses os affleuraient sous la surface, jaunissant la peau là où ils saillaient. Il travaillait dans le métro, à quelque construction ou maintenance laborieuse qui l'obligeait à respecter d'étranges horaires dictés par ceux des trains, aussi, pour lui, le temps était une chose fluide, et les nuits se mélangeaient aux jours. La lumière naturelle devait être pour lui un délice d'un autre monde. Sur l'insistance de Madge, pour entretenir l'illusion d'une vie de famille, ils mangeaient souvent du porridge à minuit, et dînaient à dix heures du matin de chou, de navet ou de choux de Bruxelles trop cuits, de pommes de terre dont la peau se détachait toute seule pour s'écraser en poudre dans l'assiette, de *corned beef* ou d'abats filandreux, cœur, rognons, foie découpés en cubes durcis à force de trop frire. Il mangeait comme s'il devait payer des taxes sur les restes, à la manière dont dévorent ceux qui sortent de prison, engloutissant la nourriture à grand renfort de bière brune si c'était jour de paye, ou de lait s'il avait tout dépensé pour acheter des bonnes choses pour la semaine.

Peut-être parce qu'il voyait si peu le soleil, sa chair était blême, en dehors des bleus laissés pas l'insomnie sous ses petits yeux pâles. Parfois, les jours de chaleur, ils allaient chercher une glace, il enlevait sa veste de costume bon marché, et la tenait sur son épaule, son pouce en guise de crochet, dans ces moments-là apparaissait un autre versant de sa personnalité, révélant à Caitlin que c'était un homme sans attache, capable au moindre caprice de prendre la tangente et de traverser le pays, qui pouvait facilement passer un mois sans se raser, dormir dans les champs ou sous les ponts, et qui se battrait sans un remords pour son souper, avec ses poings ou un tesson ébréché. Au meilleur de lui-même, c'était un type bien, tant qu'il parvenait à se tenir loin de tout breuvage plus fort que la bière ; dans ces moments-là, il devait ensorceler Madge, même si elle se montrait stricte avec lui sur à peu près tout, rentrer avec une heure de retard, oublier de descendre les poubelles, ou laisser traîner ses chaussettes sales sous le lit. Quand elle s'en prenait à lui, il encaissait, tête baissée, mais s'il avait du whiskey sous la main, alors tout pouvait arriver. Caitlin se souvient de matins, pas nombreux cependant, où Madge parlait d'une voix rauque, à travers un torchon ou un mouchoir, mais elle se souvient aussi de s'être réveillée en pleine nuit en entendant des gémissements d'oiseau, et de découvrir sa mère, la tête contre le matelas, sa chemise de nuit remontée sur le dos, et derrière elle, Pete, droit et complètement nu, lançant des assauts saccadés, tandis que de ses mains il pétrissait des poignées de chair sur ses flancs généreux avec un immense plaisir. Les détails de la scène sont restés gravés dans la mémoire de Caitlin, la vue de leurs corps luisants comme de l'os exposé, et ce mur de petits bruits : le claquement incessant de la chair, les ahanements, les mots étouffés, déformés, à demi prononcés, et plus que tout, l'absurde délicatesse des glapissements que lâchait Madge à chaque assaut, sanglot animal immédiatement amplifié par l'obscurité, dans son intensité si ce n'est dans son volume.

Était-ce de l'amour ? Qui hormis les personnes concernées pourrait vraiment savoir ? Ce qui était sûr, en revanche, c'est que pendant quatre ans Pete avait été présent, en tant que père et mari, et il avait participé aux dépenses. Il parlait de baseball, s'endormait à table le matin après une longue nuit de travail dans les tunnels, mais aussi se tournait et se retournait dans son lit, défaisait les draps, se levait pour ouvrir la fenêtre, la refermer, pour boire, mouiller un gant de toilette afin de lutter contre les étés nauséabonds de Brooklyn et finalement, vers midi, il abandonnait la partie, et s'en allait au bar du coin, ou s'il n'était pas assez en fonds, devant l'entrée de l'immeuble, où il s'installait sur la marche la plus haute, s'adossant au montant de la porte ouverte, et somnolait entre deux bavardages. Vivre ainsi n'était pas facile, mais ils faisaient avec, et malgré des ambitions limitées, il y avait beaucoup de place pour le rire dans leurs vies.

Et puis un jour il disparut, tout simplement. Caitlin y pense encore parfois, quand elle est seule. Un jour à la fin de l'été, l'air doré brûlait, s'épaississait en rougissant à mesure qu'apparaissaient les ombres à l'approche du soir. Dans la rue, des gamins avaient ouvert une bouche d'incendie et tour à tour bondissaient dans l'arc jaillissant en hurlant, transis au contact de l'eau glacée. La chaussée miroitait et les hommes en bras de chemise ou en sous-vêtements, assis devant les immeubles, les observaient en souriant, hochant la tête en se racontant leurs propres souvenirs d'enfance.

À dix-huit heures, mère et fille étaient à table. Madge ne disait rien, elle était assise là, vêtue de son chemisier sans manches bleu pâle, virant au marine près des aisselles. Un voile de sueur luisait sur ses tempes et de temps à autre une goutte apparaissait et se mettait à couler avec rapidité le long de sa joue. Le dîner, c'était salade et charcuterie, et au début, Madge insista pour qu'elles attendent Pete, mais au bout de vingt à trente minutes, elle accepta que Caitlin commence à manger. Quant à elle, elle ne toucha pas à son assiette. Elle demeura assise là, à attendre, entretenant de mauvaises pensées qui ne faisaient qu'empirer. La chaleur lui devint insupportable, alors elle déboutonna son chemisier et le laissa ouvert. Ses gros seins semblaient vouloir s'échapper de son soutien-gorge d'un blanc virant au gris, et par endroits sa peau était rouge, irritée. Elle était encore là une heure plus tard quand la lumière du jour commença à diminuer.

Au fil des années, les journaux ont rapporté d'innombrables histoires d'hommes sortant pour acheter des cigarettes et qui ne sont jamais revenus. Difficile de trouver moyen plus efficace pour faire connaître ses intentions. Il existe même un mot pour ça : abandon, le genre de mot qu'on a du mal à prononcer, qui vous donne envie de cracher, ou de faire la grimace en le prononçant. Caitlin resta à la fenêtre, dans les derniers rayons du soleil, puis à nouveau le lendemain, contemplant la rue en attendant de voir apparaître la silhouette familière. Elle sentait que leurs vies s'étaient effondrées, mais elle était trop jeune pour mesurer l'ampleur de ce qui s'était passé. Elle ne se souvient pas d'avoir pleuré suite à ce départ, en revanche elle se rappelle avoir été submergée par un sentiment de déplacement, comme si son cœur était tombé de son perchoir, à l'intérieur de son corps, laissant derrière lui un trou béant. Cette sensation étrange demeura en elle très longtemps, et peut-être d'une certaine manière l'éprouve-t-elle encore.

Parler n'avait jamais fait partie des choses envisageables. Alors que la blessure était encore fraîche, elle savait qu'il valait mieux éviter tout affrontement ; mais même plus tard, en grandissant, ses tentatives pour aborder le sujet s'étaient toujours heurtées à une paralysie réactionnaire. Madge possédait toute la gamme possible en matière de rage, mais la simple évocation de Pete la pétrifiait instantanément. C'était compréhensible. Les gens ont différentes manières de se défendre. Certains parlent des mauvais côtés de la vie, d'autres crient, chantent, et quelques éléments rares en font une œuvre d'art. Madge opéra une sorte de transubstantiation inversée, un truc alchimique à la Monte qui transforma la chair et le sang en simples matériaux. Même en son absence, Pete demeurait un socle permanent dans leur vie, mais elle toisait le moindre défi d'un regard dur, refusant de parler, et petit à petit, son déni eut pour effet d'éroder son essence. Tout verrouiller était un moyen de se préserver, l'outil ou l'arme qui l'aidait à supporter ce qui était pour elle une véritable catastrophe. Et ne connaissant pas les détails, Caitlin ne pouvait qu'imaginer ce qui avait mal tourné.

Sans doute son départ s'était-il produit après une querelle, car il se passait toujours quelque chose et les disputes semblaient s'enchaîner, chacune s'insérant dans la suivante. À cause de la boisson, d'un geste égoïste, ou Dieu sait quoi. Mais pourquoi cette querelle précise s'était avérée plus féroce que les milliers qui l'avaient précédée, il était impossible de se l'imaginer. Des paroles irrémédiables avaient-elles été prononcées, une chose si atroce qu'il valait mieux ne pas s'en souvenir ? S'était-il passé quelque chose ? Ou peut-être cette fois y avait-il une tierce personne impliquée, une autre femme, qui lui offrait davantage, une échappatoire, l'amour ? Était-ce cela qui avait rendu cette dispute aussi différente et définitive ? Peut-être. Caitlin s'interrogeait, évaluait les possibilités, les variables. Mais c'était une tentative futile. Et le passage des années n'a pas permis de clarifier les choses. Même aujourd'hui, tout ce qu'elle sait, tout ce dont elle est certaine, c'est que Pete était là, comme les murs de leur appartement, solides, sûrs, et aussi fiables ; un homme grand et mince aux épaules tombantes, qui ne semblait jamais à l'aise ni détendu, qui parlait de baseball, dégageait une odeur aigre, et avait l'air usé, toujours triste. Et puis sans un mot, sans un baiser d'adieu, il était parti. Avait-il ensuite repris contact, elle n'avait aucun moyen de le savoir. Peut-être avait-il appelé, écrit, car un abandon total ne correspondait pas à ce que Caitlin croyait avoir compris de sa nature, et un mot, prononcé ou écrit, aurait pu expliquer les larmes qui devinrent la marque des pires heures de la nuit. Mais si lettres il y avait eues, elles n'avaient pas survécu. Il n'y avait plus rien, à part les souvenirs.

L'amour compliquait les choses. Pour Caitlin, faire la connaissance de Thomas avait ajouté un certain degré de volatilité au monde. Elle l'appréciait depuis le début, aimait son allure, avec ses jeans noirs étroits et ses manches de chemises remontées très haut. Et plus encore, elle aimait la manière dont il la regardait de ces yeux affamés, qui collaient comme de la boue. Il n'était pas du genre à créer des problèmes, n'était ni membre d'un gang ni dealer, pourtant, avec lui, elle avait l'impression d'enfreindre la loi. Parfois, lorsqu'ils étaient ensemble dehors, il la faisait s'adosser à un mur et la contemplait, la dévorait de ses grands yeux sombres. Le silence n'était porteur d'aucun malaise alors, ça viendrait plus tard, car à ce stade, quand tout n'était encore que douceur, un regard en disait bien assez long. Ainsi la positionnait-il tendrement contre le mur, se rapprochait, et la dévisageait jusqu'à l'hypnotiser, puis, en l'embrassant, ses mains se posaient sur ses seins à travers son chemisier ou son pull, sans crainte ni honte, au beau milieu de la rue, devant tout le monde. Plus tard, au cœur de la nuit, allongée dans son lit elle revivait tout ça, essayait de ranimer cette sensation de vie qu'il lui procurait, et au bout d'un moment, elle décida que parmi toutes les raisons pour lesquelles elle l'appréciait, c'était son innocence à vouloir paraître différent qu'elle aimait le plus. Il était facile de se prendre au jeu avec lui, de lui emprunter un peu de ses airs fanfarons, de se convaincre que ce qu'elle éprouvait pour lui était le véritable amour.

Au bout d'un an, ils emménagèrent dans un deux-pièces minable d'Hudson Heights. Respirer l'air de l'autre était un nouveau défi, mais dans l'épanouissement de leur relation encore pleine de richesse, l'équilibre demeurait préservé. Et Thomas, issu d'une famille nombreuse, habitué à peu d'espace, se mouvait comme un danseur. C'était ça, l'astuce, disait-il. Voilà comment on naviguait dans les ténèbres. À l'époque, il était doué pour l'amour, pour l'idée de l'amour. Il lui prenait la main dans des moments inattendus et ses baisers l'électrisaient parce que cela les menait à des sommets d'émotions. Elle apprit des choses sur lui, tant sur le plan sentimental que physique, des éléments qui expliquaient certains aspects de sa personnalité, mais en faisaient passer d'autres au second plan. Et elle pensait que lui aussi avait appris des choses sur elle, malgré sa lenteur à dévoiler ce qui lui paraissait trop intime.

Au lit, les premiers mois, il était insatiable. Ils se dévoraient l'un l'autre tour à tour ; même en dormant, leur chair semblait répondre à quelque addiction, ou attirance magnétique, totalement séparée de toute pensée ou conséquence. Elle était heureuse alors, souriait beaucoup, du plus profond de son être, car son enthousiasme était contagieux. Mais une partie d'elle demeurait inaccessible.

Bien sûr, Madge désapprouvait. Certes elle avait raison sur certains points, mais elle se trompait complètement sur d'autres. Elle avait beau en savoir très peu, ses préjugés étaient tenaces. D'après elle, Thomas était un fauteur de trouble, et ce que sa fille et lui faisaient, vivre ainsi à la colle, ce n'était rien moins qu'un péché. Elle n'imaginait pas à quelle fréquence le sujet du mariage s'immisçait dans la conversation des jeunes amants, presque toujours à l'initiative de Thomas, discussion qui n'avait pas seulement lieu dans les moments d'intimité, quand le sang était chaud et qu'on se disait les choses, mais de manière soutenue et continuelle, surgissant à la moindre occasion, au petit déjeuner, en buvant un café, une bière, toujours en suspens, à peser le pour et le contre. Au bout de quelques mois, ils avaient connu une alerte à la grossesse, mais Caitlin avait fait une fausse couche. Ça s'était passé sans histoire et sans traumatisme, car en fait elle en était au tout début, à quelques semaines. Thomas était là le jour où c'était arrivé, il l'avait emmenée à la salle de bains, lui avait retiré ses vêtements, l'avait fait monter dans la baignoire pour la laver, et ni l'un ni l'autre n'avait pleuré, malgré le sentiment que les larmes étaient bienvenues, voire requises. Ils auraient tout le temps pour cela, disait-il, maintenant et plus tard. Et peut-être que c'était mieux ainsi. Caitlin sourit et ne fut pas du tout surprise de sentir qu'il disait vrai. Ce n'était pas qu'elle ne veuille pas d'enfant, elle en voulait, et lui aussi, il était même très désireux d'en avoir ; seulement ni lui ni elle n'étaient prêts, à ce stade où tout était encore si incertain entre eux.

À cette époque, l'écriture était devenue une chose très sérieuse pour elle. Cela avait toujours fait partie d'elle, mais à présent, elle commençait à croire qu'elle pourrait s'engager dans cette voie bienheureuse pour le restant de ses jours. Cela signifiait consacrer chaque jour quelques heures à la tâche frustrante de construire et de déconstruire des phrases, remplir des pages, les désosser, et essayer de donner du sens à ce qu'elle pensait. Mais quand cela coulait, quand elle arrivait à trouver la musique au cœur des mots, quelque chose se mouvait alors en elle et tout s'illuminait, ou semblait enfin prêt. Cela ne durait jamais, mais ça valait la peine de faire des efforts pour y aboutir. À ce stade, elle écrivait ce qu'elle avait besoin d'écrire. À dix-huit ou dix-neuf ans, ses ambitions semblaient dépasser ses capacités, mais tomber toujours à côté était pour elle une sorte d'accomplissement. Elle avait entendu ou lu les mots de Beckett concernant l'échec, et elle s'y tenait, se refusant à la facilité. Rien n'était inacceptable, et il n'était pas de blessure trop délicate. Elle songeait à Thomas, à ce qu'ils faisaient ensemble, à ce qu'il était, au-delà de ce qu'il prétendait être, à la direction qu'il voulait prendre, où il finirait. Et elle songeait au passé de Madge, aux souffrances et aux sacrifices qui pouvaient expliquer une telle amertume. Elle apprit à regarder, à observer et voir vraiment, et elle fit de son mieux pour éprouver de la compassion. Ratant son objectif la plupart du temps, mais de temps en temps découvrant un élément de valeur, un moment révélateur. Pourtant, dès qu'elle en venait à Pete, la route était bloquée. Tout ce qu'elle avait sur lui, c'était des souvenirs, qui en outre devaient être à demi imaginaires. Il était une ombre noire, un fantôme, un personnage de ses après-midi d'enfance riches de l'odeur de goudron et de fragrances plus douces, souriant lorsque par-delà le bruit de la circulation il entendait de la musique provenant d'un poste de radio invisible ; il faisait partie aussi des moments de guerre, assis sans rien faire, les yeux mi-clos, la mâchoire serrée, tandis qu'au-dessus de lui, Madge hurlait comme un chat.

Et puis un soir, un autre souvenir lui revint, depuis longtemps oublié, qui revêtait les apparences du rêve, ainsi que les autres, mais semblait aussi tout à fait réel une fois qu'elle l'eut en tête, c'était un matin où Pete, ivre, l'avait prise sur ses genoux et avait mis la main dans son pantalon de pyjama. Il avait travaillé de nuit, de vingt-deux heures à six heures du matin, le pire des services, après, il s'était retrouvé dans un bar avec deux collègues, or boire ainsi à l'aube le mettait dans ses pires états. Sa mère était juste sortie acheter des œufs, s'absentant cinq minutes, et il ne s'était rien passé d'autre, mais la toucher ainsi était déjà très au-delà de ce qui était autorisé. Elle ne pensait pas avoir pleuré alors, mais elle n'en était pas sûre, et elle se demandait si elle avait eu peur. Elle savait, bien entendu, sans même avoir besoin des mises en garde répétées de sa mère, que personne n'avait le droit de la toucher à cet endroit, seulement elle avait six ans, et à cet âge, surtout à l'époque, les règles étaient rigides. À six ans, on ne parlait que si on vous adressait la parole, on ne répondait pas, on venait quand on vous appelait, et surtout, surtout, on faisait confiance à ses parents, corps et âme.

Affalé au milieu du canapé, il lui demanda de s'approcher et la prit sur ses genoux, la maintenant doucement, une main sur l'épaule, les yeux clos, aussi calme que s'il dormait, l'air pour une fois serein, expirant longuement par le nez avec un petit sifflement, atteignant le stade critique juste avant de basculer dans le vide inverse. Et elle, elle resta immobile, ne sachant pas quoi penser au début, puis gagnée par la nervosité, tandis que la main de Pete sans explication appuyait froidement contre son ventre, passait sous l'élastique de son pyjama, et descendait entre ses jambes. Peut-être pour détourner sa propre attention, elle se mit à examiner son visage, se laissant absorber par les réseaux de plis qui se déployaient en éventail depuis les commissures de ses paupières, la façon dont les pores de ses joues restaient ouverts, comblés par la crasse, la suie qu'il avait rapportée des entrailles de la ville. Elle aurait pu crier lorsque la main se fit plus rude, mais sa voix serait demeurée aussi haut perchée que le chant du rossignol, et la chose se termina très vite, sans doute parce qu'il avait peur d'être dénoncé par un hurlement, ou de la faire saigner. Il resta assis parfaitement immobile, les doigts plongés entre ses jambes, un air de satisfaction sur le visage à l'issue de quelque chose, et sa main se retira seulement quand il entendit Madge s'annoncer dans le couloir en grommelant toute seule contre la circulation déjà intense à cette heure, et Dieu du ciel comment il pouvait faire aussi chaud, si tôt le matin. Il s'arrêta comme s'il était simplement fatigué de ce jeu ou qu'il s'ennuyait. Il garda les yeux fermés, et il n'y eut plus rien à lire sur son visage, ni joie, ni peur, ni rien.

Quand la porte s'ouvrit, Caitlin glissa par terre et courut aux toilettes, et ça valait la peine d'écrire là-dessus, d'explorer cette nécessité qu'elle avait éprouvée à un âge aussi précoce de cacher ce qui venait de se dérouler, comme si elle était quelque part responsable de ce méfait. Était-ce la preuve que la culpabilité était une réponse instinctive plutôt qu'une injonction de la société, ou que même à cinq ou six ans, elle était déjà consciente de l'équilibre précaire de sa famille, au fait qu'il faudrait choisir son camp dans pareille querelle, et qu'il était absolument impossible de savoir comment les choses tourneraient ? Elle resta longtemps aux toilettes, la porte fermée derrière elle mais pas verrouillée, face à la fenêtre, en cage dans cet espace blanc, essayant de décider si elle avait quelque chose à gagner à se mettre à pleurer. Puisqu'elle avait besoin de s'occuper et que le silence lui pesait, elle ouvrit le robinet du lavabo et laissa l'eau couler. Son cœur cognait très fort. Rien n'était à sa place, même si dans le miroir, au-dessus du lavabo, elle paraissait exactement pareille qu'avant. Une croûte de la taille d'une pièce de monnaie rompait la symétrie de ses traits, résultat d'une chute dans la rue une ou deux semaines plus tôt, une maladresse pendant qu'elle courait après un ballon, ou jouait à la marelle. Elle avait pleuré, même si elle ne s'était pas fait si mal que ça, en tout cas pas après que la violence de l'impact fut passée, et alors elle était montée sur les genoux de Pete. Mais ce soir-là, il n'avait pas bu, il l'avait serrée contre lui et bercée doucement, ainsi que n'importe quel père, lui murmurant des paroles pour la consoler, jusqu'à ce que ses larmes se tarissent et que son souffle haché se calme à nouveau. Une fois rassérénée, il l'avait remise debout, l'avait attirée contre lui, et avec douceur, sans aucune autre intention que l'affection qu'il éprouvait pour elle, il l'avait embrassée sur sa joue meurtrie. La blessure n'était pas profonde, il n'était pas nécessaire de suturer. « Ça ira mieux d'ici à ce que tu te maries », avait-il dit, et elle avait froncé les sourcils en lui demandant avec une moue feinte s'il s'agissait là d'une promesse, car que se passerait-il si elle décidait de se marier dès demain ? Mais une ou deux semaines plus tard, la croûte était encore là, déséquilibrant l'image que lui renvoyait le miroir, et l'année suivante encore, on en voyait la trace, gâchant les photos prises le matin de sa première communion, une marque rose de la taille d'une petite pièce, seule imperfection de sa beauté angélique. Quelques-unes de ces photos subsistent encore, sur les meilleures d'entre elles, on la voit debout à la porte de l'église, juste la tête et les épaules, âgée de sept ans, ses cheveux arrangés en boucles sombres sous le bouquet de gaze de son voile rejeté en arrière, ses mains minuscules jointes en prière, sous le menton. Elle est adorable, mais allez savoir pourquoi, n'a pas l'air si innocente. La trace rose attire certes l'œil, mais il est impossible d'ignorer le fait qu'elle ne sourit pas au photographe.

Lorsqu'elle commença à ainsi examiner sa vie de près, une intimité nouvelle émergea dans son écriture. Ses fictions aboutirent à un degré de réalisme jusque-là absent, réalisme qui comprenait les aspects difficiles, les scènes affreuses, l'ennui, les colères et moments d'horreur aussi bien que les images les plus belles. Bref, quand c'est dit, c'est dit. Et le processus bénéficia du fait qu'elle avait désormais quelqu'un dans sa vie, dans son espace à elle, avec qui elle partageait des choses, la nourriture, les rires, un lit, leurs corps. C'était une nouvelle forme de mise à nu, pleine de crainte et d'exaltation, et sa fraîcheur faisait crépiter le monde. L'énergie sourdait de partout, et ses jours et ses nuits étaient gorgés d'inspiration.

Leur situation financière mit longtemps avant de se stabiliser, mais Thomas avait du flair en matière d'argent, et du talent pour le gérer. Au début, ils avaient ramé pour rester à flot et ne pas se laisser engloutir sous le poids de factures trop lourdes, sans oublier le loyer qui avait trop facilement tendance à prendre une semaine ou un mois de retard, mais grâce à ses techniques de gestion soigneuses et souvent créatives, en mettant les bouchées doubles de temps à autre, il réussissait toujours à faire quelque chose à partir de rien. Travailleur, il trimait comme un galérien pour s'assurer qu'ils soient à flot et, à vingt-deux ans, il parvenait à faire dans la joie ce qu'il aurait bien plus de mal à accomplir à quarante ans. Dès qu'on entrait dans le domaine des affaires, il était aussi froid qu'une pierre tombale, il apportait ses marchandises à des amis d'amis, auprès de compagnies aux sous-sols inondés qui économisaient sur tout et qui diminuaient les coûts jusqu'à les rendre insignifiants sans jamais payer le tarif habituel, parce que, à vingt-deux ans, il avait encore toute la force et la fraîcheur de la jeunesse, et qu'à cet âge, savoir compter et avoir du ressort dans le sang semblaient largement suffisants. À l'époque, il y avait beaucoup d'expressions pour ce genre de chose, avoir des couilles paraissait la meilleure, mais le truc, c'était de croire qu'on allait bientôt faire une percée, sans trop aller fouiller l'horizon.

Même quand la misère semblait vouloir les engloutir, sa foi en lui-même, son refus d'accepter qu'on lui ferme des portes parvenait à les maintenir en vie. Et le changement s'annonçait. Après plusieurs mois passés à harceler une firme comptable aux résultats exceptionnels, Kinsey, Morgan & Davenport, à coups de CV trafiqués garantissant une véritable déforestation, il réussit enfin à les convaincre et fut embauché comme gratte-papier tout en bas de l'échelle, à condition de terminer le diplôme universitaire qu'il préparait. C'était le résultat d'une vie d'insistance entêtée pour se sortir de la merde : enfin il gravissait une marche et découvrait le scintillement vertigineux des étoiles lointaines. Plus important encore, cela leur garantissait un petit revenu régulier à la banque, le premier du mois. Pour un jeune couple habitué à tirer le diable par la queue, cette sécurité nouvelle était sujet d'émerveillement. Les journées eurent soudain une légèreté qu'elles n'avaient jamais eue jusque-là, et les nuits devinrent douces et coquines. Il arrivait à la maison un peu après dix-huit heures, après vingt-deux heures les soirs où il suivait ses cours, et il trouvait Caitlin qui l'attendait, prête à lui donner des baisers qui les faisaient sourire tous les deux, alors ils s'asseyaient, dînaient, discutaient du travail, de la circulation et de cent autres choses qui empêchaient de se déplacer en ville. Ils jouaient au mari et à la femme, connaissaient bien leurs rôles et feignaient de se comporter en adultes, alors qu'en réalité, ils alimentaient le mythe et remplissaient un vide partagé. Et lorsque enfin ils se décidèrent à suivre ce qui semblait être la progression naturelle en officialisant leur relation, là aussi, ce fut une sorte de jeu. Les formalités n'étaient guère pesantes, mais Thomas était le premier homme à la demander en mariage, le premier à lui témoigner de l'intérêt, et même si l'ampleur de son engagement n'était pas exactement ce qu'il aurait fallu, refuser n'était pas envisageable. À vingt ans, elle ne voyait personne d'autre surgir à l'horizon, et aussi incroyable que cela lui paraîtrait avec le recul, la peur avait alors pesé de manière significative dans sa décision. Le mariage, au-delà des couleurs de l'amour avec toutes ses éclaboussures folles et sanglantes, était un contrat, un échange de choses données et prises, le fait d'écarter les jambes même quand elle n'en avait pas particulièrement envie, d'œuvrer à remplir sa moitié du contrat pour rendre leur vie de couple la plus parfaite possible, ou si la perfection était un objectif trop ambitieux, de la rendre au moins supportable. Il veillerait sur elle, et elle ferait au mieux pour lui. Entre deux, elle trouverait le bonheur dans les mots. En théorie, tout était clair.

Pendant son enfance, à l'époque où sa mère travaillait ainsi qu'une forcenée et que Pete oscillait, maussade, entre deux phases d'ébriété, Caitlin réfléchissait avec prodigalité à ce que serait le mariage. L'ineffable ne s'était produit qu'une seule fois, mais après cela, et même après le départ de Pete, elle se sentit vaccinée contre ce genre de pensées. Le mariage était une fantaisie de l'esprit, qui à ce stade consistait à sourire le plus possible, à faire des gâteaux et des biscuits et à s'embrasser dans le noir. C'était dîner aux chandelles et se tenir la main chaque fois que l'occasion se présentait, c'était le pur bonheur d'avoir quelqu'un qui la protégerait et la chérirait, qui donnerait sa vie pour elle si c'était nécessaire, sans la moindre hésitation. En grandissant, elle perdit à peu près toutes ses illusions, mais à vingt ans, même au bout de deux ans passés ensemble, presque trois, dans des situations toujours plus difficiles, elle conservait encore une part de rêve. Avec ou sans amour, le joker du mariage, selon elle, lui permettait d'échapper de manière certaine à la possibilité redoutée de passer sa vie toute seule.

Avec ou sans mariage, l'écriture coulait. Elle accueillait souvent l'aube chez elle, assise à la table de la cuisine, face à la fenêtre, perchée au-dessus de sa page dans sa vieille chemise de nuit en flanelle, son deuxième ou troisième *mug* de café noir fort, torréfié à la française, et plus d'une fois, elle avait quitté son lit avant minuit, vive et bien éveillée, encore pleine de l'énergie de leur étreinte. Son écriture était alors en pleine réflexion, en pleine maturation. Elle errait à l'aveuglette, luttant contre la frustration, trouvant son chemin à tâtons, par l'effet de sa volonté, jusqu'à ce que les histoires prennent forme. Pourtant, une fois terminés, les résultats la plongeaient souvent dans la panique. Dans sa tête, ce qu'elle écrivait n'avait rien de commun avec ce que produisaient les autres écrivains, les vrais. À ses yeux, ceux qui avaient gagné ce titre par leur travail étaient pour l'essentiel des créatures mythiques, des noms évoquant des images et des univers en soi. Hemingway, Steinbeck, Updike, Nabokov étaient avant tout pour elle des fictions forgeant de la fiction. Elle n'avait jamais rencontré personne qui porte ces noms et ils ne faisaient pas partie de son paysage. Peut-être leurs procédés et les siens avaient-ils quelque chose en commun, mais les phrases qu'ils sculptaient étaient remplies d'une assurance musicale, qui crépitait et vibrait de toute l'électricité de la vie. Il lui était inconcevable qu'ils puissent connaître rien de semblable aux tentatives désespérées dont elle faisait l'expérience au premier jet, voire au cinquième. Leurs mots dansaient ; les siens étaient plongés dans le coma. Elle travaillait comme une esclave à ses nouvelles, mais il arrivait que des semaines entières d'affilée, ses efforts à donner vie aux mots ne suscitent que de faibles mouvements. Écrire à ce stade faisait tellement partie de son identité qu'arrêter n'était pas une option envisageable, et ce qui la poussait à continuer, c'est qu'elle avait compris qu'enfin elle pouvait définir ses propres règles, que personne ne lirait ses textes tant qu'elle ne se sentirait pas prête à les donner. Hélas, cela n'apaisait guère son sentiment d'illégitimité.

Elle était mariée depuis neuf semaines quand « Affaires étrangères », sa première nouvelle vraiment intéressante, fut repêchée dans la pile des manuscrits et publiée par un magazine au tirage moyen mais d'envergure nationale. Elle avait déjà mis son texte à la poubelle car elle avait reçu une douzaine de lettres de refus du genre à saper toute confiance en son propre jugement. Elle répondit au téléphone les bras couverts de mousse jusqu'aux coudes car elle faisait la vaisselle du soir. Une voix d'homme, sans la moindre passion, distraite par d'autres corvées bien plus importantes pour lui que Caitlin, se présenta et lui annonça d'une manière qui ressemblait à tout sauf à une demande, que son journal voulait publier son texte, à condition qu'elle soit d'accord pour effectuer une petite modification dans le deuxième paragraphe de la page trois, et clarifie quelques points un peu plus loin. Elle murmura ses réponses pleines de gratitude par monosyllabes un peu rapides, et après avoir raccroché, s'effondra sur le sol en larmes, sans vraiment savoir pourquoi. Thomas, croyant qu'un malheur s'était produit, bondit du fauteuil où il regardait un match, la remit debout et la prit dans ses bras. Entre deux sanglots, elle lui raconta ce qui s'était passé, alors il sourit et la félicita tandis que sa main se faufilait sous son chemisier et commençait à lui titiller le bout d'un sein pour le faire durcir.

C'était un minuscule succès, payé une misère et quelques exemplaires du magazine, mais en termes de reconnaissance pour ses années d'efforts et de discipline, c'était immense. Ce soir-là, Thomas et elle célébrèrent l'événement avec une bouteille de vin rouge à cinq dollars, puis ils firent l'amour jusqu'à sombrer dans le sommeil. Ainsi allongée dans l'ombre encore empreinte de la moiteur de leurs ébats, son mari allongé sur le ventre, sous les couvertures, la radio de chevet diffusant tout bas un match de la côte Ouest, elle osa enfin imaginer une espèce de carrière dans l'écriture. De folles pensées la traversaient et, dans son esprit qui tournait à toute vitesse, elles partaient dans toutes les directions. Au cours des semaines et des mois qui suivirent, elle entreprit de transformer ces rêves en réalité, s'attelant à la tâche avec la plus grande discipline, avec le même sérieux qu'un vrai travail, en se fixant des objectifs, un nombre de mots à produire, ce qu'elle atteignait rarement mais qui l'obligeait à rester concentrée et à se diriger dans la bonne direction. Quand « Affaires étrangères » arriva sous sa forme publiée, elle prit le magazine entre ses mains comme un objet précieux, le lut d'un bout à l'autre, tout entier, à l'exception de sa nouvelle, qu'elle sauta après un rapide coup d'œil, ne voulant pas que sa médiocrité sape le plaisir de ce moment d'exception. Voir son nom imprimé, fait inattendu, lui causa à la fois de l'anxiété et de l'exaltation : la seconde parce qu'elle partageait l'espace avec des noms connus, dont un poète lauréat du prix Pulitzer ; la première parce que son histoire révélait au monde une partie de sa vie et que, même si elle était abondamment travestie, désormais tout le monde y avait accès. Les noms avaient été changés pour préserver les coupables, et même les gens qui la connaissaient bien auraient fort à faire pour établir un lien, mais elle, elle savait. Tandis qu'elle écrivait cette histoire, elle n'avait pas du tout réfléchi à la manière dont elle serait perçue, et moins encore au lien avec elle, avec sa vie, et elle se consola en se disant que c'était ainsi que travaillaient les écrivains, ainsi que procédaient Faulkner, Flannery O'Connor, Hemingway, etc. Ils écrivaient sur ce qu'ils connaissaient, sur ce qui leur tenait à cœur. Elle ferma les yeux et se dit qu'il n'y avait pas de honte à suivre la même voie.

Elle progressait à la vitesse d'un escargot. Chaque jour, elle trouvait une ou deux heures à consacrer à ses pages. Elle ne se mettait pas la pression et ne se posait de défis que dans la limite de son travail, mais lorsqu'elle atteignit l'âge de vingt-cinq ans, l'avenir rêvé lui parut possible. Il y avait eu des déceptions, des nouvelles dont la structure était si branlante qu'elles ne pouvaient fonctionner, quels que soient le temps et les efforts qu'elle leur consacrait, et même celles qui semblaient marcher devaient ensuite subir les affres du rejet avant d'enfin arriver sur des rivages plus cléments, mais ces petits succès la maintenaient en vie. Sa sixième nouvelle publiée lui permit même de décrocher un petit prix, un trophée en verre et un modeste chèque, et elle se retrouva dans une anthologie des meilleures nouvelles de l'année, ce qui déclencha l'arrivée de courriers émanant de trois agences littéraires assez renommées. Elle était à l'aise à l'échelle de la nouvelle et aimait avoir l'illusion de maîtriser les choses, toutefois une partie d'elle-même commençait à envisager des formats plus importants. Déjà, au bout de plusieurs mois, elle détenait une cinquantaine de pages d'un court roman qui pouvait encore prétendre n'être qu'une nouvelle, mais elle ne pouvait se résoudre à le dire à quiconque, sans parler de la faire lire, même si le simple plaisir de coucher les mots sur le papier la faisait frétiller.

À l'époque, Michael était déjà entré dans sa vie. Ils s'étaient rencontrés dans un bar trois ans plus tôt, accident du destin. Leurs regards s'étaient croisés sans plus pouvoir se quitter, ils s'étaient souris, son souffle s'était arrêté ; cela arrive partout dans le monde. Elle n'avait même pas conscience de ce vide en elle avant qu'il ne commence à le combler. Il était avec son cousin, une bouteille au-delà de sa limite lorsqu'ils commencèrent à parler, et même si c'était lui qui s'était approché, elle avait rempli sa part en l'attirant vers elle. Dès le début ils avaient tout compris. Ils n'étaient libres ni l'un ni l'autre et n'étaient pas venus dans ce bar pour draguer. Pourtant quelque chose s'était passé. Elle sentait les rouages tourner, un mécanisme d'horlogerie qui se mettait en place. L'instant avait cette espèce de réalité profonde. À partir de là, ce fut presque facile. La résistance était minime, futile, parce que la beauté est vraiment dans l'œil de la personne qui regarde. Tourner les talons aurait été si simple. Un petit signe de tête, et voilà, un flirt, un verre, point final. Mais il l'invita à danser, et elle lui donna la main. Comme au cinéma. Elle se montra d'abord hésitante, mais seulement pour le titiller, elle comptait les secondes, le laissait mariner, puis elle se leva en lui tendant la main. Même ivre, ou pas loin de l'être, il sut d'instinct comment cela fonctionnait : il prit sa main avec délicatesse, du bout des doigts, et dès qu'ils trouvèrent un espace sur la piste de danse, il la saisit fermement par la hanche. Ils s'enlacèrent dans une espèce d'explosion qu'eux seuls entendirent, sentirent, puis ils se mirent à bouger avec maladresse, évitant les tables plutôt que de flotter entre elles, mêlant leurs styles absolument dépourvus de rythme, corps absents au battement de la musique mais présents l'un à l'autre. Les paroles semblaient déplacées, mais il y avait une sorte de puissance entre eux. Ils dansaient, si l'on pouvait ainsi qualifier leur façon de se mouvoir, et au moment propice, elle posa la tête contre son épaule et respira sa journée de travail, les longues heures difficiles passées coincé sous l'avant d'une vieille bagnole. Crasseux, huileux, alourdi de sueur au-delà de l'épuisement, sueur qu'on ne distinguait du sang que par sa couleur et son odeur. Sa barbe naissante lui brûlait la pommette et la tempe, pourtant elle en redemandait, appuyait pour mieux ressentir ce contact rugueux, se nichait contre lui pour que sa bouche soit à la hauteur de son oreille, et parfois, quand ils tournaient, alors son souffle brûlant instillait en elle une espèce de fièvre, et elle devait fournir un effort démesuré pour ne pas se frotter contre sa cuisse.

Cette nuit-là, tout changea. Les étoiles apparurent, rares et irrésistibles, présentant l'alignement du destin. L'alcool expliquait certaines choses, mais pas ce qu'elle ressentait en sa présence. Ce n'était pas qu'elle n'aimait pas son mari, se dit-elle d'abord à elle-même, puis à Michael la première fois qu'ils couchèrent ensemble. Thomas manifestait une sorte de bonté détachée. Il travaillait dur pour tous les deux, pour leur foyer, pour leur fournir tout ce dont ils avaient besoin. On pouvait compter sur lui, il était loyal et ne se montrait pas trop exigeant. Il ne parlait pas souvent d'amour, seulement par saccades, toujours les yeux fermés, et peut-être aussi le cœur fermé, comme si cela lui faisait mal. Dans la rue ou dans le métro, vêtu d'un costume pas trop mal, avec sa mallette de cuir noir ornée de chromes, il paraissait plein d'assurance, d'audace, voire de témérité. En réalité, c'était un homme aux petites ambitions faciles. Il parlait beaucoup de la réalité, mais vivait un cran en dessous, s'exposant seulement s'il était sûr qu'aucune bombe ne risquait d'exploser. Beaucoup d'hommes sont ainsi, et beaucoup de femmes ont besoin de ça. Y compris Caitlin, parfois. Mais vouloir et avoir besoin sont deux choses différentes. Elle l'aimait, et elle savait qu'il l'aimait, dans la mesure où il était capable d'aimer quelqu'un, mais il y avait beaucoup de choses qu'il n'aurait pas faites pour elle malgré tout, et il en allait de même pour elle. Elle l'aimait, mais jamais elle n'avait éprouvé pour lui ce désir fou. Et à son âge, à vingt-deux ans, alors que les choses commençaient juste à prendre leur place et que le monde s'ouvrait enfin à elle, elle découvrait qu'elle avait besoin de plus. Pour la première fois, l'amour se révélait à elle dans tout son éventail de possibilités.

Elle ne tirait aucune fierté de son égoïsme. Et même si ce qu'elle et Michael faisaient était plus que la manifestation d'un simple égoïsme, c'était ainsi qu'elle voyait les choses. À l'époque, comme aujourd'hui. Même en tenant compte d'autres éléments, même après des années passées à chercher de nouvelles façons d'envisager la situation.

La première journée qu'elle et Michael passèrent entièrement ensemble, elle se dénuda de l'intérieur, en transe. La veille, ils avaient bu et dansé, et Michael, sentant peut-être l'ampleur de sa fragilité, se montra tendre. Il l'enlaça près du lit, et ils s'embrassèrent, debout, avec une concentration profonde, surmontant peu à peu leur terreur initiale. Les rideaux étaient tirés pour qu'ils soient plus à l'aise nus, c'était une matinée de fin d'été encore loin du zénith, pourtant le soleil brillait de tous ses feux, et le polyester blanc crème plissé était trop fin pour arrêter la fureur du jour. Il l'embrassa sur la bouche, puis dans le cou, prenant son temps, étudiant son visage de profil depuis le menton jusqu'au petit lobe étroit de son oreille, car tout était nouveau, la texture et le goût. Entre chaque baiser, le bruissement de son souffle chaud sur sa peau humide à cause de lui, et il revint encore et encore sur son oreille, avec minutie, suivant le cartilage de la conque du bout de la langue, les contours, le lobe entre les dents, forgeant des fossettes dans la chair malléable. Elle ressentait sa fascination pour elle avec un véritable étonnement, une espèce d'effroi, et ça la fit sourire. Pendant que la bouche de Michael œuvrait ainsi avec passion, ses mains se montraient plus sages, caressant et savourant ses petits seins, l'enveloppant depuis son torse jusqu'à ses hanches, apprenant chaque nuance d'un corps encore assez jeune pour avoir tout l'avenir devant lui. Il l'amena sur le lit et resta un instant debout, le désir éclairant son visage tandis qu'elle était étendue devant lui, puis elle s'étira et ainsi exposée, se mit à trembler de peur et d'excitation. Son souffle était léger, souple dans sa gorge, comme un rire murmuré.

Cette première fois avait quelque chose de sacré. Leurs corps étaient des paysages fraîchement découverts, riches de crêtes et d'ondulations, densément remplis de secrets. Elle le saisit entre ses bras lorsqu'il vint sur elle, et quand ses mains descendirent au creux de son dos, elle trouva sa peau lisse et douce, ainsi que du verre mouillé. Des mots d'amour naquirent sur ses lèvres à elle au beau milieu de l'étreinte, quant à lui, il attendit de s'être écarté d'elle pour s'écrouler, épuisé, à ses côtés. Pour que cela ait plus de sens, pour qu'il n'y ait qu'un espace ouvert entre eux. Il n'y avait rien d'aussi bon, voilà ce qu'il dit, soupirant ses mots, longs et doux dans le sillage brisé de l'étreinte. Sonné, le regard fixe, complètement hors du monde pendant quelques secondes. Elle aussi avait le regard fixe, et elle souriait, croyant ce qu'il disait, reconnaissant le caractère absolu de sa vérité. Il faisait une chaleur étouffante dans la chambre, et dans la lumière concentrée, sa peau luisait de leurs sueurs mélangées et ses yeux étincelaient d'argent.

Pourtant, aussi précieux qu'ils soient, ce n'étaient pas ces chocs de la chair qui comptaient. Dans les moments où ils étaient séparés, ils éprouvaient le désir viscéral de l'autre, jusque dans les détails de son existence, et une fois qu'ils se retrouvaient, ils savouraient jusqu'à la plus petite bribe de révélation. Il lui parlait de son travail, des hauts et des bas dans le domaine commercial, elle lui racontait l'écriture, ce à quoi elle espérait un jour aboutir. Pas en termes de prix, de récompense, ou d'argent, mais en termes de travail. Elle avait des idées et de l'ambition. Pas lui. Son emploi était pour lui de plus en plus source de tourments, mais cela payait les factures et assurait la survie. Et là d'où il venait, cela comptait par-dessus tout. Avant de la rencontrer, il était un mort vivant, et le seul moment où il désirait vraiment être lui-même et pas n'importe qui d'autre, c'était quand elle apparaissait. Alors il se passait quelque chose de magique. Comme s'ils avaient à nouveau seize ans, ils discutaient de leurs goûts en matière de musique, de livres, de films, de nourriture et de leurs choses préférées dans toutes les catégories, couleurs, odeurs, lieux à visiter, moments de la journée, de l'année. Puisque dès le début, ils s'étaient mis d'accord pour ne pas évoquer l'avenir ni faire de projets qu'ils ne pourraient réaliser, le passé avait d'autant plus de valeur. En arpentant le front de mer, surtout durant les plus beaux mois du printemps et de l'été, Caitlin se rappelait souvent le Coney Island de son enfance et de son adolescence, les jours où elle réussissait à persuader Madge, ou Madge et Pete, de l'y emmener, puis plus tard avec ses amis de l'école. Elle se souvenait à haute voix de la chaleur, du goût douceâtre mêlé de pickles et de moutarde des hot-dogs, de la musique, du bruit, des cris et des rires de la foule. Du bonheur. Michael lui tenait la main en souriant, essayant d'imaginer comment cela devait être alors, à quoi elle ressemblait, elle, si jeune dans le soleil, s'ébattant dans l'eau froide illuminée, construisant des châteaux de sable et courant pour le plaisir de courir. Son passé à lui paraissait tellement loin, ce qui conférait à ce partage un supplément d'intimité, et il attendait qu'ils soient enfermés en sécurité dans une chambre et que le monde se résume à eux pour pouvoir s'ouvrir. Elle était allongée dans ses bras, la joue sur sa poitrine, tandis qu'il parlait de l'Irlande, de son île, Inishbofin, un autre monde, si loin du leur qu'il aurait pu ne jamais exister en dehors des rêves, alors qu'en fait il était toujours là dans le moindre détail lorsqu'il en avait besoin. Inishbofin, un bout de terre pris telle une coquille de noix, dure et entêtée, quelque part entre les replis de la haute mer et du ciel immense, infiniment austère, endroit qu'il connaissait toujours mieux que nul autre sur Terre, bien qu'il en soit parti depuis tant d'années. À cause de la lumière sans cesse changeante, un lieu aux couleurs incertaines, où la teinte de l'herbe et de l'eau ne sont pas celles qu'on attend, mais se mêlent de rouges et de jaunes, de toutes sortes d'incrustations, de taches se diluant dans les autres comme si elles s'étaient échappées d'un cadre, balafrant le tartan des collines sauvages. Chaque fois qu'il s'exprimait, une nouvelle supposition remontait à la surface, un détail depuis longtemps oublié, sans conséquence en dehors du fait que ça s'était produit, et que ça lui appartenait.

S'exprimer ainsi conférait à leurs silences un poids étonnant, car ni l'un ni l'autre ne s'étaient jamais ainsi dévoilés spontanément. Ils se regardaient avec une certaine gêne, mais aussi avec gratitude, pour s'être dits et s'être écoutés, parce que chacun voulait tellement entendre ces morceaux de la vie de l'autre.

Ensemble, ils se sentaient parfaitement bien, mais dans les espaces vides qui les séparaient, il y avait la place pour de nombreuses questions. Caitlin aimait entretenir des fantasmes négatifs, trouvait un délicieux plaisir dans ces souffrances, à croire qu'en se racontant des mensonges, elle pouvait rendre la vérité plus intense, et elle goûtait ce pincement de culpabilité lorsque, au rendez-vous suivant, Michael faisait une remarque, un petit geste qui ne pouvait qu'éclairer ses sentiments. Comme ce jour où il avait sorti un exemplaire du magazine qui avait publié sa dernière nouvelle, « Réserves », sa quatrième publication, et, un stylo à bille bon marché dans la main, lui avait demandé de le lui dédicacer. Elle avait déjà reçu son exemplaire à elle par la poste, mais le plaisir qu'on le lui mette entre les mains de manière si inattendue, dans un cadre aussi étranger, fut immense. Qu'il ait consenti autant d'efforts pour trouver son texte lui donna envie de pleurer. Nue, elle se mit sur le ventre, feuilleta le magazine, admirant le papier de bonne qualité, les polices élégantes, la couverture. Elle dénicha son texte au tiers du journal environ, et en lut quelques phrases prises au hasard d'un paragraphe, à la recherche de leur musique :

> Même quand il ne travaillait pas, il portait un costume *zoot* et un chapeau haut de forme bordeaux, se targuait d'un sourire permanent affichant les dents du bonheur, et parlait autant de ce qui était important que de ce qui ne l'était pas. Il était né au Canada, disait-il en tortillant les longues pointes tombantes et cirées de sa moustache en guidon de vélo dans le temps imaginaire des mots. Il avait grandi dans une petite ville froide dans les montagnes, et son arbre généalogique consistait en un succulent *melting pot* d'Irlandais, de Français et d'Écossais, épicé de délicates infusions d'Ojibwa et de Cree.

Sortis de leur contexte, c'étaient les mots d'une étrangère. Elle se souvenait de les avoir écrits, réécrits, d'en avoir travaillé la cadence et le rythme, mais coupés du fil de la narration, ils semblaient ne plus lui appartenir. Pourtant, elle trouvait du plaisir à savoir qu'elle les avait écrits, et que Michael s'y intéressait suffisamment pour les chercher. Allongé à ses côtés, sa main glissait sur son corps pour la titiller, s'attardant le long de son dos, à l'intérieur des cuisses, pour remonter sur les rondeurs de son cul. Il semblait hypnotisé par ces gestes, ce qui la faisait rire et sourire. Elle feuilleta tranquillement le magazine, puis avec une gravité exagérée, elle prit un stylo et très vite signa dans la marge blanche au-dessus du titre. Les autographes, c'était nouveau pour elle. Enfant, elle remplissait la dernière page de ses cahiers de signatures expérimentales, hésitant souvent entre un délié délicat ou de grandes boucles fleuries, allant toujours vers l'illisibilité, le critère pour que ce soit vraiment impressionnant. Mais c'était il y a longtemps, avant que la lâcheté ne s'installe. Ce qu'elle écrivit sur cette page était beaucoup plus mesuré : Pour Michael, le meilleur, toujours, Caitlin–. Simple et hautain, mais laissant entendre davantage à l'œil avisé. Il prit le magazine, lut avec bonheur ce qu'elle avait écrit, comprenant sans explications, et la remercia de ce genre de baisers qui ne mentent pas.

Presque dès le début, elle sut de quoi leur relation retournait. Michael lui permettait d'exister ; avec lui, elle vivait sur un autre plan. Le sexe n'y était pas étranger, mais il y avait aussi sa façon de la regarder, en se mordant la lèvre, ses yeux d'un bleu indigo, comme hypnotisés, la manière dont ils étaient l'un avec l'autre en se promenant sur le front de mer, surtout l'été, échangeant quelques menus propos, chacun son tour prenant une bouchée d'un hot-dog ou d'une pizza qu'ils partageaient, certains sans se le dire qu'ils vivraient à jamais et qu'ils seraient toujours aussi heureux. Une fois, alors qu'ils marchaient sur les planches, le lacet de Caitlin s'était défait et elle avait trébuché, se raccrochant à lui. Il l'avait rattrapée dans ses bras, puis il s'était penché pour lui renouer sa chaussure. Elle lui avait ébouriffé les cheveux, et alors qu'il était ainsi à genoux devant elle, il avait pris sa main entre les siennes pour la supplier de l'épouser. Les passants s'étaient arrêtés et avaient applaudi son oui passionné, puis le baiser qui avait suivi, supposant en toute innocence que la démonstration était sincère. Michael avait ri, l'avait embrassée, et l'espace de quelques secondes, elle y avait cru elle aussi, car les promesses ne se transforment en mensonges que lorsqu'elles ratent leur but, et ce jour-là, ni l'un ni l'autre ne s'était jamais senti aussi jeune, aussi heureux, aussi plein de vie. Pendant ces quelques secondes d'un après-midi d'été, si bien dans les bras l'un de l'autre, ils avaient été tout entiers celui et celle qu'ils voulaient être, qu'ils avaient besoin d'être.

Parfois, elle ne sait plus laquelle de ses deux vies est la plus réelle. De retour dans sa peau de ménagère, les après-midi passés avec Michael prennent l'allure d'un rêve que la rareté rend plus intense encore. Comparé à ces souvenirs, le monde paraît vide et immobile.

Elle flotte à travers les jours, son esprit n'a pas d'ancrage. La vue de Thomas éveille en elle la culpabilité, mais c'est agréable, et souvent elle s'abandonne à des fantasmes de confession, elle se joue la scène qui pourrait arriver un jour, tout en sachant que ça ne se produira jamais. Annoncer la nouvelle au dîner peut-être, essayer d'atténuer l'effet de la bombe à un niveau simplement atomique, avec juste ce qu'il faut de contrition, et pour éviter la tragédie potentielle, ne préparer aucun plat où il y ait des os, préférer le confort massif d'un ragoût de mouton, de spaghettis bolognaise, une nourriture douce et dense qui exige qu'on reprenne son souffle et qu'on la mange avec appétit. Et si jamais la table de la cuisine paraît trop exposée pour de telles révélations, on peut toujours cibler ces quelques minutes passées au lit, après que le réveil les a ramenés à la vie, pour l'informer que tout est fini entre eux. Lui dire ce qu'il sait déjà sûrement, en le mettant en mots afin qu'il n'y ait plus de place pour le déni. S'éclaircir la gorge et murmurer : « J'ai rencontré quelqu'un », remplir les trous laissés par les rêves. Ajouter qu'elle est désolée, tandis que le silence se teinte de mélancolie, avoir besoin que les mots soient prononcés, même si chaque fois qu'ils passent ses lèvres, c'est comme un coup de hache pour lui. Parce qu'elle est navrée, qu'elle le sera toujours, ne serait-ce que pour lui avoir fait du mal. Elle ne peut être désolée pour le reste, car le reste s'apparente trop au besoin. Son cœur a gagné sa froideur. Et dans son fantasme, elle est étendue à côté de lui, pas indifférente à sa douleur, mais déterminée à ne pas se laisser toucher, se concentrant seulement sur le rythme de son propre souffle, attendant le moment où elle devra lever les yeux, pour être certaine que ses paroles aient atteint leur cible, et si c'est bien le cas, voir se déployer son angoisse dans toute son ampleur.

Pendant longtemps, partir avait semblé réellement possible. Mais cela n'avait pas duré. Elle savait quoi dire, mais les mots ne sortaient pas. Et elle souffrait. Les faits étaient moins certains que le fantasme, car ils ne représentaient que la moitié de l'histoire. Dès le départ, elle et Michael avaient parlé de tout sauf de ça. Et ils devaient se mettre d'accord avant de risquer ne serait-ce qu'un pan du foyer qu'ils s'étaient bâti. Elle se tenait constamment prête à recevoir le premier coup, la première balle, et elle le supportait parce qu'elle croyait de toutes ses forces à une fin heureuse, et qu'elle pouvait facilement se convaincre qu'ils n'en seraient pas toujours là où ils en étaient. Mais les mois s'étaient transformés en une année, en deux, en cinq. Puis on avait cessé de compter. À un moment donné, l'écriture avait faibli, stagné. Au fil du temps, d'autres choses s'étaient taries. Le temps avait émoussé les arêtes, les feux s'étaient consumés.

Pour Thomas, la vie se poursuivait au rythme de ses attentes. Depuis qu'ils étaient mariés, il travaillait dur pour qu'ils jouissent d'un certain confort. Il payait les factures à échéance, faisait de longues heures supplémentaires sans jamais se plaindre. Caitlin parfois surprenait un détail révélateur, une tache ou un parfum sur son col de chemise, mais elle ne disait rien. Parce qu'il n'y avait rien à dire. Peu importait le nombre de fois où cela s'était produit – ce n'était pas fréquent, mais suffisant pour avoir l'air régulier –, elle ressentait toujours un pincement au cœur. Les premières fois, elle avait même pleuré, mais alors, un sentiment de honte s'était emparé d'elle, elle avait laissé choir la chemise dans le panier de linge sale et s'était éloignée en se disant qu'au moins, il était discret et assez raisonnable pour commettre ses adultères aux heures de bureau.

Les choses avaient commencé à rouiller lorsque tout s'était trouvé bien en place dans leur couple. Les silences s'étaient faits plus longs, des espaces s'étaient ouverts, et ils passaient souvent des jours entiers sans se regarder dans les yeux. Il travaillait, gagnait de l'argent, et elle, comme elle était à la maison, faisait la cuisine, le ménage, et si elle se mettait au lit de bonne heure parce qu'elle était fatiguée ou n'avait pas le moral, la cuisine était cependant toujours achalandée en vin, et le frigo était plein. Il ne se plaignait jamais, et la plupart du temps, surtout passé les premières années, semblait à peine faire attention. Sans toutefois en arriver à dire les choses ainsi, ils menaient des existences séparées.

Un jour, à Noël, au cours de leur huitième ou neuvième année de mariage, il lui fit cadeau d'un très beau carnet Moleskine, de taille moyenne, aux pages sépia clair. À l'époque, ils vivaient confortablement, mais les cadeaux n'avaient jamais été très importants pour eux. Elle avait ce qu'il lui fallait, et ne goûtait guère la flatterie des colliers et bracelets. Ce carnet avait une signification, il était destiné à prendre place au pied du sapin à côté du portefeuille et de la cravate qu'elle avait emballés pour lui.

« Écris dedans une de tes nouvelles », dit-il en remarquant son expression vague.

Elle serra l'objet contre elle pendant plusieurs minutes, debout près de l'arbre de Noël, en regardant par la fenêtre. La neige tombait sans hâte sur la rue verglacée, le matin avait le poids crépusculaire de la fumée de cheminée et rien ne bougeait en ce monde, si ce n'était l'air. En deux ans, elle n'avait pas écrit une seule phrase. Cette partie d'elle s'était asséchée. Pendant un moment, elle avait lutté contre l'inévitable, mais cela revenait à chanter contre le vent. Elle scruta les flocons qui tombaient en se demandant s'il s'agissait d'une tendre tentative pour lui remettre le pied à l'étrier, si encore il avait noté le problème, l'énergie disparue dans son allure, cette force qui l'animait et l'avait toujours préservée quand elle était lancée à fond dans quelque chose. Elle avait beau y songer, elle savait que non. Elle doutait qu'il se rappelle seulement la dernière fois où elle lui avait donné quelque chose à lire, publié ou pas. Pour lui, écrire était un passe-temps, comme l'art en général, comme le sport et tout ce qui n'était pas directement lié à son existence physique à lui, et il la laissait faire de la même manière que si elle avait pratiqué l'origami, suivi des cours de violon, ou tenté d'apprendre l'ourdou.

Ses valeurs étaient parfaitement ordonnées. L'ordre en effet était important, ou l'impression de l'ordre, et comment on était perçu par le monde extérieur en général. Il était têtu et un peu obsessionnel, c'était un homme sensé, pragmatique, généreux dans les limites de la raison, mais aveugle devant tout ce qui ne relevait pas de l'absolue nécessité.

« On va peut-être déménager », a-t-il dit un matin. C'était il y a dix jours, il venait de finir son café et avait replié et lissé les pages du journal au point qu'il avait l'air de sortir des presses. Un élément de sa routine, un rituel pour se préparer à partir au travail. « En Illinois. »

Elle s'est contentée de le regarder. La rumeur était dans l'air depuis un moment mais, jusqu'ici, c'était une hypothèse sans substance qui ne méritait guère réflexion.

« À Peoria. Rien n'est encore sûr. Mais ça pourrait être génial pour nous. Ça signifie une grosse promotion, avec une belle augmentation de salaire. Et là-bas, tu peux te payer beaucoup plus de choses qu'ici, à New York. Peoria est une petite ville, à environ trois heures de Chicago. On achètera une jolie maison. On sera à l'aise. D'après ce qu'on raconte, j'ai de bonnes chances, mais rien n'est encore décidé. Dans un cas ou dans l'autre, je devrais savoir ça sous quinzaine. Si ça marche, n'empêche, ça devrait aller assez vite. »

Il s'est levé de table et a regardé par la fenêtre, derrière elle, où le matin blême s'ouvrait au-dehors. Avec son costume, le menton légèrement relevé, dans la lumière électrique de la cuisine, il paraissait beau, plutôt jeune, rappelant l'homme, le garçon qu'elle avait épousé. Puisqu'elle ne voyait pas son propre reflet, Caitlin s'imaginait plus jeune elle aussi, avec toute sa vie devant elle. À une époque où elle n'avait pas encore commis tant d'erreurs. La pièce autour d'eux était immobile comme une œuvre d'art, les détails tels qu'ils avaient toujours été, et il lui a semblé impossible que la Terre puisse tourner sous leurs pieds, pas seulement tourner, d'ailleurs, mais partir en vrille, à toute vitesse. Il est resté longtemps dans cette position, figé dans son propre passé, puis il a hoché la tête, et il est sorti, ne disant au revoir qu'une fois la porte d'entrée ouverte, lui lançant ces mots de loin, les jetant derrière lui à la manière dont on pense trop tard à quelque chose. La porte s'est refermée avant qu'elle puisse répondre.

Si Michael avait ne serait-ce qu'une seule fois durant tout le temps qu'ils ont passé ensemble ouvert les bras pour l'attraper au vol, elle se serait élancée vers lui au-dessus de l'abîme, heureuse ou en larmes, mais sans se retourner en arrière. Quitter Thomas semble tellement correspondre à ce qu'ils veulent tous les deux, que cela pèse sur tout ce qu'ils ont vécu et vivent encore ensemble. Pourtant, cela simplifie la situation à un niveau qui rend les choses dérisoires. Parce qu'il n'a jamais été question qu'elle prenne seule cette décision. En dansant avec lui ce premier soir, en allant le retrouver à peine douze heures plus tard pour des prolongations sans limite, en partageant tout ce qu'ils avaient l'un et l'autre, à l'époque et au cours des décennies suivantes, elle a frôlé le bord du gouffre. Mais à présent, les grands espaces attendent au-delà.

L'idée de vivre ensemble scintille à l'état de rêve, telle la mer sous le soleil, mais la réalité serait voilée par bien des ombres, elle le sait, et peut-être que lui aussi. Certes, ils ont toujours désiré plus, mais pas au point de risquer tout ce qu'ils ont bâti. Ils n'ignorent pas que le mariage est un concept et un mode de vie qui exige que certaines apparences soient respectées, et qu'un peu de vide sépare la vanité de chacun. Dans le cas présent, ils ont toujours eu le meilleur des deux mondes, le meilleur en termes de stabilité et de confort. De jolis foyers, des vies qui ont plus ou moins de sens, la survie fondée sur le déni, supportable parce qu'ils se voient une fois par mois pour le plaisir d'allumer les fusées l'un de l'autre, cet intervalle de quatre semaines éprouvé et rompu à la perfection au jeu du désir, lapse suffisant pour aiguiser leurs appétits jusqu'à la douleur, pour porter l'excitation à des hauteurs vertigineuses. Et même à présent, après tout ce temps, alors que la fin se dessine, que la promotion de Thomas et le déménagement dans l'Illinois ne sont encore que murmures mais deviennent de jour en jour de plus en plus clairs et certains, leurs étreintes sont toujours aussi passionnées, et de temps en temps comme l'écho des déflagrations d'autrefois, une sorte d'incandescence, et leurs conversations sont douces, telle une confession dans son ampleur restreinte, aussi obtusément ouverte qu'un baiser qu'on hurle. Ce qu'il y a entre eux, c'est de l'amour. Caitlin se l'est souvent juré, elle le croit de l'intérieur, et cela donne son prix à ce qu'ils font, même si ça n'en fait pas une chose juste. L'amour, sans le moindre doute, mais l'amour dans une situation rare, l'amour mesuré, ajusté.

Si seulement ils en avaient le courage, ils se donneraient la main et ils sauteraient ensemble, en se fichant des conséquences. Les grands espaces les attendent, même aujourd'hui, pleins d'espoirs et de possibles. Mais le temps de la foi aveugle est passé. Le monde, qui tourne trop vite, a largué les amarres. Désormais, ils s'accrochent, se préparent à un autre genre de chute.

V.

Se quitter

Après les rêves, le matin est pareil à du verre autour de lui. Tout paraît trop brillant, trop préservé. Michael le supporte en restant assis à la table de la cuisine dans le silence, attendant que les choses se tassent. Les détails d'Inishbofin semblent incrustés dans les petites heures du jour, semblables à une seconde peau venue d'un autre monde, et il lutte contre l'envie de fermer les yeux pour ne pas avoir à reconnaître les visages qui flottent là, dans ces ténèbres prêtes à se lever, des visages qui le feraient sourire, mais lui inspireraient aussi une profonde tristesse, car il les a perdus, et depuis si longtemps. À cette heure, pas un bruit à la maison, en tout cas rien de gênant, le glouglou des tuyaux dans les murs, l'eau qui coule comme un murmure, son propre souffle de papier, celui de Barbara qui s'occupe à de menues tâches, peut-être aussi la pluie contre les vitres, une accumulation de neige qui s'effondre sur le toit. Pendant que le café passe, il reste assis en essayant de ne pas bouger, de ne pas même penser, car il connaît si bien les pièges qui l'attendent sur ce chemin.

Il aime voir Barbara beurrer ses toasts. C'est un détail, mais cela adoucit la solitude. Elle les racle avec le couteau, puis les découpe en triangles. Ses mains sont toujours délicates, douces, mais elle est habile avec un couteau. Et elle s'y connaît, parce que l'angle de la découpe semble dépendre du pain. Cela défie la simple logique. À ce stade de leur vie, la fin de la quarantaine, ils ont creusé leurs ornières. En surface, ce n'est pas si mal. Dans une cuisine lumineuse, le Queens pourrait être n'importe où ailleurs, et ce qui manque revêt moins d'importance. Le beurre a un ton de jaune chimiquement correct et s'étale facilement, mais en réalité c'est un substitut à l'huile de tournesol pauvre en sel. Sur tout l'emballage, on vante de manière éhontée les remarquables qualités de son goût. Certes, ce truc-là ressemble à du beurre, les apparences parviennent presque toujours à tromper. Et dans la même veine, le pain n'est pas vraiment du pain, en tout cas pas selon la définition de Michael. Des tartines de l'épaisseur d'un doigt, ayant la couleur et la saveur de la poussière, avec une tendance à gonfler à chaque bouchée, dont les restes collent à la langue et aux dents même une fois avalés. Ces derniers temps, Barbara insiste pour qu'ils achètent ce genre de produits probiotiques. Ça ne fera pas beaucoup de différence, puisque c'est de toute façon une magie illusoire, de fausses promesses, et il cédera sûrement, mais pas encore, parce qu'il est têtu. Manger sain est à la mode en ce moment, même chez les mourants, mais il tient encore bon sur certains détails.

Quand son attention est ainsi fixée sur ces petits riens, des semaines, des mois entiers peuvent s'écouler sans qu'il se rappelle l'époque où la chanson du monde n'était que le grondement des moteurs des derniers bateaux rentrant au port et les goélands aux cris incessants se détachant sur le murmure liquide de la marée à Inishbofin. Ou ce que c'était d'être aux côtés de son père, sur les falaises de Fawnmore, où les hautes herbes lui arrivaient aux genoux parmi les buissons d'ajoncs battus, à regarder le soleil d'août se dissoudre en rougeoyant à l'ouest, recouvrant l'océan d'or, puis de ce ton de prune qui semblait toujours annoncer la fin de tout, et pas seulement d'une autre journée. Les couleurs de cette vie restent tapies en lui, mais elles sont semblables à une seconde réalité, qui sied mieux aux rêves.

Tout ça, c'est la faute de New York. Les pierres et les poutrelles d'acier de la cité font de l'ici et maintenant une vérité sans ambition, les rues bondées, ce tourbillon claustrophobe d'énergie, la douceur attirante de ses surfaces que dément la dureté de ce qui est dessous. C'est comme si en acceptant un monde, il ne pouvait connaître tout à fait l'autre, car chacun vacille devant une distance de plusieurs galaxies et rien ne s'aligne vraiment. Il y a tout simplement trop de contradictions pour permettre une coexistence en tandem. Et bien sûr, il ne faut pas oublier l'érosion du temps.

En général, lorsqu'il émerge de ces vieux rêves, l'impression qui domine en lui est celle d'un déplacement. L'air contient tous les degrés néfastes de la lucidité et rien ne lui paraît familier, pas même la silhouette de sa femme, proche et pourtant séparée de lui dans le lit, ni la musique incompréhensible qui pleure en une mélodie grave du radio-réveil, ni la chaleur piquante de la douche sur son visage et son corps, ni la cuisine où il a accueilli des décennies d'aurores. En de telles occasions, il prend garde à ses mouvements, sensible à la discorde de son corps, mais c'est seulement lorsqu'il essaie de parler qu'il sait vraiment, qu'il comprend. Les mots qui lui viennent, la simple expression pour souhaiter une bonne journée lui paraît maladroite, inadaptée, et des mots plus anciens menacent de faire surface, ce gaélique qui grogne et soupire, qu'il n'a pas parlé depuis des décennies, la moitié de sa vie, à part pour s'amuser, ou par accès occasionnels de nostalgie, mais qui lui est toujours aussi naturel que de se gratter quand ça le démange, qui sied aux histoires, forgé pour tailler le vent, pour traduire le langage du cœur. C'est un dialecte en déclin, lézardé, luxueux, et même amoureux dans ses meilleurs moments, tandis qu'à d'autres il est rugueux comme les écueils et affleurements des récifs près du rivage qui parsèment l'Atlantique sur la côte ouest de son lieu de naissance, mais c'est une langue née du pragmatisme, qui n'a que peu de ressemblance avec la version lettrée enseignée de nos jours dans les écoles. Et évidemment, malgré les complexités et les splendeurs de sa vie new-yorkaise, cette langue demeure une part significative de son identité.

Le problème, un des nombreux problèmes, c'est que l'île qu'il porte en lui est un lieu à jamais perdu. Il y a dix ans déjà qu'il a reçu ce télégramme lui annonçant la mort d'Áine, sa sœur, d'une maladie des bronches, une note sèche de trois lignes expliquant en termes officiels que le dernier lien de sang qui le rattachait à ce rocher a été sectionné, alors qu'une bonne partie de la vie qu'il a connue autrefois était déjà tombée en désuétude, avalée par la vague de richesses soudain à disposition du Tigre celtique, vers le milieu des années 1990 et au début des années 2000, vague qui déferlait depuis Dublin et les autres villes en pleine expansion à l'intérieur du pays.

Le temps et l'appât du gain ont réussi à réduire la distance entre l'île et la côte à quasiment rien, surtout en dehors de l'hiver, et la marée a tourné. Les touristes commençaient à arriver, attirés par d'attrayantes images de carte postale montrant l'irréalité des aubes brumeuses, des petits villages baignés de la lumière de juillet, et des radieux couchers de soleil vermillon qui nappaient à l'ouest les eaux placides de l'Atlantique. Les routards ont débarqué, d'abord au compte-gouttes, puis par hordes entières, heureux de découvrir la dureté des lieux, se délectant de la boue des chemins et de la vie simple, des aliments bouillis, des feux de tourbe. Toujours bien habillés pour se protéger des éléments, voulant désespérément respirer les vents salés de la liberté, et pouvoir dire qu'ils étaient venus là, sur ces routes perdues, ou qu'ils avaient bu une bonne pinte de brune accoudés au bar de l'un des pubs, en bavardant sur fond de violon et par-dessus les rumeurs de la marée toute proche avec ceux qui toute leur vie avaient vécu ainsi, et qui ne connaissaient rien d'autre que cette existence. Se déversant en foule des ferries, en groupes ou en famille, de partout mais surtout de Grande-Bretagne ou des États-Unis, débarquaient ceux qui avaient décidé cette année-là de bouder les plages et les pôles culturels – Paris, Rome, Barcelone, Vienne et même Dublin – pour partir en quête d'authenticité, de ce truc spécial qui, pensaient-ils, était depuis trop longtemps absent de leur expérience du monde.

Et donc Inishbofin est florissante, même si elle y perd un peu de son âme. Le progrès, ainsi que le qualifient ceux qui travaillent dans les bureaux des grandes villes et ont besoin d'un mot pour justifier ces petites catastrophes qu'ils infligent au temps. Les touristes apportent de l'argent, et ça, tout le monde en a besoin, parce que le troc n'est plus à la mode depuis longtemps, et que le poisson se fait de plus en plus rare à mesure des années.

Mais ce n'est pas l'île qu'il connaît, l'île qui le connaît. Fermer les yeux, c'est revenir dans l'ancien monde, et tout est là, par couches, souvenirs agréables enveloppés d'une carapace, moments difficiles, qui même maintenant, après tout ce temps, n'ont rien perdu de leur douleur.

Il est naturel de songer au passé, surtout quand le cœur s'installe dans la maturité, et le regret est un parfum familier à tous ceux qui ont un jour fui en quête d'une autre vie. Michael est parti à l'âge de seize ans, englué dans un état à mi-chemin de l'enfance et de l'état adulte. La plupart du temps il s'accroche à ça comme à un prétexte. Et la plupart du temps, ça lui suffit. Mais en vérité, il sentait déjà la fin venir.

Quelques semaines avant son départ, ils étaient dans le champ du bas, à extraire la tourbe, et le vieux s'était soudain redressé, il avait jeté une poignée de terre et s'était adossé contre le muret. Bouche ouverte, ses yeux au regard fixe brillaient sombrement entre les pans cireux de son visage. Il y avait la fatigue, bien sûr, cela faisait partie de leur vie, mais il s'agissait là de quelque chose de plus compliqué, de plus vampirisant.

« On va s'arrêter un moment, mon gars, dit-il lorsque son souffle fut plus assuré. Pour sûr qu'on a encore du temps devant nous. »

Michael le regarda, puis détourna les yeux, préférant s'attarder sur l'éruption de nuages qui voilaient en partie le soleil pour en faire une tache sans couleur, ensuite, puisque ça ne suffisait pas, il observa les morceaux de tourbe grossièrement découpés qui gisaient épars auprès de ses bottes. Il avait envie de s'asseoir, aussi, et le muret lui faisait envie, mais il ne s'accorda qu'une minute de répit avant de se remettre au travail, sachant que la journée ne s'arrêtait que quand le travail était terminé. Il rassembla les briques de tourbe, les empila ainsi qu'il l'avait vu faire tant de fois, le côté le plus large en bas, la face herbue sur le dessus, afin que le tas devienne imperméable à l'eau au fil des mois de séchage. Il travaillait à un rythme régulier sans réfléchir, se concentrant sur sa tâche, et surtout pas sur cette douleur qui s'était infiltrée comme le froid au creux de son dos. La boue grise nappait les plis de son cou et enveloppait ses mains telle une seconde peau lépreuse, il la respirait, la goûtait, sentant l'âcreté de ses particules pareilles à de la soupe entre ses molaires chaque fois qu'il serrait les mâchoires. Il était impossible d'effacer ce qu'il avait vu, mais dans les îles, les hommes et les garçons savent bien ce qui sied au silence et ce qui ne convient pas, et l'ombre qui rendait Seán gris et engourdi était une sorte de présage. Son père ne mourut pas ce jour-là dans le champ, ni même dans le courant de l'année, mais ce fut pourtant un cap, car à partir de ce moment-là, ce fut une lente et méticuleuse désintégration, degré après degré.

Et tandis qu'ils ramassaient la tourbe, Michael observait le visage blême du vieux, l'horreur acceptée dans ses yeux détournés, la bouche qui avalait l'air et le soufflait pareil à des bulles, à une blessure au couteau, aspirant avec force l'air froid rafraîchissant, et l'image qui s'engouffra dans son esprit fut celle de sa mère étendue dans une chambre éclairée par une lampe, morte à trente ans à peine, à croire qu'elle n'avait jamais vécu. Une sorte d'anévrisme, de coup de tonnerre qui l'avait arrachée à ce monde et réduite à l'état de mannequin jauni, muette comme l'espace et plus raide qu'un os, ses cheveux aile de corbeau bizarrement plats sans le souffle du vent pour les ensauvager, les mèches de sa frange se battant sur son large front. Il était si jeune que les détails de ces temps lointains semblent détachés les uns des autres, et qu'il est nécessaire de les rattacher ensemble par des liens logiques. Mais il se souvient qu'après le coucher du soleil, la maison s'était vite remplie, et que toute la nuit durant les gens avaient continué d'affluer, des femmes venant de toute l'île chargées de gâteaux ou d'assiettes de viandes froides, des hommes avec des bouteilles sombres sans étiquette, d'autres de bière brune, des pieds de cochon qu'on laissait mijoter pendant des heures pour les rendre incroyablement tendres.

Au début, il avait un endroit où s'asseoir, un morceau de coussin sur le canapé qu'il devait partager avec Áine mais qui demeurait confortable. Ensuite, quand l'espace s'était réduit, on l'avait déplacé sur les dalles près de l'âtre vide, et il était resté planté là. Áine le tenait par la main pour le garder près d'elle, leurs doigts enchevêtrés, bien serrés. Elle voulait décourager toute tentative de fuite, mais c'était une précaution inutile. La peur le tenait immobile, une peur différente de celle que lui inspiraient les bruits étranges de la nuit, ou ces choses que l'obscurité masquait. Car cette fois, le pire s'était produit, et les conséquences s'étalaient devant lui, à la manière d'un trou dans le monde, béant, inexorable.

La nuit de la veillée, son esprit débordait de toutes sortes de choses, mais ce qui pesait le plus lourd dans ses pensées, c'était le souvenir de paroles prononcées par sa mère quelques mois plus tôt, peut-être un an, d'une voix exaspérée et pourtant pleine de compassion, lorsqu'elle s'était agenouillée pour enrouler une fois de plus une bande de gaze autour de son genou rudement écorché : « Tu sais, Michael, si tu ne courais pas autant, tu tomberais moins. » Debout, main dans la main avec Áine dans ce salon surpeuplé, il laissa ces mots résonner dans sa tête, car le doux flottement de sa voix parvenait encore à le calmer. Mais d'après ce qu'il avait aperçu par la porte de la chambre la veille au soir puis le matin même, l'immobilité lui paraissait un sort pire qu'une chute. Par moments, sentir toute l'énergie de la poursuite valait bien la peine de dégringoler, quitte à se blesser le genou. Il ne comprenait pas tout à fait ce qui s'était passé mais il sentait suffisamment les choses pour deviner ce que signifiait la mort, et c'était la révérence entourant cette mort qui le terrifiait le plus. À côté de lui, le souffle d'Áine avait la texture mince et imposée de l'état de choc, et ses doigts entre les siens étaient froids et secs, comme si son essence s'était retirée de son être, emportant toute chaleur avec elle. Pourtant, il lui savait gré de ce contact, de cette promesse de rassurance que conférait sa peau contre la sienne. Là, ils respiraient l'arôme d'hiver des pieds de cochon qui mijotaient doucement, épaississant l'atmosphère et s'insinuant dans tous les pores, et trop effrayés pour parler, ils observaient cette marée de visages familiers, ces voisins rassemblés, les joues rougies par le whiskey, l'humeur sombre, surtout lorsque le jour avait décliné, s'était couché, et que l'heure était venue d'allumer les lanternes. Chacun, chacune était sincère dans son chagrin, mais il était d'une nature différente, transitoire. Ils étaient tristes que l'une des leurs ait disparu, mais au moins l'équilibre de leur petit monde demeurait-il intact.

De l'autre côté de la pièce, dans l'indifférence générale, Seán pleurait, assis au bord de sa chaise, tête baissée. Un homme robuste, ramolli. Parfois, quand la foule des corps s'entrouvrait, Michael voyait ses larges épaules tressauter sous les sanglots, et quand les conversations à voix basse se taisaient, le bruit de sa douleur traversait la maison, solitaire, comme le cri d'une bête se répand à travers vaux et prairies. Les pleurs se poursuivirent pendant des heures, puis se prolongèrent au cours des terribles journées qui suivirent. Michael fut bouleversé, ils furent tous bouleversés, ainsi pelotonnés au cœur du cimetière au flanc ouvert, tandis que la pluie leur battait le visage, et cela continua après être rentrés à la maison, avalés une fois de plus par l'ombre épaisse de leur étroite demeure. Pourtant, à ce moment, le flot diminua et finit par se tarir complètement, pour laisser place à une espèce de silence qui disait sa propre histoire.

Aperçue à travers une porte entrouverte, la mort pour Michael est et sera toujours une chambre au rideau tiré, jaunie et plongée dans le désordre d'une lanterne, tandis que, sur le lit, gît un visage trop immobile, connu mais différent, aux muscles trop relâchés, aux traits flasques s'égayant dans toutes les directions. Détendu, mais trop calme. Après l'avoir vu, il était impossible d'oublier, de nier, pourtant, longtemps il parvint à faire les deux. Et ce jour-là, avec son père dans le champ, à peu près un mois avant son départ, la même chose s'était produite. Enfin, pas la même chose, mais il y avait des ressemblances. Il empilait la tourbe, jetant à la dérobée des coups d'œil à son vieux, et il imaginait ce qu'il en serait d'ici un an. C'est là qu'il songea à partir.

Tous les jours, des gens meurent ; le monde est rempli de ces petits vides. De créature vivante, qui respirait, qui riait, sa mère était passée à l'état d'enveloppe immobile et jaunie, partie intégrante du flanc de la colline, cachée sous le vent et les pierres difformes. Et elle n'était pas seule non plus, elle avait rejoint les siens, les anciens qui avaient vécu et qui étaient morts avant Michael, ainsi que cette jeune sœur sans nom, bleue comme un rêve, qui avait vécu quelques minutes, qu'il avait seulement aperçue à travers un drap gris usé et qu'il parvient encore à voir parfois dans sa tête, dans l'obscurité. Le flanc de la colline formait une bosse, avec sa mère et les autres, mais l'ombre rôdait toujours, insatiable, à l'affût, désignant les faibles qu'elle séparait du reste du troupeau.

Dans une ville telle que New York, ou même Dublin, nul ne pense ainsi, contrairement à la campagne ou aux îles. En ville, la pierre et l'acier sont des éléments tangibles, et la mort n'est que la mort, une réalité de la vie, la fin des choses. Pas de capuchon, pas de faux, pas d'ombres, pas de lettres majuscules. Dans ces villes, les histoires, c'est bon pour les livres. On les raconte parfois pour le plaisir ou pour se faire peur, mais on n'y croit pas, en tout cas pas au point que la croyance devienne une loi. Pas de jours sacrés, pas de présages à New York, Londres, Paris ou Dublin, seulement les faits. Il s'agit là de différents types de liberté.

Les matins où il fait ce genre de rêves, Barbara apporte le café et s'assoit dos à la fenêtre, face à la porte ouverte de la cuisine pour voir dans le couloir. Elle attend toujours quelque chose, des nouvelles d'ailleurs, même s'il s'agit juste du journal. Parfois elle fredonne quelques bribes d'une mélodie qui lui traîne dans la tête depuis le réveil. Si l'immobilité devient trop pesante, elle se relève, allume la radio. C'est toujours la même chose, les grésillements, la musique qui devient plus nette puis se brouille à nouveau, et enfin une chaîne d'infos, ou quelque chose de doux et d'inoffensif, des tubes des années 1960 ou 1970, sans mettre trop fort. Ils écoutent la radio, finissent leur café et leurs tartines, puis prennent un bol de céréales. Ces jours-ci, ils mangent du muesli. Trop de cholestérol dans les œufs, et le bacon a des allures d'épée de Damoclès, le muesli en revanche est bon pour le cœur, ou les intestins, ou Dieu sait quoi.

Toute cette histoire est une farce, un théâtre d'ombres. Quand viennent les rêves et que se rompent les frontières du temps, ce qui n'est plus paraît encore plus présent, plus vivant que tout ce qui fait l'ici et maintenant. De tels matins donnent à Michael la sensation d'avoir été mis sur la touche. Il sirote son café et digère tranquillement son petit déjeuner, sachant qu'en réalité il n'est plus de nulle part. New York a certes été bonne pour lui, mais il n'aura jamais une vraie connivence avec cette ville. Car il n'est pas né dans ces rues. Barbara, qui est pleine de ses propres soucis, semble heureuse de le laisser plongé dans le silence, mais il sait bien que si elle le poussait à lui faire la conversation, seuls des mots de gaélique franchiraient ses lèvres. Ce qui l'amuserait d'abord, puis l'effraierait, et cette pensée l'effraie lui aussi, car il sent qu'une fois la machine mise en route, plus rien ne pourrait l'arrêter, que ce serait comme sectionner une artère. Il mâche son muesli en gardant les yeux ouverts, respire avec soin car soudain les pierres nues du cottage de son père ne sont plus qu'à un cheveu, la petite fenêtre de la cuisine incrustée de sel et d'embruns, de courants d'air qui sifflent là où le mastic s'est racorni pour tomber en poussière. Il n'a qu'à faire un minuscule effort pour sentir la laine épaisse du vieux pull sur ses épaules et sur son dos, ce chandail récupéré, déformé, et qui tombe sur lui car il est beaucoup trop grand, mais dans les jours sombres, cela le réconforte, son odeur remplit sa bouche d'une douceur de suie, de vague gibier, saveur familière qui démange sa langue et allume un feu tout au fond de sa gorge. Et quand les vents coulis se glissent par les châssis des fenêtres, on dirait presque les lamentations aiguës de Áine, lamentations des pleureuses qu'elle aimait tant chanter, et il n'en faut pas plus pour l'imaginer en train de s'affairer à chercher les œufs du petit déjeuner au poulailler, ou lutter pour rapporter un seau rempli d'eau depuis la pompe communale, au pied de la colline.

Inishbofin, c'est chez lui, même aujourd'hui, mais ses liens avec les lieux sont depuis longtemps rompus, et les dommages irréparables. Seán est mort et a été enterré quelques années après le départ de Michael,

Áine elle aussi a disparu. Restent ses fils à elle, qui sont donc les neveux de Michael, ils étaient trois, telles les marches d'un escalier, ce sont des hommes à présent, et il y a longtemps qu'ils ont quitté l'île eux aussi. Ils ont son adresse, mais aucun n'est resté en contact, comme cela se produit souvent. On ne peut les blâmer. Ils ne le connaissent pas. Il n'est qu'un nom, pas plus, un homme de nulle part, personne. Quelqu'un dont ils ont dû entendre leur mère parler, à qui ils témoigneront du respect si jamais ils viennent à New York, qui sera susceptible de leur raconter des choses, s'ils le demandent, s'ils insistent, et qui leur offrira à manger, un lit, de l'argent si besoin. Il n'est rien pour eux, mais bien qu'il connaisse seulement leurs traits aplatis sur les photos que Áine lui envoyait sans faute chaque année à Noël, d'une certaine manière, ils sont tout pour lui. Car ils représentent le seul lien qui lui reste avec le passé, avec celui qu'il fut autrefois, avant de tout faire pour devenir un autre.

Caitlin adore l'écouter parler de son île. Il montre une certaine réticence au début, même si ces pensées sont toujours en lui. Mais elle sait quels mots prononcer, comment le faire s'ouvrir. Elle s'est déjà fait une image de l'Irlande d'après les photos qu'elle en a vues, les récits occasionnels de sa mère, mais Michael lui apporte la pierre et la terre, la sensation de ce monde en dehors de toute poésie, il imagine la manière dont il retournera là-bas un jour, juste pour revoir les lieux. Pour renouer avec tout ce qu'il a perdu, abandonné derrière lui. Son désir farouche de retour est toutefois tempéré par la certitude que Inishbofin n'a plus rien à lui offrir, rien à part un peu de nostalgie, seulement se languir des choses, c'est déjà un réconfort. Et partager ses souvenirs avec quelqu'un qui a vraiment envie de les entendre, qui a envie de goûter, de ressentir ce qu'il connaît déjà, cela fait toute la différence. À un certain niveau, ils savent tous les deux que cela n'est rien de plus qu'une simple conversation, de celles que les amants partagent souvent pour compenser tout ce qui ne peut être comblé entre eux, et pour se donner l'illusion que ce qu'ils ont construit ensemble est plus substantiel qu'il n'y paraît. Toutefois, la plupart du temps, cela suffit à Caitlin, car la voix de Michael s'imprègne d'une mélancolie qui ouvre une nouvelle forme d'intimité, le dévoilement profond de celui qu'il est, de celui qu'il fut. Ils partagent leurs rêves, et quand le sujet affleure, elle se niche contre lui dans le lit, incline la tête, alors son front entre en contact avec sa joue mal rasée, et elle l'invite à continuer.

Il se souvient de ce jour où ils ont même parlé de partir ensemble là-bas. Fantasme, bien sûr, impossible à réaliser dès le premier mot prononcé, mais c'était agréable d'en parler. Ce jour paraît proche, ainsi que tant de choses du passé, un autre après-midi d'hiver peu clément, quelque part en plein milieu de l'été, les années enfuies encore si vivantes, si délicieuses dans le détail. Ils en ont connu beaucoup de ces après-midi, et celui-ci – quelle qu'en soit la date –, fait partie de ceux qui se sont pris dans une espèce d'engrenage universel qui se rejoue désormais sans fin, là, sous la surface du quotidien. Tendez la main dans la bonne direction, et il est là, parmi des centaines, à un souffle, un soupir.

Sans guère d'effort, il ressent à nouveau que c'est l'heure du déjeuner, et une fois de plus, les draps de lin empesés d'un lit étranger où ils ont joui ensemble, enlacés dans les bras l'un de l'autre, dans les moments qui ont suivi ce qu'ils étaient venus faire là, serrant son corps si fort contre le sien que leurs jambes s'entremêlaient, que leurs hanches et leurs épaules se touchaient, tandis qu'il décrivait en murmures indolents les hivers de son enfance. Tout le reste change, mais les saisons se transforment, et les hivers d'aujourd'hui ne pourront jamais que revêtir les couleurs et les lourdeurs des hivers du passé. Certains jours, quand le vent soufflait en rafales, que les vagues s'écrasaient contre les rivages de l'ouest avec tant de violence que leurs coups de canon retentissaient à travers toute l'île, il n'y avait plus rien d'autre à faire que rentrer, soit pour se poster à la fenêtre afin d'observer les rideaux de pluie qui entachaient de flou le paysage, soit attraper une chaise, s'installer au coin du feu et tenter de trouver un peu de réconfort dans les couleurs héroïques des flammes qui menaient un combat plein de rage contre les ténèbres de la cheminée. L'hiver maintenait les bateaux à l'ancre près des digues, ceux qui avaient encore le choix, et charriait un temps propice aux heures où mûrissent les histoires et les souvenirs.

Le tourisme avait sans le moindre doute transformé l'équilibre interne de l'île, mais comme il s'en était allé jeune, l'Inishbofin de son enfance était préservée, les hivers domestiques en particulier demeuraient très vivants en lui, et c'est cela qui lui manque le plus. Car les étés sont parfaits pour les petits garçons qui aiment tant courir, aussi beaux, tempétueux et tourmentés soient-ils, mais Inishbofin à cette époque de l'année avait moins de présence, elle se distinguait moins du reste du monde. En tout cas sur une échelle d'une certaine ampleur. Les étés étaient splendides, les matinées passées à la plage, à patouiller jusqu'aux genoux dans les eaux froides, bleues, écumeuses, nageant tout habillé, ou se mettant complètement nu pour sentir le soleil sur son corps, et l'enveloppe visqueuse du sel et du sable mouillé sur sa peau. À lancer d'anciennes grenades de serpentine dans la mer, tel un joueur de cricket, pour se défendre contre des envahisseurs imaginaires, ou jouer aux pirates dans les grottes des baies peu profondes. Quand son cœur avait suffisamment cogné, il ramassait des bulots et des coques que Áine faisait cuire dans du lait avec du poivre pour le déjeuner, et qu'elle servait avec du pain tout chaud, sortant du four. Et lorsque la chaleur du jour s'était suffisamment infiltrée, que l'air salé commençait à se craqueler, il passait les dernières heures à attraper des grenouilles ou à piller des nids, surtout les œufs mouchetés couleur crème des bécasses, posés comme des cailloux dans un bol sur les flancs herbeux des terres plus élevées le long de Knock Head, mais surtout il vivait pour ces jours de chance qui brillaient d'un certain éclat, car tout tombait alors parfaitement bien, où il dénichait le trésor gris-vert caché des râles des genêts qui l'attendait dans les champs où, à l'approche des moissons, la récolte lui arrivait jusqu'à la taille. Voilà la masse des faits de la haute saison, au rythme du cœur qui bat la chamade, mais si ces jours semblent parfaits dans sa mémoire, ils sont aussi trop purs, trop distillés. Et de la même manière que la douleur demeure davantage que le rire, c'est le souvenir viscéral de l'hiver, tout en tranchant, qui continue de captiver ses sens. Les durs grêlons sur son visage, la magie de la fumée froide, la bise cinglante, et la cruauté constante de la terre sous ses pieds. L'été, c'était pour rire, mais l'hiver retenait l'attention pour des considérations plus sérieuses. L'hiver, avec la mer tourmentée, les brumes du soir qui blanchissaient, étouffaient les dernières heures du jour, rétrécissaient le monde et faisaient paraître à nouveau possible l'existence des anciens dieux.

Il comprend que s'il revenait maintenant, dans cinq ans, dans dix ans, les hivers garderaient encore au moins en partie leur aspect glorieusement cruel, car les rafales s'abattent toujours avec la même violence sur les rivages et les champs, et les routes restent noyées dans le brouillard épais, silencieuses comme des passants de pierre, tandis que les hommes qui vont pêcher continuent d'accorder toute leur attention aux nuages de tempêtes accumulés avant de s'aventurer en mer, puisqu'ils n'ont guère d'alternative. Mais en dépit de ces détails inchangés, il y aurait quelque chose de différent, à un niveau physique ou psychologique, parce que l'île s'est ouverte, les circonstances ont permis le traumatisme bénéfique d'un afflux d'argent, de gens, d'idées, de nouvelles façons de vivre. Inishbofin connaît une nouvelle réalité, dans laquelle il ne cadre plus.

L'idée de faire ce voyage ensemble a toujours fait partie du jeu.

« Donc, c'est décidé ? », a dit Caitlin par cet après-midi d'hiver, vers... le début des années 1990. À croire qu'il s'agissait simplement de décider.

Il se souvient d'avoir ri. « Et qu'est-ce que dira Thomas ? Et Barbara ? »

Mais elle lui a répondu par un sourire.

« Ne t'inquiète pas pour eux. J'inventerai une histoire, je concocterai un truc avec une grand-tante ou quelque chose. Je suis écrivaine. Je suis payée pour tromper.

— Bien sûr. Pardonne-moi.

— Enfin, je l'ai été, pendant cinq minutes, autrefois. Mais je suis encore capable de l'être quand la nécessité se fait sentir. Et tu n'es pas un cas difficile. Voyager, ça fait partie de ton boulot. Donc, un voyage à but commercial. Disons à Chicago. Ou Seattle. Une vraie tournée. Cinq ou six villes en autant de nuits. Réfléchis. On aurait toute une semaine pour nous. Comme des gens normaux. Comme un vrai couple. Et tu serais mon guide, même si j'ai l'impression de connaître déjà les lieux, après toutes ces années passées à t'écouter parler. Et parce que je te connais.

— Tu as pensé à tout.

— Dis-moi juste que tu vas y réfléchir. S'il te plaît, Mike.

— J'y réfléchis déjà », lui a-t-il répondu en esquissant un drôle de sourire, pour donner du poids aux mots, et elle a poussé un petit rire malgré le baiser final qu'il lui donnait.

Mais il était seulement possible d'imaginer ce voyage dans l'intimité d'un lit illicite. Un lit loué à l'heure, où tout ce qui se disait, se faisait, se pensait n'était que mensonge, ou tout au moins fantasme. Du bout de sa langue, elle explorait le bord du cratère de sa lèvre, et il s'est aperçu une fois de plus qu'il n'avait jamais connu un tel partage avec quiconque, aussi bien du corps que de l'âme.

Sa langue s'est raidie sous l'effet d'une pensée ancienne, mais elle a été emportée par un profond soupir et réduite en miettes. *Tá grá agam duit* ; des mots qu'il n'avait jamais prononcés pour personne, même pour ceux qui auraient eu désespérément besoin de les entendre. *Je t'aime.* Cet après-midi-là pourtant, fermant les yeux, il l'a dit, murmuré, et ce sentiment, sans traduction, est resté suspendu entre eux, presque impalpable, ébouriffé par l'air sur les côtés, encore plus beau. Caitlin s'est étirée contre lui et a souri, pour lui, pour quelque chose de plus profond en elle, et prenant ses paroles pour de simples sons, elle les a laissé s'échapper.

La veille de son départ, s'étendait déjà entre père et fils ce vaste gouffre vide, abîme de silence qui les pétrifiait, tandis que la tourbe brûlait dans des tons de renard et de cynorrhodon. Le vieux devait avoir dans les cinquante-cinq ans à l'époque, pas plus, ce qui n'était pas très âgé en fait, pourtant cela pesait lourd sur ses traits, sur son corps. La lumière du feu éclairait tout, et les rides de son front et de ses joues semblaient taillées avec une telle sévérité que chaque changement de souffle, chaque pensée naissante annonçait sa venue. Ses yeux soutenaient le vide, ils étaient grands et massifs dans leur transe, et ses cheveux, qui d'habitude prenaient la couleur de la neige tombée depuis une semaine, avaient à nouveau ce roux boueux des soirs d'été des temps meilleurs.

Cinquante ans ici, ça pouvait faire beaucoup, quand les jours et les nuits s'accumulaient rudement, les uns par-dessus les autres. Dans les champs, ou en mer par les mois les plus denses, avec le vent d'ouest qui vous collait la fatigue dans le dos et les épaules, avec le ciel bas plein de remous qui apportait la pluie par radeaux de nuages si rapprochés les uns des autres que tout l'univers, à part les rochers, n'était plus qu'un souffle vert, même les hommes les plus valeureux devaient se soumettre. Comme la plupart des habitants de l'île, Seán vivait pour la terre sombre et argileuse, et les jours libres pour la mer. Lui et son frère Tadhg avaient hérité un petit bateau de leur père, ils calculaient les horaires pour pêcher sur les bancs de sable, connaissaient les fonds par cœur sans avoir besoin de carte, attrapaient les maquereaux qui s'en venaient, et les harengs, si nombreux avant que les chalutiers espagnols et scandinaves ne se mettent à vider les eaux internationales. Tadhg, de six ans son aîné, était passé deux fois par-dessus bord pendant des tempêtes, et parfois il pleurait lorsqu'il pleuvait. La seconde fois, il était resté neuf heures dans l'eau, on l'avait cru noyé, et le sel avait tant corrodé ses cordes vocales que pendant des années il avait eu du mal à parler. Dans le bateau, il conservait à portée de main un morceau de bois flotté long de presque un mètre, préférant cela à un gilet de sauvetage car il faisait davantage confiance à la flottaison naturelle du bois qu'à celle de tout objet fabriqué par les humains. La survie se gagnait à force de journées passées sur l'eau, et de plus longues journées encore attaché à la terre, à trimer par tous les temps sur quelques arpents parsemés de rochers, offrant une sécurité frugale en échange d'une absolue dévotion. Seán avait dépensé ses années entre mer et terre, et quand la nuit tombait, surtout après la mort de sa femme, il rentrait affamé et dévorait tout ce que sa fille lui servait, poisson, ragoût de mouton, puis un verre ou deux qui l'aidaient à s'installer dans ses pensées au coin du feu, du whiskey dans les grandes occasions, plus souvent de la bière ou bien du tord-boyau sorti d'on ne sait quelle cachette de l'île, eau-de-vie de pomme de terre et d'orge dissimulée dans de vieilles bouteilles de lait sans étiquette. « Juste une goutte, disait-il pour dissimuler tout embarras après s'être incidemment mis à chanter, c'est pour chasser les mauvaises pensées ». Alors il souriait à Àine ou à Michael de toute la mélancolie de son cœur et il expliquait qu'il n'y avait rien comme la *poitìn* pour échapper aux rhumes, et parfois il se rapprochait et les laissait goûter, pour le plaisir de voir leurs réactions exagérées. Mais il prenait toujours garde à ne pas dépasser ses limites, c'est-à-dire deux verres, sauf s'ils accueillaient un visiteur ou s'il y avait quelque chose de meilleur à boire, pour Noël, le Nouvel An, ou tout autre soir d'importance.

Au coin du feu, Michael vida son second verre et sentit le whiskey s'animer sur sa langue, puis un sentiment de perte l'envahit lorsque la chaleur de l'alcool commença de refluer. Son père reprit la bouteille.

« Pas pour moi, papa. Je partirai tôt demain matin.

— Tu peux bien en prendre un de plus, mon garçon. Tu seras parti assez longtemps, pour sûr ? Donne ton verre. »

Il hésita, puis leva son verre vers la bouteille en attente. Le whiskey faisait son effet, il le ramollissait, et la chaise à présent l'accueillait avec lourdeur. Il sentait la lassitude peser sur son corps à la manière d'un manteau trempé. Il le laissa verser puis se rassit et, juste un instant, ferma les yeux.

Il les rouvrit, une vie nouvelle animait le feu, éclaboussures de jaune qui brûlaient tel un cœur plein d'éclat au milieu de la nuit. Vingt ans plus tard, allongé nu dans la chambre de cet hôtel anonyme, se remémorant pour la première fois avec une tierce personne ces moments d'adieu, il ouvrira les yeux pour accueillir la sensation exactement opposée : une pièce d'où s'écoule la lumière de l'après-midi, la blancheur tournant au gris, au mutisme. Et même si les jours s'effacent, pareils à des traces de pas sur le sable, les souvenirs restent figés. Quand la lumière commencera à diminuer, il les retrouvera pour Caitlin, voulant désespérément saisir les détails avant qu'ils ne changent. Alors il remarquera tout : l'éclat humide que sa langue laisse sur sa lèvre inférieure ; ses avant-bras minces voilés d'un fin duvet, scintillant comme du givre ; la douceur de sa cuisse côté intérieur, là où sa bouche remonte depuis son genou, où il entend battre son cœur lorsqu'il applique son oreille et ose écouter. Lovée contre lui, elle se tortillera avec l'indolence d'un serpent, pareille à la volute de fumée d'une bougie qu'on éteint, et ils se souriront, se parleront à mi-voix, viendront l'un sur l'autre à tour de rôle, et le monde sera silencieux en dehors du bruit qu'ils feront, leurs voix entremêlées de promesses murmurées, la charge statique de leur souffle, et les ressorts du lit au-dessous d'eux, aux gémissements pleins et incessants. Tant de mondes existent à portée de souffle, chacun doté de sa propre réalité. Et tout ce qu'il faut pour passer de l'un à l'autre, c'est en fermer un pour en ouvrir un autre. On enferme des poussières de vie, on enregistre une chose, immuable, des yeux qui s'écarquillent, des cheveux qui cascadent d'une certaine manière, sombres sur la peau ou sur l'oreiller de neige, un raidissement inattendu, une absence de lumière. Et cet instant est saisi, comme une photo, mais à une échelle supérieure, là où tous les sens sont intacts.

Il examinait le feu. Enfant, il était captivé par les flammes qui léchaient les briques de tourbe, franges dansantes le long de l'écorce fine du petit bois glané le long des haies. Ce feu était devenu sa vision personnelle de l'enfer, croyance qu'encourageait le discours des prêtres missionnaires chaque fois qu'ils débarquaient sur l'île et s'emparaient de l'église. L'enfer rouge brûlant, car il ne comprenait pas encore combien c'était loin de la vérité.

« Je m'en vais, murmura-t-il. Ma décision est prise. Tu ne me feras pas changer d'avis. »

Ces mots furent d'abord accueillis par le silence, puis ils se dissipèrent, et il éprouva à la fois du soulagement et un pincement de douleur à l'idée qu'il s'était en fait trompé sur la situation. Il voulait que son départ se déroule sans encombre, pour tout le monde. Mais pas dans l'indifférence. Et son épuisement ne faisait qu'aggraver sa confusion.

« Ben si je peux pas, je peux pas, répondit son père après avoir laissé passer plusieurs secondes. Je la connais, l'histoire. C'est normal que les jeunes veuillent s'en aller. » Il considéra son verre, qu'il tenait tel un objet précieux en majesté du bout de ses doigts ravagés, tandis que ses lèvres remuaient, cherchant quelque chose à ajouter, les mots justes. Mais au lieu de parler, il revint à son whiskey, son menton mal rasé tremblant sous l'effort. À ce moment-là, se détachant sur ce fond obscur, ce n'était plus seulement un vieux, c'était un ancien. Presque brisé.

Ils burent ensemble ; Michael, tout novice en whiskey qu'il était, le suivit, vivant cela tel un prélude à la fin. Le feu brûlait toujours, mais doucement, et trois verres, c'était la limite. C'est alors que le vieux se racla la gorge.

« Je t'ai jamais raconté, à Àine non plus, mais quand j'étais jeune, environ ton âge, je voulais partir à Londres. On racontait qu'il y avait plein de boulot et qu'on pouvait se faire un tas d'argent, et à l'époque, malgré tous nos efforts on n'arrivait pas à avoir plus que quelques patates et un quignon de pain. Je m'entendais bien avec un des Shine de Cloonamore. Dan Joe, Dieu ait pitié de lui.

— Ça doit être l'oncle de Sonny Shine.

— C'est ça. Ned, son frère, c'est le père à Sonny. Ned, il était un peu plus jeune, et Dan Joe et moi on était du même âge. Disons qu'on a grandi ensemble. Et il parlait tout le temps de Londres. Jamais il s'arrêtait. Même si à la vérité, avec le recul, je faisais sûrement pareil. »

Il but une gorgée, à présent il se rationnait, sachant que le quota de la soirée était épuisé, sachant aussi que ça aurait dû n'avoir aucune importance, mais que pour une raison inexplicable, ça comptait. « Quelle connerie », murmura-t-il si bas que Michael se pencha, sûr d'avoir mal compris.

« Qu'est-ce qui s'est passé ?

— Rien. J'ai compris que j'étais un gars d'ici. Et que tu le comprennes ou pas, mon gars, toi aussi. » Il se retourna et croisa le regard de Michael, alors sa bouche se fendit d'un sourire. « T'inquiète pas, j'essaie pas de te persuader. J'ai déjà assez gâché de salive. Tu as pris ta décision et tu feras ce que tu veux. Mon Dieu, je n'arrive pas à croire que je parle autant. Ça doit être le whiskey. Une goutte, ça peut faire beaucoup d'effet sur un homme. Et si tu voyais ce que ça fait aux femmes. Enfin, tu le verras un jour, j'imagine. Tout le monde finit par tout voir, je pense. Au moins les choses importantes. Mais bon, je suppose que je voulais te raconter un truc personnel, un truc que tu ne connaissais pas déjà, et que tu pourras emporter avec toi. Parce que je n'en aurai peut-être pas l'occasion, plus tard. »

Ces mots, dits sur un ton presque désinvolte, donnaient l'impression de faire partie du quotidien, d'une soirée ordinaire, pas du tout d'un bouleversement. Un père et son fils unique que les circonstances avaient rendus si proches qu'ils s'étaient habitués l'un à l'autre et toléraient leurs habitudes respectives. Mais ils avaient beau vivre et manger ensemble, passer l'essentiel des journées à travailler de concert aux champs ou sur le bateau, ils échangeaient rarement plus que des propos anodins.

En grandissant, Michael s'était posé plein de questions, et celles qu'il formulait avaient toujours un but. À dix ou douze ans, il était de nature réfléchie, voire renfermée, le genre de garçon qui éprouvait peut-être encore le désir de courir partout, mais qui avait aussi besoin de limites claires, de donner au monde des contours bien définis. Il voulait comprendre la nature des choses, observer les mécanismes cachés. Comment les champs savaient-ils quand fleurir, pourquoi les poissons revenaient-ils à certaines périodes de l'année et pourquoi toujours dans les mêmes eaux alors qu'ils pouvaient nager dans tous les océans du monde ? Comment était la vie à l'époque de son grand-père, de son arrière-grand-père, du temps de la famine et des Britanniques ? Et pourquoi certains possédaient-ils plus que d'autres, qu'est-ce qui pouvait pousser quelqu'un à vivre sur une île alors que tout était tellement plus facile d'accès en ville, tout sauf le ciel ? Les réponses s'adossaient avec maladresse aux parois de la journée, car Seán parlait sans même se détourner de la tâche qu'il accomplissait, la voix aussi épaisse que les eaux de pluie ruisselant dans les fossés herbus le long des routes, l'air ivre, comme au bord d'une chanson, d'une lamentation nourrie par sa seule douleur. Énonçant des noms, des lieux, des histoires oubliées des manuels scolaires, mais trop importantes pour qu'on les abandonne. Parallèlement, Michael l'imitait, même à huit, dix ou douze ans, ses mains réparaient les filets de pêche là où les rochers les avaient déchirés, ou bien il maniait une faux d'emprunt en mouvements bas, oscillant de gauche à droite, se frayant un chemin oblique à travers les tibias d'orge ou de foin. Il avait beau se concentrer strictement sur son travail, son esprit suivait tout ce que son père disait, et il écoutait avec la plus grande attention, absorbant les mots, la voix, le savoir. Il savait que le monde existait depuis toujours, surtout ici où les légendes rendaient l'air aussi épais que la brume, avec ces contes des vaches blanches qui donnaient leur nom à l'île, les sagas de Gráinne Ní Mháille, *Granuaile*, la reine pirate. Pourtant, malgré les preuves nichées dans les pierres de Dún Mór, les ruines anciennes sur le promontoire du fort de Westquarter qui s'élevaient très haut pour lui, malgré la signature de Cromwell encore tatouée dans l'éther et les cottages de la grande famine, en ruine ou arasés, qui coloraient les champs le long de tous ces ruisseaux, ce passé lui paraissait plus théorique que réel, de la même manière que la distance divine entre les étoiles, ou cette idée que le feu, la terre et l'eau vivent et respirent. Ces choses avaient de l'importance, mais pour lui, à cet âge, des questions plus intimes et plus sombres demeuraient enfermées dans les silences, en lien avec sa propre famille. Sa mère était une Flaherty, une famille présente depuis des siècles sur ce caillou, un clan renommé sur Bofin et, à une époque, sur l'île voisine de Shark. Il aurait voulu évoquer sa mère, mais l'osait rarement, il voulait savoir qui elle était, mais redoutait la douleur qu'il pourrait alors raviver, se rappelant trop clairement les mois noirs du deuil qui avaient suivi son trépas. Quand enfin il essayait, jugeant l'humeur de son père assez bonne, ou du moins passable, il en restait à des choses superficielles qui la leur rappelait à tous les deux tout en la maintenant pourtant à distance respectueuse. Ce qu'elle était vraiment, au-delà des quelques photos figées et des souvenirs fragiles qui lui paraissaient de moins en moins réels au fil des années.

Parce que déjà alors, les détails commençaient à se dissoudre. Certaines nuits, il rêvait d'elle, et il se rappelait encore son visage sans pouvoir remettre les détails, mais le souvenir palpable lui échappait. Et sa voix. Il n'aurait pu jurer de la couleur de ses yeux, ni de l'éclat de son rire. Même son sourire était désormais hors de portée, se fondant dans des formes à demi imaginaires. Et la voix de son père lui répondait toujours avec soin, à croire qu'il s'adressait à un étranger, ou à quelqu'un qu'il ne connaissait pas très bien. Elle était d'ici, elle était faite pour cet endroit, disait Seán, et pour l'océan. Les hommes, son père, les frères de son père, connaissaient les eaux mieux que personne, ils auraient pu passer un mois à faire le tour de l'île dans le sens des aiguilles d'une montre puis dans l'autre, les yeux fermés, en identifiant tous les courants. C'étaient des hommes rudes mais bons, honnêtes en affaires, mais Bríd, quant à elle, était d'une tout autre nature, elle valait infiniment plus. « Ma femme », disait-il comme s'il cherchait la preuve qui confirmerait les choses, comme si le dire pouvait le rendre plus réel. « Ta mère. La tienne et celle d'Àine. » Une femme au caractère doux et plein, aussi bon que la rosée, sans un soupçon de colère ou d'anxiété dans le corps ou l'esprit. Belle, si tu savais la regarder. L'amour, voilà tout ce qu'elle savait, donner de l'amour, et elle était partie trop tôt, c'est ce qui arrive souvent aux meilleurs. La colère l'avait étreint pendant un temps infini, puis il avait accepté le fait que la vie avait ses propres règles, il avait appris à tenir, avec les souvenirs de ces années qu'elle avait pu lui donner. Ces mots pesaient lourd et prenaient leur cadence, entraient en résonance les uns avec les autres, à la manière dont les abeilles bourdonnent à l'intérieur de la ruche, tout en échos, d'un bruit trop fort et cacophonique pour leurs petits corps, mais pareil à un bercement. Les yeux baissés, le travail continuait, les mains rapiéçaient, bougeaient des cailloux, soulevaient les filets, se redressaient en arrière pour lutter contre la gravitation de la terre en pente, ou se tendaient pour passer les rouleaux de l'océan, mais un trop-plein de mots coulait, semblable à du sirop dans une cuillère, lent torrent, ouvrant les souvenirs de ces mille nuits où elle avait attendu son retour, ses cheveux noirs ébouriffés par les vents des champs, sa peau tannée par l'air, d'un blanc-jaune comme le babeurre dans la cuisine encombrée de crépuscule. C'était l'époque heureuse, les moments en couleur, disait Seán en s'adressant à la terre, réfléchissant à voix haute, et pourtant même au cœur de la confession, se dégageait une impression de non-dit. Et Michael, qui faisait ce qu'il pouvait, s'emparait de ces fragments et y lisait la vie, heureux de ces bribes. Ils avaient l'habitude de se comprendre à demi-mot, leurs conversations tenaient en hochements de tête, haussements d'épaules, leur stoïcisme issu de générations entières. Les problèmes plus intimes étaient partagés avec Àine, qui ne se moquait jamais de rien, ne taquinait ni ne condamnait, se contentant de serrer les dents et de voir ce qu'elle pouvait faire. Il en était ainsi.

Autour du feu, ce soir-là, son verre niché entre ses mains, Michael fut tenté de présenter des arguments, pour le bien de son père et pour le sien, en insistant sur le fait qu'évidemment ils se reverraient, qu'ils avaient encore de belles années devant eux, largement assez pour que tout puisse être dit et fait. Mais chaque goutte de whiskey faisait refluer les mots à l'intérieur, alors, pour s'occuper, il prit le tisonnier et arrangea les braises. Le feu, qui s'était assoupi dans un mélange rassurant de couleurs et de chaleur, connut une explosion éruptive, un morceau de tourbe se détacha et tomba en pièces, ouvrant un cratère, à croire qu'il manquait d'air, avant de s'effondrer vers l'intérieur dans un jet de flammes et une avalanche de cendres. Seán se pencha en avant à son tour, comme s'il voulait superviser les informations, serrant son verre mais sans le boire, et Michael comprit qu'il gardait ce qui lui restait parce qu'il aimait boire un peu de whiskey dans son lit.

« Tout le monde chez nous m'a dit de ne pas y aller. Ma mère déclarait que les Anglais avaient assez des leurs, et qu'ils ne seraient pas contents de me voir débarquer. Évidemment, je pensais pas comme ça. À cet âge-là, je savais tout. »

La compréhension émergeait lentement. Michael, un peu distrait, se concentrait sur l'idée de son vieux redevenu adolescent, avec toute sa vie encore devant lui. Il posa le tisonnier.

« Tu veux dire que tu es parti, finalement ?

— Oui.

— Mon Dieu.
— Michael.
— Désolé papa. Mais pourquoi tu ne me l'as pas dit plus tôt.
— Je ne sais pas. Je croyais que ça n'avait plus d'importance. Ce qui est fait est fait, et c'était il y a si longtemps. Jusqu'à ces temps derniers, je n'y pensais plus du tout. »

Cette fois, ce fut Michael qui saisit la bouteille. Elle était posée par terre, près de la chaise de son père, elle lui parut froide. Il en versa un peu dans son verre, puis attendit que le vieux termine ce qu'il gardait au fond de son verre.

« Alors ? C'était comment ? »

Son père réfléchit et haussa les épaules. « Chez nous, c'était mieux. »

Et puis, après s'être laissé aller à cette confidence, il sembla rentrer en lui-même, et il sirota son verre, revenant à sa réserve naturelle. Michael attendit sans insister, éprouvant une satisfaction inattendue. L'épuisement n'y était pas étranger, ni l'alcool, mais même dans l'obscurité, un filament de clarté était apparu. Partager pendant seize ans des journées passées à travailler pour subsister, et des nuits enfouis sous le chaume, confinés dans quelques pièces bourrées à craquer, ne mangeant que des aliments bouillis ou trop cuits, courbés au-dessus de l'âtre, boire quelques tasses d'un thé brûlant au sortir de la théière, si longtemps infusé qu'il était rugueux à avaler, à parler de choses sans importance, connaissant tout des petites manies de l'autre, et surtout le bruit de sa respiration. Mais cette nuit-là, c'était le whiskey, et la certitude que jamais ils n'avaient été aussi proches.

On était mieux chez soi. Après une heure de tergiversations liées au whiskey, son père en vint à décrire les conditions de travail et de vie déplorables qu'il avait connues, les nuits dans les vapeurs d'alcool, les hommes, parfois camarades de travail, plus ou moins amis, qu'on retrouvait inconscients dans les ruelles derrière les bars de nuit ou les clubs de strip-tease, et même l'un d'entre eux, poignardé à mort, assassiné parce qu'il avait le mauvais accent ou pour deux livres gagnées à la sueur de son front, les quelques pièces qui lui restaient enveloppées d'un petit billet dans la poche de son manteau. Ce genre de divagations se distillait aisément pour obtenir cette essence irréfutable : on était mieux chez soi. Dans la chambre d'hôtel, après toutes ces années, en l'écoutant raconter de nouveau, répéter ces mots pour elle tel un refrain, Caitlin, la tête appuyée sur la poitrine de Michael, s'est redressée et assise quelques instants – ou quelques minutes – au bord du lit, tout en regardant par la fenêtre, le dos tourné. L'éclat de sa peau nue, qui apparaissait sous les volutes de jais de ses cheveux détachés, brillait d'un blanc différent de celui de l'après-midi, pâle mais altéré d'un soupçon de bronzage.

« Et c'était vraiment mieux ? », a-t-elle demandé sans se retourner, confiante dans le ton de sa réponse, et souhaitant peut-être aussi qu'ils ressentent tous les deux ce battement de séparation.

« J'imagine », a répondu Michael en caressant sa peau qui refroidissait, suivant le treillis vénitien formé par ses côtes qui se recourbaient pour descendre sous son coude et son bras. « En tout cas pour lui. »

Sa propre réponse l'a fait sourire, sans trop savoir pourquoi, mais sans pouvoir non plus le réprimer, c'est alors qu'elle s'est retournée un instant et, voyant cela, n'a pu s'empêcher à son tour de sourire, sans doute pour partager ce qu'il ressentait, ce qui s'était dit. Puis ses yeux se sont à nouveau posés sur la fenêtre, sur ce morceau de ciel de Coney Island qui s'étendait à l'extérieur, vaste masse de nuages dépourvue de relief, qui en cet instant ressemblait à n'importe quel ciel.

« C'était une mise en garde de sa part, a-t-elle ajouté juste avant de se rhabiller.

— Naturellement. » Michael, sans doute conscient de l'imminence de leur séparation et prêt à résister, a laissé sa main remonter vers sa nuque avant de redescendre lentement, sa bouche se souvenant du goût de sa peau, moins d'une heure plus tôt, quand il l'avait fait rouler sur le ventre et qu'il avait embrassé son dos tout le long de sa colonne vertébrale, jusqu'au nid défait de ses cheveux, pour redescendre en prenant son temps, se délectant de la façon dont elle tremblait et l'interpellait en une timide anticipation tout en lui demandant de continuer.

« Et il voulait m'aider. Mon vieux a toujours voulu bien faire, dans tout ce qu'il disait et entreprenait. Mais il parlait d'une autre époque, d'un temps où le monde était différent. »

Caitlin l'écoutait, puis elle s'est retournée pour lui prendre la main. Il ne s'était pas encore empâté alors, et elle l'a observé, son torse nu aux tétons cerclés de poils noirs entremêlés, déjà blancs pour certains, puis sa gorge, et la naissance de cette chair molle sous le menton, enfin, en dernier lieu, les détails de son visage. Allongé, comme d'habitude, il attendait qu'elle lève les yeux et il lui a adressé un sourire, mais elle ne lui a pas souri en retour, elle n'est pas sortie de sa transe. Même au moment où leurs regards se sont croisés, il s'est aperçu qu'en réalité elle ne le regardait pas vraiment. Sa main est restée dans la sienne, légère et fragile, étonnamment froide, et elle n'a pas bougé. Il a regardé les doigts de son autre main qui exploraient l'intérieur de son poignet, ses ongles coupés mais pas trop courts, vernis juste pour lui de ce ton de terre cuite foncé de tuiles et de sang, unique touche de couleur dans la pièce. Rien ne pouvait être caché, nus qu'ils étaient en ce moment, pourtant il y avait tant de choses entre eux, celles qu'ils connaissaient, et celles qu'ils ne voulaient pas voir.

Il y avait toujours plus à dire, de part et d'autre, mais les mots rendaient les au-revoirs encore plus difficiles. Enfin, encore plongée dans sa transe, dans son rêve, elle s'est levée du lit et a commencé à s'habiller. Les contours sans couleur de la pièce auraient dû en être transformés, le monde se devait de changer pour eux. Pourtant rien ne bougeait. Il l'a regardée remonter sa petite culotte de dentelle noire le long de ses cuisses, tout en elle exhalait la grâce subtile d'une personne entraînée à la scène, elle se penchait à la manière des cygnes qui recherchent le soleil. Sans un bruit, déjà éloignée de lui, sur le départ. Boutonnant son chemisier, enfilant son pull, recoiffant ses cheveux. Mois après mois, il en allait de même, variations sur un thème devenu familier. Son départ de la maison autrefois ne s'était pas déroulé dans le calme. Rempli du désir de partir, se le répétant sans cesse pour ne pas hésiter, il s'était pourtant attardé à la porte, le cottage derrière lui. L'aurore s'était levée sur les champs, démaillant les ténèbres, et le ciel formait un drapé de nuages, pareil au ciel de Coney Island derrière une vitre, un jour d'hiver. À seize ans, Michael avait déjà le torse large, pas encore un homme, mais plus un enfant, il aimait l'immobilité à force de passer des heures sur l'eau ou accroupi au coin des champs, comprenait l'équilibre de toute chose, et il était encore suffisamment innocent pour croire aux rêves et courir, tambour battant, mais il n'était pas encore prêt pour un tel arrachement. L'air était frais, salé par la mer, empreint d'une pureté qu'il ne retrouverait plus jamais, sauf à s'en persuader, en de rares occasions, un jour de printemps ou de fin septembre face à un autre océan ou l'autre côté de celui-ci, quand il y avait de la houle et que le vent soufflait juste comme il fallait. Derrière lui, dans l'obscurité du cottage, son père était assis à la table de la cuisine, tête baissée au-dessus d'une tasse de thé brûlant, tandis qu'à l'autre bout de la pièce, assise sur la chaise près du feu éteint, Áine pleurait, le poing se serrant et se desserrant autour d'un vieux mouchoir qu'elle appuyait contre sa bouche dans l'espoir de calmer les minuscules gémissements de ses sanglots. À l'époque elle était déjà mariée et sa grossesse commençait à poindre ; vingt ans à peine, mais massive et usée à en paraître le double. Ses mains avaient l'éclat d'albâtre du travail dans l'eau froide, et ses cheveux, d'un rouge bruni de teck, aussi emmêlés que les fougères, enveloppaient lourdement ses épaules. Les larmes jaillirent, faibles et déchirantes, une habitude dans leur famille, et elle les laissa couler. Pris entre le désir de faire demi-tour et celui de partir, Michael demeurait à la porte tandis que les ténèbres se disloquaient puis, dans les minutes suivantes, pâlissaient jusqu'à devenir invisibles, alors il regarda à travers champs, jusqu'aux flots lointains, en essayant d'absorber les senteurs de l'île, de rassembler les petits bruits de l'aube, les chants d'oiseaux, grives et pinsons des haies, tariers et pipits, le rythme abrupt d'un coucou lointain, et là-bas vers le rivage, les cris des mouettes et des fulmars volant en cercle dans le sillage des bateaux qui s'éloignaient. Enfin, son attention fut attirée par un bruit plus soudain, celui d'un vieil homme tirant sa chaise sur les dalles de pierre pour se lever et vaquer à ses occupations dans la cuisine avec sa maladresse habituelle, se cognant dans les coins et marmonnant ce qui n'était pas tout à fait des mots, mais qui pourtant y ressemblait plus qu'à toute autre chose.

VI.

Encore un café

À la fenêtre, le ciel atteint à présent le stade final de cette bonne lumière d'après-midi qui précède l'imminence du crépuscule, chaque couche de passé est sensible, à un souffle, cette vie d'autrefois qui se répète à l'infini, et c'est aujourd'hui une compilation de mille fantômes. Michael n'a pas envie de bouger. Ses membres sont lourds, et les couvertures lui donnent la sensation d'être enterré vivant. Dessous, un cocon de chaleur qui le préserve du froid de la chambre. Il inspire une longue bouffée, goûte la fraîcheur de l'air, expire lentement. Auprès de lui, Caitlin sourit. Elle ferme les yeux, joue avec l'idée de dormir. Ce sourire peut être une réponse à n'importe quoi, toutefois, il sait que c'est en rapport avec lui. L'expérience lui permet d'interpréter son soupir comme un signe de satisfaction. Son propre souffle est à peine audible et régulier, seule la comparaison le rend remarquable.

Quinze heures passées. Encore tôt, mais déjà la journée paraît vidée de son jus.

Il s'installe de nouveau sur son oreiller et laisse ses muscles se détendre. Au bout d'une minute ou deux, Caitlin s'arrache à son propre creux et se colle contre lui. Il remonte la couverture par-dessus ses épaules pour qu'ils soient tous deux protégés du froid.

« Comme au bon vieux temps, murmure-t-elle.

— Pas si vieux que ça », répond-il pour la taquiner.

Parler est une erreur. Les mots les encombrent. Les moments de grâce sont fragiles ; difficiles à gagner, faciles à briser, et à présent qu'il a pris conscience de l'heure, le sommeil n'est plus possible. Il soupire à nouveau et ferme les yeux, mais les ténèbres qu'il découvre en embuscade le font suffoquer. Contre lui, ses pensées la font sourire davantage encore, et il sent le minuscule pincement de ses dents plongées dans son marcel en coton, juste au-dessus du téton. Ce n'est pas une morsure et il n'a pas mal, mais c'est un rappel qu'il peut y avoir plus, et en réponse, sa main se déplace le long de son corps, d'un geste indolent, depuis la courbure de sa hanche vers l'étendue lisse de sa cuisse, puis de retour jusqu'aux protubérances ondulées de ses côtes. Elle fredonne gaiement.

« Encore ? le taquine-t-elle.

— Comme tu veux », grogne-t-il.

Un coup de peinture ne ferait pas de mal à cette chambre, mais dans les hôtels de ce genre, on ne met le paquet que pour l'essentiel. Pourtant, les murs et le plafond couleur blanc d'œuf, fanés, usés par le passage du temps, correspondent bien à cette journée. Ici, la lumière dicte sa loi ; l'ombre s'insinue d'une manière plus suggestive. Et ça apaise l'esprit, offre quelque chose à regarder, auquel réfléchir, sans vraiment s'en soucier. La trace des coups de pinceau est clairement visible au plafond, surtout là où la lumière accroche. Ce genre de chose n'a pas grande importance, mais les détails comblent les tableaux, et Michael joue avec les implications, liant la piètre qualité de cette peinture à d'autres choses – à ce que Caitlin et lui ont en commun, à sa vie avec Barbara, à lui-même, à toutes les facettes de sa personnalité. Il laisse son esprit battre la campagne jusqu'à ce que la tristesse le surprenne, alors il met de côté ces pensées.

Allongée contre sa poitrine, Caitlin sent à nouveau le battement sourd de son cœur. Cette sensation d'abord la calme, et puis tout à coup, elle se sent troublée. Elle songe à un oiseau emprisonné, qui tourne en tous sens entre les barreaux de sa cage. Lorsqu'elle ne peut plus le supporter, elle s'écarte et se glisse vers sa propre partie du lit. Son souffle jaillit quand une nouvelle vague de froid la frappe, mais elle attend que ça passe. Son dos et ses membres se crispent, et en ouvrant les jambes sous la couverture, elle sent le vide que Michael a laissé en elle. Un filet chaud s'écoule entre ses cuisses et son bassin bouge, mû par une sorte d'impulsion rétrospective, mais au lieu de retrouver l'intégralité de ses souvenirs, cela ne fait qu'augmenter son sentiment de solitude. Elle ferme les yeux, reste ainsi un moment et fait de son mieux pour réguler ses inspirations, l'expansion de ses poumons. Elle est lasse, dormir, ce serait finir en beauté. Mais le sommeil ne viendra pas parce qu'elle ne peut se le permettre.

Les draps lui collent aux pieds, aux jambes et au bas-ventre. Sa peau est encore moite, ses tétons contractés, aussi durs que des noix. Il y a vingt ans, même dix, avec encore une heure devant eux, ils se seraient reposés en vue du second round, et dans leur tête, ils auraient procédé aux calculs nécessaires pour remporter le titre. Mais le temps transforme tant de choses. Elle s'en accommode en étirant ses membres le plus possible, prend plaisir à écouter l'hymne de résistance que son corps entonne. Jusqu'à la plante des pieds. Avec une infinie lenteur, elle devient pierre.

« Ça va ? »

L'espace d'une seconde, la voix de Michael lui paraît venir d'ailleurs. Puis elle se raccorde à nouveau, ou du moins, donne cette impression. Il a coincé la couverture sous ses aisselles. Elle connaît chaque centimètre de son corps, à force de baisers ou de compassion, mais même après tout ce qu'ils ont partagé, il est toujours gêné qu'elle le regarde. Elle sourit, gardant tout ce qu'elle peut sous la surface. Mais il ne s'en rend pas compte. Et puis elle cesse de sourire.

« Je réfléchis juste.

— Tu réfléchis ?

— À nous.

— Et alors ?

— J'aime bien le son. De ce mot, je veux dire. Nous. Toi plus moi égale nous. »

Il éclate de rire. Petit son encaissé, tout à fait inoffensif, qui crépite comme des cailloux dans une canette. « Moi aussi, ça me plaît, dit-il. Après toutes ces années, être enfin élevé au statut d'équation mathématique. Qui n'aimerait pas ça ?

— Allez, fais ton malin. Non, je pèse les choses.

— Et c'est là que commencent les grosses blagues. »

Elle fait une espèce de grimace malgré elle. « D'accord. Je vois. À nous le Vaudeville. Tu as fini ?

— Oui, m'dame. Désolé.

— Je ne voulais pas en parler tout de suite, surtout qu'on a passé une si bonne journée jusqu'à présent, mais il faut qu'on discute de quelque chose.

— Ça m'a l'air sérieux.

— Ça pourrait l'être. Je ne cesse de me dire qu'on a le temps, mais en fait on ne sait jamais. On va sortir d'ici, et tu pourrais te faire renverser par une voiture, ou moi. Voilà comment ça se passe, tu sais. Un accident, une crise cardiaque, la foudre qui s'abat. Le monde tourne à plus de mille cinq cents kilomètres à l'heure. Tôt ou tard, on se fait tous éjecter. On ne peut pas l'éviter indéfiniment, et personne n'y est jamais préparé. Le jour où ça arrive, tout ce qui reste, ce sont les choses qu'on n'a pas dites, les promesses qu'on ne peut tenir. »

Des bourrasques cognent contre la fenêtre mais elles sont pour l'instant contenues, et dans ce lit, bien au chaud et en sécurité à la lisière du sommeil, le calme règne. L'idée de l'amour demeure un point central, lointain mais dominant, suspendu au-dessus de Coney

Island tel Jupiter, une fente de lumière dorée après des millions de kilomètres de vide et de ténèbres. Savoir cela, et y croire, voilà ce qui lui donne la force de continuer lorsqu'ils ne sont pas ensemble, surtout par ces nuits interminables où les limites de l'appartement se contractent, où la routine devient écrasante. Une lueur, juste pour capter son imagination, pour la mener de l'avant et, avec un peu de chance, lui faire passer le cap.

Le pire, ce sont les nuits, être allongée là pendant que Thomas dort, reléguée intentionnellement aux marges du lit les plus lointaines, pas seulement pour s'affranchir, mais aussi pour se délecter de son sentiment de culpabilité, tout en contemplant avec une rage muette d'abord, puis à force d'heures, dans un état de stupeur de plus en plus hypnotique et coupé de ses racines, les formes familières des meubles de la pièce, réduits à l'état de silhouettes, et la fente de quelques centimètres d'un noir de suie de la porte entrebâillée du placard, allusion à un type particulier de condamnation aux enfers.

Le souvenir de Michael est alors toujours à sa portée, son visage familier jusque dans ses creux et ses pleins, la légère fossette de son menton, les rides qui coupent son front et se nichent aux commissures de ses yeux, au regard fixe, parfois agressif. Elle aime à imaginer qu'ils sont mariés, et souvent elle se demande quelle vie ils pourraient mener, ainsi liés. Serait-ce toujours l'amour, tout se déferait-il en l'absence de l'ombre du danger si excitante, jusqu'à effacer les détails, ou leur intimité se développerait-elle pour atteindre une essence supérieure ? L'amour pourrait être la fusion entre l'indéchiffrable et le familier, mais cet équilibre fragile tiendrait-il toujours si un élément prenait le pas sur l'autre ? Ce genre de questions lui cause un véritable tourment, surtout aux petites heures désespérées de la nuit, mais parfois, isolée sous ses draps, transpirant sur son oreiller, elle trouve du plaisir à cette souffrance et tente même de l'intensifier en se caressant avec habileté, pour aboutir à un champ de bataille de sensations pures, frottant jusqu'à obtenir l'étincelle qui la mène à cet état d'agitation, et bientôt à ce doux feu de la chair. Dans ces moments-là, elle se déteste, surtout juste après, mais cette haine est ridicule en soi, même si elle est authentique, génétiquement transmise, fantôme d'autoflagellation issu de la bonne vieille culpabilité catholique, tout droit extirpé d'un passé remontant à deux générations, relégué à un oubli apparent à force de questions et de logique, mais pourtant toujours présent comme du néant retourné aux confins extrêmes de la vie, censé marquer la limite entre deux absolus, le bien et le mal, avec toujours pour fonction d'inhiber. Pourtant, elle ne peut s'en empêcher. Le péché – s'il s'agit de ça – la nourrit, l'aide à supporter. Et à ses côtés, bienheureux dans sa moitié du lit, Thomas dort d'un sommeil de mort, tel un homme depuis longtemps satisfait de sa façon de vivre, et elle aime le regarder dans l'ombre même lorsque son corps désire quelque chose de plus fort, car le voir là, si proche, si près de partager ses illusions, ajoute à son sens du désespoir, à sa solitude. Ses caresses s'accélèrent, parfois elle doit mordre la couverture pour ne pas crier, et pendant ce temps, alors même que ses yeux absorbent la silhouette et le caractère de son mari, fermé, muscles relâchés, émettant un son un peu nasal dans son rêve, sa tête est pleine de la pensée de Michael, elle se souvient de la sensation de ses mains sur elle, de ses doigts, de son poids contre elle, des palpitations excessives de son corps et de ce sifflement qui borde son souffle quand l'excitation s'intensifie juste avant d'exploser.

Ces pensées et ces actes représentent une énorme trahison, pas seulement les serpentins, le feu d'artifice d'une liaison, mais la trahison jusque dans sa moitié du lit conjugal. Et elle est tellement mieux que par ces nuits, heureusement rares ces dernières années, où Thomas ne parvient pas à s'endormir aussi vite que d'habitude, et au bout de vingt minutes de lecture laborieuse du dernier livre de Louis L'Amour adressé par le Grand Livre du Mois, *Hopalong Cassidy, l'Inquiétant tireur*, ou *La Cabane perdue*, ou *Hondo, l'homme du désert*, quelque chose de ce genre, il se tourne, pose la main sur elle, à demi suppliant, à demi insistant dans ses gestes et ses mots.

Elle répond à ses avances en se détournant. Cela ne l'arrête ni ne l'inhibe, mais au moins cela épargne à Caitlin le supplice de devoir participer, et cela l'autorise à jouer au jeu qu'elle veut dans sa tête. Elle se laisse déshabiller, en lui demandant de ne l'embrasser que dans le cou ou à la base du cou si vraiment il doit l'embrasser, et sans lui parler, ou alors très doucement. Après cela il n'y a plus qu'à attendre quelques minutes avant la fin, le temps fait chair, tandis qu'il s'agite derrière elle, son visage et sa bouche entourée de sa barbe naissante fouissant au creux de son cou, sifflant des sons terreux à son oreille. La réalité s'impose suffisamment, au moins à un niveau physique, mais l'obscurité rend les choses plus floues, et dans cette position, allongée sur le côté, face au mur et à la porte, elle peut fermer les yeux et se dissocier du réel afin que très vite l'identité de Thomas se dissolve pour laisser place à une autre. Il y a toujours de la musique en fond, de la country douce, Merle Haggard, Willie Nelson ou Tom T. Hall, et son mari a beau lui parler d'amour, murmurer contre sa peau dans une moiteur torride, déjà la nuit se fait plus légère et plus calme, si bien que ses mots ne comptent pour rien. Lorsqu'il la prend ainsi en étau, son bras passé sous son aisselle, enserrant sa poitrine pour la maintenir contre lui, Caitlin éprouve une immense solitude. Et même quand son corps crie, ou reste muet, ce qui est plus probable, elle sait parfaitement que sans Michael, elle est seule. Pas exactement perdue, car elle sait où et qui elle est, mais désespérément seule. Comme sans doute la moitié de l'humanité, cette moitié qui a fait les mauvais choix et n'a pas de compagnon d'âme, cette moitié dont les couples sont vrillés et déjà entrés dans le processus mou et douloureux de la déliquescence. Comme un dieu solitaire, sans un panthéon grec ou celte, alors que l'éden s'ouvre, béant, sur un néant total. Après, Thomas retombe dans le sommeil des ignorants et des bienheureux, elle reste seule à se tourner et retourner pour finir, inévitablement, par se remettre à réfléchir. Le cœur pose tant de questions qui offrent une telle multitude de conséquences. Elle a passé des heures innombrables à transpirer, à trembler à la poursuite de ses promesses, à essayer de comprendre leur sens, leurs intentions, elle les a prises dans sa bouche pour goûter leur forme, leur sensation, elle les a laissées mener son corps et son âme jusqu'au ciel, jusque dans la terre. Et à présent, à défaut d'un choix définitif, elle s'est installée dans le déni.

« L'amour, dit-elle en considérant la chambre d'hôtel blanche autour d'elle et l'horizon blanc et mort de Coney Island par la fenêtre, c'est l'histoire qu'on se raconte pour justifier toutes les saloperies qu'on fait.

— Quel cynisme. Alors que tu es écrivain.

— C'était vrai autrefois. Ou presque. »

Elle regarde Michael de profil, puis détourne les yeux. Elle reprend, et sa voix a baissé d'un ton.

« Thomas va sans doute avoir une promotion. Assistant régional en management pour le district du Midwest. »

Michael ouvre les yeux mais ne bouge pas.

« Ça a l'air sérieux.

— C'est ce qu'il croit. Ces derniers temps, il parle en lettres majuscules.

— Quand est-ce qu'il saura pour de bon ?

— Deux semaines. Un mois peut-être. Je ne sais pas. Mais il devra aller là-bas pour passer des entretiens, du coup j'aurai des journées libres. Et des nuits. Si jamais ça t'intéresse.

— Y a une chance pour qu'il ne l'ait pas, cette promotion ?

— Oui, mais c'est son tour, cette fois. Et ce n'est pas juste de souhaiter qu'il ne l'obtienne pas, parce que c'est ce qu'il veut, il y travaille depuis toutes ces années. Seulement tout arrive si vite. J'avais pris racine, tu sais. Dans ma tête. J'avais vraiment commencé à croire que je serais toujours là où je suis aujourd'hui. Et je ne parle pas seulement de New York, mais aussi de ma vie. Je me suis faite telle que je suis. Ça n'a pas toujours été par choix, et j'ai perdu des choses en chemin, mais voilà où j'en suis. J'avais pris racine. Et maintenant, Peoria. Mon Dieu, je n'arrive même pas à me représenter ces lieux dans ma tête. J'ai vu des photos, bien sûr. La première fois où il en a parlé, je suis allée jeter un coup d'œil. Mais une photo, ça ne rend pas les choses réelles pour moi. »

Pendant un moment, elle ferme résolument les yeux. C'est un truc à elle, car son esprit associe l'obscurité à une perception altérée de la réalité. Dans l'espace informe du rêve, le temps n'a plus de limites. Une vie entière peut passer en un clin d'œil tandis qu'un moment parfait peut s'étendre à l'infini.

Le calme de la pièce la rassure. Les draps sont agréables là où son corps les a réchauffés, mais d'un froid glacial dès qu'elle bouge de quelques centimètres. Le tissu, rêche à force de lavages, est à présent étonnamment agréable contre sa peau, et elle songe à tous ces amants, honorables ou clandestins, à toutes les combinaisons possibles d'âge et de genre, qui ont partagé ce même espace, ces mêmes draps, où ils ont transpiré, haleté et se sont répandus dans l'effort pour satisfaire leurs désirs essentiels. Elle les imagine avec une légère répulsion à l'idée de tous ces corps étrangers, et en même temps avec une certaine excitation, mais elle se refuse à les considérer comme des gens menant une vie aussi réelle que la sienne, avec des sentiments, des besoins en tout point égaux aux siens.

Quand elle s'ouvre à nouveau au monde, tout a changé. L'éclat de l'après-midi s'est durci en un terne crépuscule. Alors qu'elle voudrait plus que tout au monde rester là pour toujours, elle se redresse dans le lit et passe les doigts dans ses cheveux décoiffés. On dirait qu'il est minuit, non parce qu'il fait noir, mais parce qu'elle a le sentiment qu'il est très tard, et qu'il ne faut pas parler à voix haute. Elle s'aperçoit qu'elle est fatiguée et, malgré tout, heureuse. Ces fins d'après-midi sont un moment de grâce, éloignées de plusieurs mondes et vies de son existence quotidienne. À moitié pour le lui montrer, à moitié pour le remercier, elle se retourne, se juche sur lui, s'appuyant des deux mains sur sa poitrine, et elle l'embrasse. Elle le surprend au bord du sommeil, un instant cela lui coupe le souffle, mais il répond à son défi, elle sent ses dents s'écarter et sa langue vient toucher doucement la sienne. Elle sourit, ce qui le fait sourire à son tour.

« Une petite douceur », dit-elle en s'écartant et en s'éloignant à quatre pattes vers le bout du lit. « Pas un repas complet ». Sa réaction la suit, protestations à demi endormies et à demi sérieuses qui paraissent puériles car elle ne voit pas son visage.

Enfin, le thermostat commence à faire effet. Elle supporte la température de la pièce, ou à peu près, et décide de jouer de sa nudité, consciente sans le montrer du regard de Michael posé sur elle. Son attention n'a plus rien à voir avec la faim. Aujourd'hui, une chute compte pour un K.O. Mais ça lui plaît qu'il ait encore envie de la regarder. Elle remonte ses cheveux et les laisse retomber dans son dos, et ce simple geste a pour effet de modeler son corps ainsi qu'un sculpteur le ferait, donnant à chaque partie la forme juste, l'étirant, la rentrant, soulignant les courbes et les ondulations. Elle relève la tête avec une sorte d'orgueil, tend le menton et s'avance vers la fenêtre.

La magie de l'après-midi, la splendeur pourrie, rouillée des montagnes russes réduites à l'état de squelette, a été absorbée par le crépuscule, et il n'y a plus grand-chose à voir à présent, à part des formes suggérées. Elle identifie les détails seulement parce qu'elle les connaît. Le monde est altéré par le jour mourant, même si en termes physiques rien n'a changé. Pourtant, elle regarde par-delà sa silhouette fantôme de plus en plus nette sur la vitre, tandis que le vent chasse les dernières lueurs du crépuscule, que les minutes passent, et que la nuit tombe. Quand elle ne voit plus rien au-delà de son propre reflet, elle tire les rideaux et allume la lampe.

Aussitôt, Michael pousse un cri et se cache les yeux derrière son bras. Cela aussi fait partie du jeu, et la lumière, ils le savent tous les deux, est plus une habitude qu'une nécessité. Mais cet après-midi-là, c'est important. Elle veut lui laisser le temps de l'observer et d'en profiter, afin que ce souvenir reste gravé en lui pour les années à venir.

« Attention à l'heure.

— J'ai pas envie de partir », dit-il en baissant le bras et en clignant les yeux dans la lumière de l'ampoule nue. Il la regarde debout, de profil au bout du lit, qui défroisse les sous-vêtements posés sur le dossier de la chaise, jusqu'à ce qu'elle ne puisse plus feindre d'ignorer son regard et se retourne un instant, légèrement, pour le lui montrer.

« Il va falloir penser à y aller », dit-elle, détestant ce ton de vieille dame.

Mais il n'est pas prêt à céder.

« Reviens au lit, hein ? Il est encore tôt. »

Le temps est un tesson de verre planté dans la nuque du jour. Cet après-midi s'avère aussi beau que tous ceux qu'ils ont partagés. Vieillir apporte certains plaisirs, même si cela en détruit d'autres. Mais comme toujours à la fin de l'après-midi, les ombres sont de plus en plus profondes.

De temps à autre, en certaines circonstances, les mots ne sont que des mots, ils valent leur poids de son en raison de leur cadence, leur inflexion, leur musicalité, tandis que leur sens et leur vérité se retrouvent volontairement mis de côté. Au fil des années, dans de tels moments, ils ont évoqué l'idée de se libérer de toutes les contraintes pourries du travail, du foyer, de la vie et de tous ses codicilles, etc., pour s'enfuir quelque part vers le nord, pour repartir à zéro dans une petite ville où il y ait un peu d'espace, où nul n'ait besoin de les connaître, de savoir ce qu'ils ont fait au nom de l'amour. Trouver le petit nid idyllique pour deux oiseaux migrateurs de l'amour, et tout recommencer. Elle n'a pas besoin de joyaux. Un billet de car lui suffirait, et une liste d'appartements à louer à Boston, ou de cabanes dans les marais de la Louisiane. Ils s'en sortiraient en se reposant l'un sur l'autre.

Mais si quelqu'un doit porter le blâme, alors cela doit être partagé. Car la parole est facile quand elle n'engage aucun résultat. Très tôt dans leur relation, ils se sont satisfaits de la rumeur du bonheur, ils ont laissé leur univers demeurer dans l'abstraction. À présent, seul leur après-midi mensuel et rationné demeure réel ; le reste est couleur et forme, vu sous un certain angle, à une certaine distance, et dépourvu – ou peut-être coupé – de toute sensibilité ou presque. Ce qu'ils ont là, ce qu'ils ont toujours eu, ce sont les mots, les fausses promesses qui néanmoins résonnent de l'écho essentiel de la vérité. Leur amour est bien intentionné, honnête, et nullement diminué par leur inaction. Le temps a approfondi leur compréhension l'un de l'autre, une compréhension libre de tout jugement, qui compte entre autres bénédictions l'envie, le besoin et le désir, tout en sachant ce que chacun porte au fond de son cœur. Le feu peut flamboyer comme il peut se consumer.

Mais à présent, l'envie ne suffit plus. Quelque chose est près de se rompre.

« Allez viens. Dix minutes. C'est tout ce que je demande. »

Elle est nue, à moitié de profil, debout au pied du lit. Pendant quelques secondes, son regard s'accroche à un point distant, puis elle regarde Michael et lui sourit. Il lui tend la main, elle s'apprête à lui répondre puis s'arrête.

« Un café pour la route, ça ne ferait pas de mal.

— Je n'ai pas envie d'un café.

— Ça te réchauffera.

— Tu es plus douée qu'un café pour ça. »

Elle sourit à nouveau. « Il y a dix ans, peut-être.

— Restons là. » Il s'efforce de se redresser et s'installe avec maladresse, appuyé sur son coude.

« Quoi ?

— On pourrait, ajoute-t-il enflammé par un soudain enthousiasme. La chambre est payée jusqu'à demain. Qu'est-ce qui nous en empêche ?

— Alors, voyons voir ? Il y a mon mari et ta femme par exemple ? Ta femme malade. Si on commençait par ces détails mineurs ? »

Il se démène à nouveau pour se redresser. Les couvertures s'amassent autour de sa taille. C'est drôle la manière dont l'esprit fonctionne, se dit-elle, et ses yeux, de leur propre chef, se détachent de lui pour s'arrêter sur la chaise et les carreaux blancs et bleus de son caleçon posé par-dessus le reste de ses vêtements bien pliés.

« Quand on veut, on peut. »

Elle n'a pas besoin de se retourner pour savoir qu'il sourit.

« Et dis-moi comment on pourrait ?

— J'ai une meilleure idée, reviens au lit et je vais te montrer. »

L'espace d'une seconde, elle songe à le mettre à l'épreuve. Ce qu'il propose, en effet, correspond exactement à ce qu'elle désire, c'est-à-dire passer ensemble une nuit entière, à l'écart du monde et de ses soucis, loin des diktats de l'horloge. Pouvoir prendre leur temps ensemble, et peut-être dans trois ou quatre heures, s'ils sont d'humeur ou qu'ils aient faim, se lever, s'habiller et passer aux choses sérieuses, comme se trouver un petit restaurant espagnol ou italien. Déguster une assiette de paella ou de spaghettis, partager une bouteille de rouge, tout en se penchant l'un vers l'autre, en se faisant du genou, et en conversant, le souffle lent, en profitant au mieux de la lueur des bougies. Si jamais tout ce qu'ils possèdent venait à disparaître, dans un jour, dans un an ou même des siècles, est-ce que ça ne serait pas important de savoir qu'au moins, ils ont passé ensemble une nuit parfaite, qu'ils ont dîné, se sont promenés, embrassés, et qu'ils ont dormi, oui, dormi dans les bras l'un de l'autre ?

C'est le moment. Demain, ce sera la terreur incandescente, le énième cercle des enfers, un maelström outrageux de cris, de larmes et peut-être même – pour la première fois depuis toutes ces années de mariage – une main dans la figure, ouverte ou poing serré, mais bien méritée. Il y aura l'humiliation et la peur, des histoires et des futurs entiers fracassés et réécrits. Le cœur, lorsqu'il est brisé, jamais ne se guérit, du moins pas complètement. Mais ces conséquences pour l'instant demeurent au-delà de l'horizon car demain n'est pas aujourd'hui.

Elle s'assoit sur le lit. Une jambe repliée sous elle, lui ouvrant son corps d'une manière qui paraît très accueillante, jusqu'à ce qu'elle ramène sa jambe à sa place. La difficulté vient en partie du fait qu'elle connaît les limites de son égoïsme et de son courage. La main de Michael se pose en haut de sa cuisse mais n'avance pas plus loin, et Caitlin ne réagit pas, elle se contente de se pencher parce qu'il est tout près, et l'embrasse, très doucement, sur la bouche.

« Tu veux vraiment rester ? », demande-t-elle.

Alors, sans attendre sa réponse, elle se rassoit. La main de Michael lui étreint la cuisse, et son silence lui sert de réponse. Elle est sensible à tout changement perceptible, même le plus infime. Un ton plat, un filament de tension qui plisse son front, la raideur qui infiltre un geste. La perfection du jour est un équilibre précaire, les nœuds sont prêts à se resserrer. Tels une querelle qui menace d'éclater, et mieux vaut ne pas s'avancer davantage sur ce terrain-là car après vingt ou trente minutes, la réalité reprendrait ses droits, et il lui faudrait s'asseoir pour l'écouter argumenter dans l'autre sens, les faire revenir à la raison d'une petite voix, le regard désespéré, une fois de plus se perdant dans les coins de la pièce, ou dans le ciel derrière la vitre.

Il désire plus que tout être avec Caitlin, dans cette chambre, ici, à Coney Island. Là-bas, ensemble, ils ont trouvé leur univers. L'air y est vivant, l'eau scintille, et on a en permanence le sentiment que les étoiles et la lune frissonnent. Mais même si Barbara et lui ne sont plus amoureux depuis des décennies, le cancer la détruit et elle est vulnérable. Il va sûrement chercher refuge derrière une excuse, un appel professionnel qu'il doit passer, un contrat en jeu ou un gros client qui s'apprête à tomber dans son escarcelle au bout de six mois d'intense travail de fond, et Caitlin ne lui fera pas observer qu'il ment car elle comprendra. Ils doivent tenir compte de la souffrance que leurs actes peuvent causer. C'est une question de devoir. Les amants, ceux qui survivent, apprennent à se contenter des miettes, à tirer le meilleur parti de ce qu'ils ont, de toute chose. Ils mentent, trompent, trahissent, et ils font tous leurs efforts et plus encore pour empêcher la douleur déchirante du manque de les écarteler, membre après membre, et de leur fendre le corps du bas-ventre à la gorge.

Il s'agit là, par essence, de lâcheté des deux côtés. Et même si les prétextes changent, le ton reste le même. Il fait des excuses qui vont au-delà de la douceur de la sincérité, ses mots sont véritablement éprouvés, agrémentés d'un baiser à la place de fleurs ou de bijoux. Et elle fera de son mieux en présentant son sourire le plus éloquent pour le détacher d'un petit geste du poignet de l'hameçon sur lequel il s'est empalé, en insistant pour dire que tout va bien, que ça n'a pas d'importance. Ils ont déjà vécu cela nombre de fois et les humeurs ne changent pas. Si elle laisse les choses aller suffisamment loin, cela finira comme toujours, elle peut soit rester sous les draps et le regarder tranquillement se rhabiller, soit se lever et lui tourner le dos afin qu'ils s'habillent de concert. Ce n'est pas grand-chose, mais c'est tout ce qu'ils ont. Dans un cas ou dans l'autre, elle parlera tout du long, à croire que cela ne compte pas, elle évoquera tout et rien, le temps, la chambre, cette idée de changer de coiffure qui lui trotte dans la tête depuis quelque temps. Des mots qui semblent vouloir dire plus qu'ils ne suggèrent du fond de leurs consonnes et leurs voyelles, mais qui par nécessité demeurent des murmures, ou peut-être des râles, et qu'elle prononcera à grand renfort de sourires en montrant toutes ses dents, et qui perdurera même quand elle tournera le dos. Un sourire si grand qu'il ne laisse pas la moindre place aux larmes.

La meilleure option consiste à ne rien faire, à le laisser se débrouiller. C'est un jeu que le temps a érodé et raffiné, et un écart à présent risquerait de déclencher une proposition indue qu'il n'a ni les moyens ni l'envie de mettre en application. L'une des raisons pour lesquelles tout se passe aussi bien entre eux repose sur la capacité de Caitlin à lire en lui. Il ne peut y avoir de secret entre eux car ils sont trop faciles à deviner. Ils peuvent certes rêver dans le temps et l'espace qui leur sont impartis, mais le pragmatisme est la clé de leur survie. Ça et la capacité à faire avec ce qu'ils ont. Certains voient le verre à moitié plein, d'autres à moitié vide. Mais il existe un troisième groupe, un faible pourcentage presque invisible de gens qui ne désirent rien d'autre que la possibilité d'étancher une soif dévorante. Les petits gémissements et grognements, les souhaits exprimés à voix haute font partie de Michael, l'ont toujours été et le seront sans doute toujours, et après avoir appris à l'identifier, il est devenu beaucoup plus facile pour Caitlin de l'accepter. Sa main réchauffe sa cuisse, et soudain quelque chose bascule en elle, et il lui faut résister au désir de se lover contre lui. Il étudie son corps, la manière dont ses petits seins tombent dans cette position courbée, le doux épanouissement de leurs tétons qui paraissent plus rouges dans la lumière artificielle.

« Ma chérie », dit-il, et finalement sa main s'anime, pousse en avant telle la marée et plonge dans la fente, entre ses cuisses, et le souffle de Caitlin s'arrête dans sa gorge avec un léger râle. Un instant, leurs regards se croisent. Il sourit faiblement. Pas elle, mais elle sent qu'elle cède à la douce pression de ses doigts.

Avant que les choses n'aillent trop loin, elle se force à se retirer. Une fois l'écart suffisant, elle lui tourne le dos, s'assied au bord du lit et enfouit un moment son visage dans ses mains.

« Attention à l'heure. Il faut que je rentre. »

Puis elle passe les doigts dans ses cheveux et se lève. Il ne proteste pas, ce qui montre que ses avances ne sont rien d'autre qu'une promesse sans lendemain, encore une. Et à cause de tout ce qui risque d'arriver, parce que leurs jours sont comptés, ce qui rend chaque caresse, chaque murmure d'autant plus précieux, elle sent sa gorge se nouer, comme quand les larmes menacent et qu'on se refuse à les laisser venir.

Préparer le café est la répétition précise des gestes précédents, pourtant il y a quelque chose de différent. Elle attribue cela à la lumière électrique, qui change complètement l'atmosphère de la pièce, et c'est seulement lorsque la bouilloire se met à frémir qu'elle comprend qu'en réalité, la différence, c'est qu'elle est nue.

Dès qu'elle s'en sent capable, elle jette un coup d'œil à Michael en souriant. Il la regarde, mais semble avoir la tête ailleurs. Les couvertures bouchonnent autour de lui à présent, soulignant son tour de taille entièrement caché sous son marcel. Cette vision évoque à Caitlin de la pitié, non sous forme de pensée, mais d'une manière presque physique. Elle la sent qui tourne et se retourne au fond de son ventre. De la pitié et la crainte que tout ça, tout ce qu'ils vivent ensemble, ne se dirige vers sa fin.

« Est-ce que je t'ai dit à quel point tu es belle aujourd'hui ? »

Il le pense vraiment, mais elle baisse les yeux et rit.

« Facile à dire alors qu'on est au lit sans caleçon et que je suis debout, nue, devant toi. »

Il secoue la tête, non, mais il n'a pas besoin de mots.

L'eau est sur le point de bouillir, ce qui offre à Caitlin une excuse pour se détourner. Elle sait ce qu'il a en tête, et lui sait gré de préférer le silence. Car elle est sur le point de céder. Elle s'affaire à préparer le café, par nécessité doit réutiliser les tasses qui ont déjà servi, les remplit à moitié d'eau bouillante, fait tourner l'eau pour les nettoyer, puis jette tout dans le lavabo en céramique blanche situé au bout, à côté de la coiffeuse. Mais même après avoir essuyé l'intérieur avec un mouchoir, les tasses restent sales, du gris des vieux journaux. Elles ne pèsent rien, sont translucides quand on les expose à la lumière. Chez elle, dans cet environnement où la propreté est quasi clinique, jamais elle ne tolérerait quelque chose d'aussi miteux et rebutant. Mais ici, c'est différent. Ici, la saleté fait partie du décor.

Elle ajoute un sachet de café instantané dans chaque tasse puis verse l'eau et remue. Ce rituel joue le rôle de point final, de conclusion. Le café, ça sert à dire bonjour, au revoir, bonne nuit. Elle sucre et porte les tasses dans leurs soucoupes toujours bringuebalantes à l'autre bout de la pièce.

« Michael. »

Pendant ce temps, Michael a fermé les yeux. La voix qui prononce son nom le réveille en sursaut. Et elle aussi d'ailleurs. Elle dit rarement son nom, en tout cas pas en entier. Elle en a rarement besoin. Dans la conversation, elle n'a pas de raison de le faire, même s'il adore l'appeler Caitie, et qu'elle aime l'entendre, surtout dans les moments intimes. Il y a quelque chose de magnifique dans la manière dont il le dit, le murmure, comme si elle avait absolument besoin de le savoir, mais que ce n'était pas le cas, comme si la longue syllabe et la chute qui suit dans cette version raccourcie contenait toutes les réponses dont elle aurait jamais besoin.

« Quoi ? Ah, oui. »

Il se redresse et prend le café en marmonnant un remerciement. Elle se remet au lit, arrange les oreillers derrière elle et remonte les couvertures sur son ventre. Elle laisse ses seins exposés. Ils sont petits, mais ont encore de la tenue, un peu évasés dans cette position. Une fois à l'aise, Michael lui donne une tasse et pendant un moment, ils boivent en silence.

Même avec le sucre, le goût est épouvantable. Ils auraient dû comprendre la première fois, mais sans doute ni l'un ni l'autre n'était-il prêt à recevoir cette leçon. Au lieu de se mêler, la douceur du sucre forme un tandem bizarre avec l'amertume du café. Elle jette un coup d'œil à Michael et voit qu'il sirote délicatement lui aussi, en inclinant la tasse selon son propre rythme vers ses lèvres, puis la redressant, encore et encore. Une sorte d'intensité pâle s'est emparée de son visage.

D'un mois sur l'autre, leur routine ne change guère, même si beaucoup de choses ont évolué au fil du temps. L'âge n'y est pas étranger, pas seulement sur le plan physique. Ils ne sont plus les mêmes qu'à l'époque où ils se sont rencontrés. Ils ont évolué, lentement, pour devenir ce qu'ils sont aujourd'hui, s'influençant beaucoup l'un l'autre. L'amour oblige les gens à se considérer de différentes manières, il les encourage à devenir meilleurs qu'ils ne sont. Parfois, c'est un objectif atteignable ; la plupart du temps, non. Mais le simple fait d'essayer compte déjà pour quelque chose. Et même si rien ne varie dans le fond, une conscience nouvelle entre au moins en jeu, qui étend son ombre sur tous les actes, toutes les décisions prises ou pas. Lorsqu'on est amoureux, ou dans un état illusoire qu'on croit être l'amour, on a tendance à vivre sa vie en pensant aux autres plus qu'à soi-même. Et ça fait toute la différence.

De bien des manières, ils vont mieux ensemble désormais qu'à l'époque où ils se sont rencontrés. De la même façon qu'un vieux pull sera toujours préférable à un pull neuf en termes de pur confort. Plus que tout, cette illusion de confort est un cadeau du temps. Il y a quelque chose de précieux à être capable de s'ouvrir à l'autre, de dire à haute voix le genre de choses – rêves, craintes, désirs – qu'on n'ose jamais partager ni évoquer avec quiconque. Beaucoup de gens ressentent une certaine peur face à l'autre. L'amour, c'est surmonter cette peur pour accéder aux vastes étendues qui se trouvent au-delà. Une fois qu'on y aboutit, l'échec n'a plus d'importance. Mais personne n'y parvient sans difficultés.

Aujourd'hui, c'est une bonne journée, meilleure que beaucoup d'autres. Souvent, ils ne sont pas dans le bon état d'esprit, ou l'un d'eux est trop fatigué, trop perclus de tensions, ou simplement a la tête ailleurs. Une demi-douzaine de fois au cours des deux années passées, et de manière occasionnelle depuis dix ans, faire l'amour s'est révélé compliqué. L'âge aussi est responsable, mais pas complètement. Les premières fois, Michael s'est renfermé sur lui-même. Il ne pouvait la regarder, à peine lui parler. Elle a compris, le lui a dit, lui a caressé le cou en lui disant de ne pas s'inquiéter, l'assurant que ce genre de chose se produisait de temps en temps. Mais il ne l'écoutait pas. La tension passe entre les êtres à la manière de l'électricité. Il existe beaucoup plus de choses en ce monde que les cinq sens ne peuvent capter ; il y a aussi les vibrations.

Le véritable don du temps, en ce qui les concerne, c'est qu'il a adouci leur culpabilité, leur a donné le sens du partage de la responsabilité, et par-dessus tout, une plus grande compréhension de qui ils sont, en tant qu'individus et en tant que couple. L'acceptation est devenue leur mantra. Avoir compris ces choses leur a permis de respirer ensemble, de ne pas avoir peur de prononcer le mauvais mot au mauvais moment, et d'être capables de surmonter la réalité si le moteur a des ratées ou tombe en panne. Avec le temps, ils ont compris qu'il existe toutes sortes de manières de faire l'amour, et toutes sortes d'amours qui valent la peine. Même les mauvais jours, ni l'un ni l'autre n'a jamais considéré que les heures passées ensemble étaient du temps perdu. Ils ont appris à accorder de l'importance à de menus faits, des petites manies et bizarreries, car ce sont ces défauts qui différencient le plus une personne d'une autre, ces petites particularités cachées qui font de l'intimité un tel régal. Ainsi cette minuscule tache de son sur le lobe de l'oreille gauche de Caitlin, exactement là où on aurait pu le percer, pareille à la croix qui marque un endroit. C'est un détail insignifiant, qui ne change rien à la perception de sa beauté, pourtant, il est beau en soi, parce qu'il est sien, partie d'elle-même, point sur lequel se concentrer pendant la conversation ou pendant qu'ils font l'amour. Ou encore ce petit grognement qu'elle émet quand quelque chose tombe bien et la fait rire trop fort, bruit léger et adorable, réflexe de sa langue qui colle mal à son palais lorsqu'elle respire, contre lequel elle ne peut rien. Ce sont des aspects de sa personne sur lesquels nul n'exerce aucune influence, de même que la fascination de Michael pour l'ordre, les lignes droites et les angles, ou son problème avec les chiffres impairs, ainsi ne peut-il s'arrêter au beau milieu d'un livre, ou sur une page impaire, ou encore cette nécessité qu'il éprouve, poussé par la terreur illogique du déséquilibre, de vider ses poches et compter sa monnaie, deux fois par jour, au déjeuner puis juste avant de se coucher. Dans son tiroir, au bureau, mais aussi rangés tout au fond de son meuble de chevet, il garde de petits bocaux en verre remplis de pièces, réserve secrète dont il n'a parlé qu'à Caitlin, et auxquels il se réfère pour la faire rire comme à son coffre-fort à la banque. Ce genre de petites taches, de particularismes sont précieux car ils repoussent au loin la notion redoutée de perfection, mais aussi parce qu'ils les rendent plus réels l'un pour l'autre. C'est un cadeau du temps, et grâce à ces révélations un élément aussi simple qu'une tasse de café a pour eux de la valeur, même si le café est mauvais, fait qui n'aurait pu se produire dans leur jeunesse parce qu'ils étaient en quête de sensations plus fortes.

Caitlin boit son café adossée aux oreillers, l'épaule contre le bras de Michael. Tout paraît amplifié, y compris ses émotions, et il ne lui en faudrait pas beaucoup pour fondre en larmes. Un mot sur la perte, un peu de tristesse dans les yeux de Michael. Il boit à longs traits bien que le café soit brûlant. Il a abandonné la soucoupe sur ses genoux, ce qui libère sa main. Pendant une minute ou deux, celle-ci reste le long de son flanc, puis elle se glisse paume ouverte vers Caitlin et s'installe avec maladresse sur son ventre, juste au-dessus du nombril. Quelques secondes plus tard, elle se glisse sous la couverture et se niche entre ses cuisses. Il ne la regarde pas, mais fixe ce qu'il y a droit devant lui, et elle ne le regarde pas non plus, mais se concentre pour finir sa tasse et maintenir une respiration régulière. Elle ne fait pas un mouvement, à part un léger balancement des hanches pour infléchir la position de sa main sur elle. Il lui écarte les cuisses, et sa main continue de remonter, puis elle redescend, encore et encore, lentement, sous hypnose. Ça aussi, ça vient avec le temps, ce degré de connaissance.

Elle lui embrasse l'épaule, la clavicule, enfouit son visage dans son cou. Il retire sa main pour les débarrasser tous les deux des tasses, puis il ferme les yeux et presse sa bouche contre la sienne. « Je suis à toi », lui dit-elle, tout simplement, comme si c'était là la pure vérité. Il lui dit qu'il l'aime, elle hoche la tête, répond qu'elle le sait, et c'est la vérité. Il se tourne vers elle et ses mains libres repartent vers elle. L'une d'elles s'approche lentement et se niche à sa place, sachant avec précision ce qu'elle fait. Mais il s'agit d'une conclusion, qui clôt les choses pour l'instant d'une manière douce et agréable. Et puisqu'ils n'ont pas d'autre ambition, ils peuvent la savourer pour ce qu'elle est. Caitlin sent l'amertume du café sur sa langue et laisse à son tour sa main partir en exploration. Même si le paysage change, même si les détails deviennent flous, disparaissent, s'épaississent ou se transforment en boue, il y a un certain confort dans cette familiarité.

« Je t'aime, Caitie », répète-t-il, comme s'il fallait le redire sans cesse, et elle sourit, collée à ses lèvres, pour acquiescer, hoche la tête sans se détacher de lui. « Moi aussi, je t'aime », dit-elle et elle se tortille pour insérer sa jambe entre les siennes, la remonte au maximum, et se laisse complètement aller à son étreinte.

VII.

Icebergs

Lorsqu'ils sont rentrés chez eux après l'annonce de la mauvaise nouvelle, Barbara a passé une heure à errer d'une pièce à l'autre, oscillant à la manière des herbes hautes sous un vent fort, avec la grâce silencieuse d'une danse. D'abord, Michael l'a suivie, de suffisamment loin pour ne pas être intrusif, mais occupant obstinément les espaces laissés vacants, prêt à la rattraper au cas où elle trébucherait. Elle ne cessait de passer la main à la surface des meubles, de prendre de petits objets avant de les reposer, à leur place, sans vraiment prêter attention aux détails.

Midi étouffait sous la pluie. Une lourde fourrure de brume froide assourdissait tout, le temps était aux murmures. À chaque fenêtre, la faible lumière semblait pénétrer le corps de Barbara. Il était évident que Michael avait raté de nombreux signes. Et sous cette lumière, tout devenait flou, comme quand les larmes menacent. Mais il n'était pas encore prêt à pleurer.

Après avoir arpenté le rez-de-chaussée, elle a fermé la porte du couloir pour qu'il ne puisse pas la suivre. Elle n'avait rien dit depuis leur retour, mais fermer la porte était un geste clair. Dans le salon, il retenait son souffle en écoutant ses pas lents gravir les marches. Il sentait qu'il commençait à craquer. Il y avait tant à dire, mais les mots ne venaient pas. Même dans son esprit, ils refusaient tout ordre apparent.

Au bout d'une minute il l'a entendue à l'étage, ses talons semblables à des claquements de doigts sur le parquet en mélaminé de leur chambre, dansant la valse la plus lente au monde. Puis elle a allumé la radio, Sinatra comme un murmure, cette mélodie qu'il a toujours aimée : « The Way You Look Tonight. » La danse a cessé et il a su qu'elle s'était assise sur le bord du lit. Il fixait la porte fermée du salon et, dans sa tête, il la voyait perchée sur un coin du matelas, penchée en avant, les coudes appuyés sur les genoux. Anguleuse, tétanisée par la peur.

D'après le spécialiste, la perte de poids aurait dû les alerter. Un type aux traits épais, l'air vaguement porcin, la chair rebondie, semée de grosses taches de rousseur, pâle comme la farce d'une saucisse crue, avec des sourcils semblables à des pelotes de fil de cuivre. Il s'était rasé sans grand soin et s'était coupé au-dessus du coin de la bouche. Michael s'est éclairci la gorge, puis il a murmuré que Barbara avait toujours été mince, qu'elle n'avait guère de poids à perdre, alors le regard de l'autre s'est durci, et il a soutenu celui de Michael juste une seconde de trop, pour le mettre mal à l'aise. Celui-ci aurait pu continuer, expliquer qu'avec Barbara, dès le début, les changements n'avaient jamais été évidents, qu'en dehors d'une espèce de froncement de la peau aux commissures des yeux et des lèvres, son corps demeure à peu près tel qu'il était à l'époque où elle s'est ouverte à lui, tant d'années plus tôt. Mais le médecin le fixait toujours, jusqu'à ce qu'il devienne clair pour eux tous qu'il fallait bien rejeter la faute sur quelqu'un.

Ils s'attendaient à quelque chose de ce genre. Les médecins les y avaient préparés de manière indirecte, avec quelques phrases lâchées au passage pendant la batterie d'examens et de scanners. Mais même en songeant au pire, le caractère définitif de cette confirmation les avait plongés tous les deux dans un état de choc. Un coup de poing dans la figure, ça fait toujours mal, qu'on le voie venir ou pas.

Quand elle est réapparue, le soir était tombé. À la porte de la cuisine, dos tourné au couloir, elle n'était plus qu'une silhouette découpée par la lumière d'ambre rance projetée par les lampadaires au-dehors. Michael, appuyé contre le comptoir rouge, plongé dans ses propres pensées, n'a pas senti qu'elle était là, jusqu'à ce qu'un minuscule déséquilibre s'opère dans l'atmosphère. Il a levé les yeux, stupéfait devant tout ce temps perdu. Il faisait nuit noire. Dehors, il pleuvait toujours.

« Coucou. »

Elle a hoché la tête, ailleurs. « Oui. »

Oubliant qu'elle était posée là depuis des heures, il a pris la tasse devant lui et avalé une gorgée de café. Il était froid et amer sur ses dents, sa langue. Mais plutôt que de le recracher, il l'a gardé dans sa bouche et avalé.

« Tu as dormi ? »

Elle a haussé les épaules. « Je n'en suis pas certaine. J'ai rêvé mais je ne suis pas sûre que le sommeil était compris dedans. Mon Dieu, Michael, mais qu'est-ce que je vais faire ?

— Tu vas y arriver. On va y arriver. »

Elle a appuyé sur l'interrupteur. En un instant, la lumière a jailli violemment et, dans un petit cliquettement, s'est à nouveau effacée, mais pendant plusieurs secondes une image a balafré leur vision, donnant à l'obscurité un poids supplémentaire. Ce moment de lumière a gravé en lui une image choquante du visage de Barbara, pâle, allongé, les cheveux ébouriffés dans tous les sens, bouche bée d'effroi.

À présent, même sous l'épaisseur des ténèbres, toutes les fissures étaient apparentes. Il a pris une respiration tremblante.

« Est-ce qu'on peut en parler ?

— Est-ce qu'on peut, ou est-ce qu'on va en parler ?

— Je suis sérieux, Barb. Je pense vraiment…

— Et quel bien ça nous ferait d'en parler ? À part pour faire un peu de bruit ? »

Elle est entrée dans la cuisine, a disparu dans l'ombre, et à ce moment, le monde est retombé dans un parfait silence. La pluie, qui chuchotait à la fenêtre, s'est pressée contre la vitre et s'est tue. Tout était enfermé entre deux battements, et Michael s'est demandé si la mort ressemblait à cela, cette espèce d'inertie profonde. Et puis un sanglot a brisé la surface, un élément distinct mais vital, suffisant pour redonner une espèce d'équilibre à la nuit.

« Parfois, les choses qui nous déchirent semblent moindres si on les dissimule. Si nous parlions à présent, qu'est-ce que ça nous apporterait ? » Sa voix, désincarnée dans le noir, paraissait à la fois nouvelle et étrange.

« C'est normal d'avoir peur. Le cancer, c'est effrayant.

— Il y a des choses pires que la peur, Michael. Comme la solitude.

— Ne dis pas ça.

— Et pourquoi pas ?

— Parce que tu n'es pas seule.

— Conneries. Il y a des années que je suis seule. Que nous le sommes tous les deux. C'est ainsi. Voilà où on en est. »

Il aurait voulu répondre, mais il n'en avait pas la force. « Il faut qu'on mange, dit-il à voix basse à cause de l'obscurité. Tu veux que je prépare un truc, ou tu préfères qu'on sorte ?

— Qu'on sorte, bien sûr. Toujours. » Parce que, en public, il était plus facile de dissimuler le silence.

Sans avoir besoin d'en discuter, ils ont décidé d'aller au Chinois. Il y avait dans la quantité et la chaleur de cette gastronomie quelque chose qui leur plaisait, et surtout, ce soir-là, l'aspect physique de la nourriture, la variété des portions dans les bols, les textures, les couleurs. Manger chinois, pour eux, ça signifiait aller chez

Wong, un petit restaurant de l'East Side avec huit tables, à l'éclairage artificiel : le secret le mieux gardé du quartier. Rarement plus qu'à moitié plein, l'endroit faisait passer en priorité le goût et la qualité des produits. Ils l'avaient découvert par accident, dix ou douze ans plus tôt. On avait en effet recommandé à Michael un restaurant libanais qui à l'époque venait d'ouvrir dans la même rue, mais le jour où ils avaient voulu y aller, il y avait une soirée d'anniversaire, et le bruit, le fracas les avaient aussitôt fait ressortir, affamés et frustrés. Aller chez Wong, c'était une pause agréable, un des rares bons moments qu'ils partageaient, et c'était vite devenu leur endroit à eux lorsqu'ils avaient envie de sortir.

Ce soir-là, bien qu'ils n'aient pas réservé, Mrs. Wong les attendait à la porte. Petite femme replète de soixante ou soixante-dix ans, elle a baissé les yeux, fait une petite révérence, puis a laissé Michael lui prendre la main, s'est retournée, le visage rayonnant d'amour et d'inquiétude, et elle a serré Barbara contre elle, comme le font les vrais amis. En leur souhaitant plusieurs fois la bienvenue, elle les a menés à une table vers le fond, la leur par goût et par habitude, et une fois installés, elle leur a servi de minuscules verres d'une pâle liqueur de prune. Dix minutes plus tard, elle est revenue de la cuisine avec un plateau de rouleaux de printemps au canard, de crevettes sautées, de raviolis chinois et de sauce de soja.

À l'inverse de ces splendeurs culinaires, la décoration était élémentaire, les murs d'un blanc de lys reflétaient la lumière subtile des lampes et mettaient en valeur les deux ou trois estampes traditionnelles en couleur, délicates représentations de montagnes vagues, d'îlots de nuages bas et d'arbres intrusifs, squelettiques en dehors des petits cœurs roses des fleurs qui se contorsionnaient pour maintenir un certain équilibre.

Distraits, ils ont mangé en s'intéressant surtout aux autres clients, l'esprit ouvert aux bribes occasionnelles des conversations qui parvenaient jusqu'à eux. Deux hommes d'âge mûr en costume étaient assis près du mur où se trouvait la cheminée, buvant plus qu'ils ne mangeaient, et de l'autre côté, près de la grande fenêtre obturée par un store, une jeune famille métisse. Barbara les a regardés quand ils se sont mis à beugler de rire. Le père était américain, dans les vingt-cinq ans, l'air sérieux à part lorsqu'il riait ; la mère, un peu plus jeune, une jolie Chinoise avec des yeux sombres et de longs cheveux noirs brillants tressés, passant par-dessus son épaule pour descendre jusqu'à la taille ; enfin, deux jeunes enfants, un garçon et une fille proches en âge. Ils formaient une unité à la fois mal assortie et parfaite. Le père posait régulièrement ses baguettes pour prendre la main de sa femme, ou l'embrasser avec douceur et adoration. Et à chaque baiser, les enfants – qui ne pouvaient pas avoir plus de quatre ou cinq ans, le garçon, coupe au bol avec une longue frange, la fillette, cheveux longs nattés pareillement à sa mère – gloussaient et émettaient de petits bruits moqueurs et joyeux. Être ainsi embrassée en public gênait la mère, mais la ravissait aussi, c'était évident, et chaque fois elle inclinait la tête quelques secondes avec timidité pour dissimuler son sourire.

Michael les a considérés avec plus ou moins d'attention, puis il est revenu aux crevettes. Barbara, elle, a continué de les observer. En assistant à ce baiser, elle a plissé les yeux.

« J'ai toujours cru que je deviendrais vieille, a-t-elle murmuré. C'est drôle ces illusions qu'on se fait.

— Donc. Tu renonces, c'est ça ? »

Elle paraissait de marbre, pleine d'une dureté qui racontait son histoire dans ses fissures. Ses épaules ont tressauté, puis sont retombées.

« Appelle ça comme tu voudras. En tout cas, c'est mieux ainsi.

— Quoi donc ?

— Eh bien, autant l'admettre, ça simplifie les choses. »

Il l'a dévisagée. Elle l'a senti, mais n'a pas détourné le regard. Elle l'avait assez vu, et la famille métisse paraissait beaucoup plus intéressante.

À l'autre bout de la salle, la petite fille est descendue de sa chaise, s'est postée près de son père et s'est lancée dans une adorable interprétation de « Puff, the Magic Dragon », d'une voix mal assurée avec un mignon petit zézaiement. Par sens du devoir, les deux messieurs en costume ont cessé de boire afin d'accorder toute leur attention à la fillette, et Mrs. Wong est ressortie de la cuisine. La petite avait une manière particulière de prononcer les R qui ajoutait de l'émotion à sa chanson. Quand elle a ralenti sur les dernières notes, tout le monde a applaudi, et un des deux messieurs a mis les doigts dans sa bouche pour émettre un long sifflement vibrant. L'enfant est retournée à sa chaise, rouge pivoine, mais les applaudissements ont continué et, poussée par sa mère, elle s'est relevée pour effectuer une petite révérence.

« Elle est trop mignonne, a déclaré Barbara. Tu as déjà vu une enfant aussi adorable ? »

Michael a pris le dernier ravioli et l'a trempé dans la sauce de soja. Prenant son temps, il l'a mangé en trois bouchées. Barbara tripotait les vestiges d'un rouleau de printemps éventré, saisissant les morceaux de viande et de légumes découpés avec une précision chirurgicale, faisant claquer ses baguettes, à croire qu'elle voulait prolonger les applaudissements.

« Qu'est-ce que tu veux dire par “ça simplifie les choses” ? »

Elle a levé les yeux. Elle serrait les lèvres, mais ses dents s'étaient refermées sur une bouchée de canard.

« Peu importe. Oublie ça.

— Mais c'est important. Allez, Barb, si tu as quelque chose à dire, vas-y.

— Pourquoi ? Pour qu'on puisse tout déballer au grand jour ? Non merci. Je me sens déjà assez mal comme ça. Continuons à manger, tu veux ? »

Ils ont commandé, Michael des brochettes de bœuf marinées dans une sauce satay piquante, avec une portion de riz parfumé. Barbara, après avoir montré un vague intérêt pour le poisson, s'est laissé guider par

Mrs. Wong et a fini avec des gambas accompagnées d'une sauce légère au piment doux. Un autre assortiment de raviolis est arrivé sans qu'ils aient rien commandé, aux huîtres, au poulet et aux légumes, avec les compliments de la maison. Michael a pris une bière, même s'il n'aimait pas particulièrement boire. Barbara, un autre verre de liqueur de prune. Tous les plats étaient délicieux, mais il y en avait trop.

« Personne ne parle de la fin de quoi que ce soit, Barb. Mets-toi ça en tête. Je comprends que tu aies peur, mais ça ne te fait aucun bien de tirer pareilles conclusions. C'est sérieux, évidemment. Le cancer, ça l'est toujours. Mais personne n'a parlé de phase terminale, pas vrai ? Si c'était ça leur pronostic, ils ne perdraient pas leur temps à envisager un traitement. Il faut en tirer ce qu'il y a de positif. »

Barbara mâchait lentement, la résignation figeait son regard. Et elle a répondu d'une voix douce, vide, presque contrite.

« Dit comme ça, c'est plutôt encourageant. Mais tu n'y crois pas, alors ne t'attends pas à ce que moi j'y croie. Je sais comment ça marche. On le sait tous les deux. On a déjà parcouru ce chemin-là, et je reconnais le paysage. Les médecins te présentent toujours le bon côté des choses. »

Il a hoché la tête. « C'était il y a longtemps. La situation est différente.

— Tu as entendu ce qu'ils ont dit.

— Quoi ? Que le traitement sera plutôt intensif ?

— Invasif, c'est le mot qu'ils ont utilisé. Et il n'y avait pas de plutôt.

— Intensif, invasif. Au moins, ils font quelque chose. Et je les ai aussi entendus dire qu'ils espèrent une issue positive.

— Sinon, ils vont m'ouvrir.

— Ils ont dit que la chirurgie serait peut-être nécessaire. Mais c'est seulement peut-être, et ce n'est ni pour aujourd'hui ni pour demain. Ils veulent d'abord laisser sa chance à la chimio. Ça va réduire les choses de manière à ce que ce soit plus gérable. Je sais qu'à entendre ça, n'importe qui serait terrifié, mais ça aurait pu être pire. Alors essaie de garder un peu d'espoir.

— Qu'est-ce que ça signifie, "l'espoir", de toute façon ? C'est un mot qui ne veut rien dire. Si on y réfléchit. Espérer, ça revient à souhaiter quelque chose. On ne décide pas si ça se réalise ou pas. »

Elle a pris une autre bouchée, en souriant.

« Quarante-huit ans, ce n'est pas si vieux que ça. Plus maintenant. Dans certains coins d'Afrique, sans doute, mais pas ici. De nos jours, c'est à peine le milieu de la vie. Et il y a plein de gens qui ont vécu des choses pires que moi. Bien pires. N'empêche, je me sens vieille, et ça fait longtemps déjà, très longtemps. Tu te rappelles l'époque où on a commencé à sortir ensemble ? On n'arrivait pas à rester l'un sans l'autre. Tu étais aussi dingue que moi. Pire, même. Et quand on a acheté la voiture, tu rentrais dans la nuit du Maine ou du New Hampshire, là où t'emmenaient tes ventes, des fois tu conduisais toute la nuit durant, juste pour qu'on puisse prendre le petit déjeuner au lit ensemble. Ça, c'était l'amour. Enfin, c'est ce que je croyais à l'époque. Pourquoi on a arrêté de faire ça ? »

Malgré tout, en dépit du cancer, elle était belle. Peut-être qu'elle se sentait vieille, ainsi qu'elle le disait, pourtant l'âge jusqu'ici l'avait épargnée. Sous une certaine lumière, elle paraissait trente ans, peut-être moins. Toutefois, elle avait raison sur un point essentiel : ce qu'il y avait naguère entre eux s'était depuis longtemps évanoui.

Michael a commandé une autre bière. Barbara a envisagé un troisième verre, mais a préféré s'abstenir. Mrs. Wong s'est approchée, lui a servi sa bière, puis a versé le fond dans un verre à vin vide. Les problèmes faciles ont des solutions faciles, a-t-elle dit en découvrant les petits galets jaunes de ses dents, et en posant une main légère sur l'épaule de Barbara. Comme toujours, elle prenait parti. Veuve bien avant qu'ils la connaissent, c'était une femme simple, à l'ancienne, stoïque à sa manière, aguerrie. Même si Barbara s'adressait toujours à elle en lui donnant du « Mrs. Wong », elles étaient devenues amies, surtout depuis deux ou trois ans, et la vieille dame était plus d'une fois venue manger chez eux, invitée pour le dîner ou le déjeuner dominical, parfois avec son fils et sa belle-fille, mais le plus souvent seule. Le goulot de la bouteille en main, elle a dévisagé Michael ouvertement avant de s'en aller.

Il a bu sa bière, Barbara regardait quelque chose, derrière lui. Puis, d'un geste abrupt, elle a pris l'autre verre. La mousse a laissé une moustache sur sa lèvre supérieure.

Elle l'a léchée du bout de la langue, puis elle s'est essuyée d'un revers de main.

« Si ça peut te consoler, sache que je me sens vieux, ce soir. »

La famille, de l'autre côté de la salle, avait presque terminé son repas, et les enfants s'agitaient de plus en plus, surtout le petit garçon. Il ne cessait de descendre de sa chaise, pour grimper ensuite sur la table. Le père, sérieux et serein, ne tentait pas de le gronder. À la place, il s'est retourné, a pris dans sa main le menton de coquille d'œuf de sa femme, l'a relevé, et l'a embrassée. Elle lui a répondu doucement, de manière inaudible jusqu'à ce que la musique s'arrête.

« Jimmy, je t'en prie. On nous regarde.

— Et alors ? Qu'ils regardent donc. Qu'ils voient à quoi ça ressemble, l'amour. »

Elle l'a gentiment repoussé. Il s'est écarté en souriant, et a levé les mains en guise de reddition. Puis la musique a repris, piano léger, soupçon de violon, à peu près la même chose qu'auparavant.

« Ils sont mignons, ces gosses, a dit Barbara à mi-voix. Avec des enfants comme ça, tu restes forcément jeune. »

Michael a fini sa bière, tiré d'une liasse quelques billets de cinq et de dix qu'il a posés sur la table, assez pour payer leur repas, les boissons et les extras. Soudain, il en avait assez.

« Suppose que je meure.

— Non. »

Elle est sortie de la salle de bains attenante à leur chambre vêtue de son soutien-gorge couleur de beurre et d'un bas de pyjama en soie cerise. Il a retiré son pantalon et l'a plié avec soin.

« Non. Je veux dire dans l'hypothèse où je mourrais.

— Je sais ce que tu veux dire, et c'est non. Je ne veux pas jouer à ça. »

Elle est restée là à le regarder, depuis son côté du lit. Ses vêtements à lui formaient une pile bien nette sur le Canterbury qu'ils avaient depuis les débuts de leur mariage, une belle pièce chinée chez un brocanteur de Dobbs Ferry au cours d'un week-end prolongé à Westchester, qu'ils avaient achetée pour que Barbara le restaure, car à l'époque elle se cherchait un nouveau hobby. Au bout du compte, une amatrice n'ayant pas les compétences d'un professionnel, le Canterbury leur avait coûté une jolie somme, sans doute deux fois plus que sa valeur réelle, cependant c'était un bon investissement étant donné l'âge et la qualité du meuble, et jamais ils ne l'avaient regretté.

« Et est-ce qu'il t'est venu à l'esprit que moi j'en ai besoin ? Tu es impliqué dans cette histoire. Je le sais. Mais pense à moi pour une fois. C'est trop te demander ?

— Je pense à toi. Oui, tu as un cancer, Barb, mais tu ne vas pas mourir. Alors arrête de te tourmenter. »

Elle a dégrafé son soutien-gorge. Ses seins ont glissé des bonnets de coton taille moyenne, un peu allongés, alourdis, mais encore fermes et galbés pour son âge. Dans la lumière, les tétons étaient telles des empreintes boueuses sur sa peau pâle. Michael l'a regardée sans broncher.

« Tu sais, à une époque, tu aurais bousculé ce lit pour te jeter sur moi. On était insatiables. Tu rentrais du travail et parfois, on ne finissait même pas le dîner.

— Je m'en souviens, a-t-il répondu en souriant. Appelle ça la fougue de la jeunesse. Avant que ces salopards ne me clouent sur place. »

La pluie n'avait pas cessé. Depuis une heure, le vent s'était levé et il battait maintenant par à-coups le flanc de la maison. Le temps était à l'unisson de leur humeur, pourtant la pièce était chaude et confortable, la douce lumière maintenant le pire de la nuit à distance. Michael a déboutonné sa chemise, puis il l'a pliée avec le même soin que son pantalon et s'est assis sur le lit. Mais comme la fatigue et le sommeil peuvent s'exclure mutuellement, il a allumé la radio en mettant le volume très bas. La musique avait une façon de décourager toute conversation, ou du moins autorisait-elle plus facilement le silence.

De l'autre côté du lit, Barbara avait enfilé son haut de pyjama, puis une pensée ou un souvenir l'avait distraite, et elle n'avait pas fermé les boutons. Le visage inexpressif, elle a pris sa brosse. Michael l'a regardée, sentant le mouvement cadencé des coups de brosse dans sa chevelure. Ce rituel n'était en rien nécessaire. Même ébouriffée, sa coupe au carré était toujours parfaite. Quand elle s'est penchée, sa veste de pyjama s'est ouverte, dévoilant à nouveau la rondeur d'un sein. Elle avait maigri. Il voyait nettement ses côtes, et sous la gorge, les canaux qui bordaient ses clavicules. Elle n'avait pas fini de se brosser les cheveux qu'il s'est redressé, a réglé l'alarme sur le réveil, puis s'est rallongé en fermant les yeux. Il ne s'agissait pas de dormir, mais de fuir.

Elle s'est éclairci la gorge doucement. « Je vais sans doute lire. Je ne sais pas si j'arriverai à me concentrer, mais ça m'aidera peut-être à penser à autre chose. »

Il a ouvert les yeux, puis les a refermés sans même la regarder. « Très bien.

— Tu es fatigué. Ça ne va pas te déranger ?

— Ça va. De toute façon, je ne vais sûrement pas dormir. »

Ses os étaient de plomb, mais son esprit s'était remis à mouliner. Il connaissait ces signes. L'insomnie le frappait depuis quelques semaines, quelques mois. Il a inspiré profondément et attendu.

Une ou deux minutes plus tard, il l'a sentie s'installer à côté de lui dans le lit. Leurs corps ne se touchaient pas, mais l'équilibre était modifié. Il luttait pour garder son calme.

Elle conservait sur sa table de nuit une petite pile de magazines qu'elle renouvelait souvent, et elle en a pris un qu'elle s'est mise à feuilleter. Il l'a écoutée, comme il écoutait la pluie et la musique, laissant le chuchotement du papier l'envahir. Même une heure de sommeil serait bonne à prendre. Pourtant, peu à peu, la curiosité s'est emparée de lui, et il s'est demandé s'il pourrait deviner simplement au bruit quel magazine elle avait choisi. Il s'est mis à imaginer les différentes publications : *National Geographic*, carré, râblé, avec sa bande jaune ; *Esquire*, épais et stylé, mais pas du tout son style à elle, sans vouloir faire de faux-pas ; le *New Yorker*, indulgence et sophistication ciblées, bien plus le truc de Barbara, bizarrement. Il tendait l'oreille, à la recherche d'indices, mais il discernait seulement le froissement du papier glacé, à un rythme indiquant qu'elle s'intéressait surtout aux images, lisant peut-être les légendes mais guère plus.

Enfin, elle a abandonné et reposé le magazine sur sa table de nuit.

Essayant en vain de diminuer son souffle, il a attendu le petit bruit de la lampe qu'on éteint, et qui vous plonge dans le noir. Mais rien n'a changé. Pendant de longues secondes sont seulement demeurés le clapotis de la pluie et le bruit du vent, et à l'intérieur, bas mais audible, le murmure de Springsteen à la radio qui chantait une vieille chanson, « Stolen Car ».

« Est-ce qu'on est finis ? a-t-elle enfin demandé, le prenant par surprise.

— Quoi ?

— En tant que personnes, je veux dire. Est-ce que c'est là tout ce que la vie nous réserve ? »

La réponse, évidemment, était non, mais soudain, cela lui a paru difficile à dire, et plus si net. Alors il s'est tu.

« Je rêve toujours de lui. »

Il a ouvert les yeux, mais résisté au désir de bouger. Son corps était un poids mort qui l'enfermait.

« C'est naturel. Ne t'inquiète pas pour ça. »

Il s'est éclairci la gorge, ce qui l'a un peu aidé. Les os de ses épaules et de ses hanches saillaient à travers le tissu soyeux de son pyjama. Il connaissait sa silhouette par cœur sans avoir besoin de la toucher, même si en cet instant, quelque part, il en avait terriblement envie, pour retrouver ce contact, juste un peu.

Elle a tourné la tête et l'a regardé. « Moi, ça ne me semble pas naturel.

— Bien sûr que si. Il fait partie de ta vie. Ça ne changera jamais.

— Et toi, tu penses à lui ?

— Je n'en ai pas besoin. Il est là.

— Raconte.

— Barb…

— S'il te plaît, Mike. J'ai besoin d'entendre ça. Pour être sûre que ce n'est pas seulement moi… »

Michael a soupiré. « Au début, je pensais tout le temps à lui. Il n'y avait de place pour rien d'autre. Mais le monde a une tolérance limitée envers le chagrin. Les deux premières années, il était partout. Alors j'ai fait comme beaucoup de gens : je me suis jeté dans le travail. Je pleurais deux fois par jour. C'est vrai. C'est devenu une habitude. Je sentais les larmes monter, alors j'allais m'enfermer dans les toilettes. J'ai appris à pleurer en silence. À force de tâtonnements, j'y suis arrivé. Parfois je surprenais les gens en train de me regarder lorsque je revenais à mon bureau, mais personne ne disait jamais rien. Et avec le temps, les larmes sont devenues moins fréquentes, jusqu'à se tarir complètement. Mais je ne l'ai pas oublié. Il est toujours avec moi, et pas un jour ne passe sans qu'il me manque. »

Entre eux, un espace béant, rempli d'insinuations oppressantes. Michael s'est demandé si elle le sentait, elle aussi, ou si avec le temps elle avait accepté les choses. Il a ressenti une véritable douleur à laquelle il n'était nullement préparé en comprenant que si jamais il essayait de la toucher en cet instant, elle pouvait aussi bien lui tourner le dos qu'accepter son étreinte. Ou pire encore, se contenter de rester immobile, à le supporter sans rien dire. Car qui avait abandonné qui dans tout ça ? Ce qui lui avait paru si clair pendant tout ce temps ne l'était plus.

De profil, son sourire avait quelque chose de misérable qui lui donnait l'air hagarde.

« Quand je rêve de lui, a-t-elle murmuré, il ne ressemble en rien à mes souvenirs. Des fois c'est un garçon, des fois un adolescent. À l'occasion, même, un homme adulte. Ça n'arrive que quelques fois dans l'année et il n'y a jamais d'ordre ni de modèle. Mais ça n'a pas d'importance parce que je sais toujours que c'est lui. Il peut avoir l'air différent mais il ne change pas. Ce sont seulement des rêves, mais bon, ça a l'air si réel que j'ai l'impression d'entr'apercevoir une réalité alternative. Je sens l'odeur de sel et de vinaigre de sa peau, j'entends son rire, son souffle, qui rend toujours ses paroles un peu plus pesantes, comme s'il avait couru. Il parle, mais je ne pense jamais à lui poser les questions dont j'aimerais connaître la réponse. Je crois que je suis simplement contente de l'entendre. Parfois, sa chevelure est épaisse, un peu ébouriffée, et lorsque je lui touche le bras ou l'épaule, son corps est aussi solide et dur qu'un arbre. Dans ces rêves, on dirait que c'est moi le fantôme, moi qui suis morte, ou évanouie. Je sais, c'est ridicule, mais je me demande souvent si ce que je vois va au-delà du rêve. »

Michael a compté ses respirations, ne sachant pas s'il était capable de parler. Il a songé à ces éléments invisibles qui formaient le monde, aux insectes des forêts, à la composition chimique de l'air, aux montagnes de roche qui se déplaçaient et fondaient à des milliers de kilomètres sous la surface de la terre. Et dans les tréfonds de sa poitrine, son cœur qui pulsait la vie à travers son corps. Tous existaient, éléments essentiels de la chaîne, mais à un niveau qui échappait à toute observation.

« Et il a l'air bien ?

— Comment ?

— Dans tes rêves. Il va bien ? Il est heureux ? »

Elle s'est mordu la lèvre. L'idée qu'il puisse ne pas être heureux ne lui avait même pas effleuré l'esprit.

« Je pense. Oui, je crois. »

Soudain, chaque souffle lui a paru précieux. Il y pensait souvent, et il le voyait ainsi qu'une question de conscience de soi. Chaque détail revêtait sa propre importance, et en même temps corroborait le reste. D'après les scientifiques, on enregistre deux morts à chaque seconde, chaque jour. De même, à chaque seconde on compte quatre vies nouvelles. Cette connexion universelle était une pensée réconfortante, mais selon une vérité plus vaste, il semblait que chaque âme vive ses jours et ses nuits dans la solitude. Voir à la télévision les victimes de la famine ou de la guerre, être témoin de leurs cris, de leurs mutilations, découvrir leurs yeux remplis de tristesse, leurs visages mangés par les mouches, leurs ventres enflés comme des outres sur le point d'éclater, cela lui donnait envie de pleurer, pourtant, quelques minutes plus tard, ou dans l'heure qui suivait, il se prenait à rire pour quelque chose de tout à fait innocent. C'était dans la nature humaine de vouloir éprouver de la compassion, les gens en vérité ne faisaient attention aux autres que lorsqu'ils étaient en conflit avec eux. L'amour était réel, mais c'était une fleur délicate, dans le besoin constant d'être nourrie. Elle s'épanouissait avec éclat pendant un moment, mais se fanait trop vite.

Et si c'était son dernier souffle, est-ce qu'il le saurait ? La fin s'annoncerait-elle, ou préférerait-elle œuvrer en secret afin d'éviter toute panique jusqu'au dernier moment ? Tout en songeant à cela, il essayait de se concentrer sur sa respiration, mais l'idée lui était venue trop tard pour être prise en compte, et soudain il s'est retrouvé privé d'air. Un instant plus tard, une vague d'air frais a déferlé à travers lui, mais son soulagement a été tempéré par l'idée que la fin viendrait ainsi un jour, qu'il la reconnaisse ou pas. S'il avait le choix, il préférerait être pris de court plutôt que prévenu à l'avance.

« Et tu es certaine que c'est lui ?

— Bien sûr. Je connais mon enfant, Michael. C'est lui.

— D'accord, a-t-il soupiré car il ne voulait pas se disputer. Au moins, c'est quelque chose. »

La radio remplissait les blancs. Ce n'était plus Springsteen, mais quelque chose de plus contemporain. Piano léger, arpèges comme des gouttes de pluie, une basse aux cordes pincées, parfait pour cette heure tardive, des notes maussades et calmes qui savaient le deuil, ou tout au moins le sens de la perte. Au bout d'un moment, une voix éraillée, Bob Seger, usé, renfermé.

« Tu crois que ça a une signification ? » Elle s'est mise à pleurer.

Michael a haussé les épaules, impuissant. « Qui sait ? Il y a des choses qu'on comprend et d'autres pas.

— Je perds la tête. Des fois, mes pensées deviennent complètement délirantes. Mais en parler, c'est trop. »

Les larmes traçaient une bande mouillée sur sa joue. Il les regardait se hérisser entre ses cils, puis s'écouler. Avant de se lancer, il ne savait pas ce qu'il allait faire : il s'est tourné vers elle et l'a prise dans ses bras. Loin de résister, elle s'est blottie contre lui de désespoir, s'est agrippée de terreur.

« Mais non », a-t-il dit du ton qu'il aurait employé pour un enfant, s'adressant à sa joue, puis à la commissure de ses lèvres. « Parle jusqu'à en avoir la gorge irritée si ça te fait du bien. On doit tous faire du mieux qu'on peut avec ce qu'on a, Barb. »

Tous les bons moments du passé semblaient à proximité, et pendant quelques minutes, ils ont été jeunes à nouveau, autres qu'eux-mêmes, ou d'autres versions d'eux-mêmes, avec entre eux tous leurs désirs anciens. Ses cils étaient telles des plumes sur sa paupière à lui, et ses larmes lui trempaient les lèvres, les adoucissaient. Il a reconnu le caractère fugitif de l'instant, des vaisseaux dans la nuit, mais parfois, cela pouvait suffire. Et plus tard, quand elle a finalement sombré dans le sommeil, son haut de pyjama toujours déboutonné, ouvert, le bas en bouchon au pied du lit, il a lissé ses cheveux enchevêtrés, fruit de leur étreinte, et il a de nouveau embrassé son visage, ses joues, sa bouche, son menton, et lorsque ses lèvres se sont posées sur ses yeux, il a senti les mouvements rapides du rêve derrière ses paupières, presque une réponse. Elle dormait, il était complètement réveillé. Il a ramené la couette sur la poitrine et les épaules de Barbara. Son souffle chuchotait doucement à travers ses narines, un bruit très doux. Il l'a regardée, écoutée, puis s'est écarté, glissé hors du lit, et sans se retourner a refermé la porte de la chambre pour descendre se préparer du café et regarder un match de baseball en différé ou un vieux film, en mettant le son au minimum. Debout dans la cuisine, attendant que le café soit prêt, une image lui est venue à l'esprit : combien elle paraissait fraîche dans son sommeil, allongée ainsi les yeux clos dans la lumière de la lampe, et si belle. Le sommeil avait réussi à manipuler le temps, mais seulement l'une de ses facettes. À un moment de leurs ébats, comme si être au seuil de la mort lui rendait sa beauté, elle était revenue dans la fleur de son épanouissement, aux premiers temps de leur mariage. Et au même moment, il avait été emporté dans l'autre direction, plongé dans la décrépitude de l'âge. La jeunesse dort, la vieillesse veille, elle attend en fixant les ténèbres. Minuit passé depuis longtemps, seul au comptoir de la cuisine, la vérité de leurs existences a pâli puis s'est dissipée, jusqu'à ce qu'il devienne difficile de dire qui exactement était mourant, et qui subissait la malédiction du survivant.

VIII.

Goodbye, my Coney Island baby

Michael se rhabille face à la porte, Caitlin préfère la fenêtre. La lumière électrique souligne le retrait du jour. Sans elle, la chambre serait entièrement plongée dans le noir. Caitlin termine la première et refait le lit. Michael se range pour la laisser passer et la regarde sans rien dire lisser les plis de la couverture. Elle œuvre comme si elle était seule, puis se redresse et balaie une mèche devant ses yeux. Elle voudrait sourire mais n'y parvient pas. Ce sont toujours les moments où ils se sentent le plus seuls. Michael sent ce besoin et sourit pour deux. L'expression lui plisse le front et le nez. Elle est juste à côté, et il l'attrape par le bras, au-dessus du coude. Elle s'approche, et cède un instant à ses lèvres. Puis sa main se pose au beau milieu de sa poitrine, sans appuyer, mais pour instaurer une sorte de frontière. Parce qu'ils ont déjà dépassé ce stade.

Ils s'écartent, Michael enfile son manteau, tient la porte ouverte. Elle sort dans le couloir et attend, détournant les yeux, tandis qu'il jette un dernier coup d'œil pour s'assurer qu'ils n'ont rien laissé d'eux-mêmes derrière eux. Il agit toujours ainsi, en partie par habitude, par crainte de l'erreur. Mais il y a aussi dans ce geste un élément de préservation, le besoin de graver les détails dans son esprit, ce décor vide mais vivant, encore plein d'eux, scène de leur dernier crime. Enfin, il éteint la lumière et ils s'en vont.

À la gare, le train est à quai. Coney Island est complètement différent dans l'obscurité, surtout à travers les bourrasques de neige fondue du vent du nord. L'endroit diffuse une menace impalpable durant la journée, ou maintenue à distance respectable. Les ruelles bâillent, dans la nuit une musique filtre à travers les murs et les portes fermées, cuivre, cordes légères, intervalles doublés, rythmant déjà tous les excès.

Ils arrivent à l'heure, un peu essoufflés. Avec la nuit, le froid s'intensifie, l'air s'épaissit, il brûle les poumons, s'infiltre dans tous les endroits qui ne sont pas protégés. À cent mètres de l'hôtel, Michael a commencé à avoir mal à sa hanche, et pendant les dix ou quinze minutes qu'il leur faut pour atteindre la gare, un boitement prononcé l'a détourné vers la gauche, l'éloignant de plus en plus de Caitlin. Pour compenser, elle lui a pris la main.

La menace de la neige est désormais inéluctable. On prévoit une tempête. Michael a déjà connu l'île sous un manteau blanc, avec la misère inexorable du vent du nord qui souffle de toute sa puissance, les planches de la promenade couvertes de neige fondue, dangereuses quand on y pose le pied, malgré toutes les précautions. Pour trouver du réconfort dans une image opposée, il songe à une matinée lumineuse et d'un calme idyllique, au soleil transi, accroché dans un ciel vide par ailleurs, à l'heure où le monde dort encore du sommeil le plus profond, quand les éléments du décor, la jetée, la grande roue, les rues et l'océan sont nappés et aplatis sous différentes nuances d'un blanc éclatant. C'est un rêve, un conte de fées, mais ce soir, dans le froid et le noir, ce sont des rêves dont il a besoin.

Le vieux de l'accueil ne leur a même pas jeté un regard quand ils sont partis. Chauve, la peau grisâtre, un visage long et étroit au-dessus d'un menton carré, avec des lunettes à monture épaisse juchées bien haut sur un fin nez romain, il était assis, s'appuyant sur son coude, ce qui lui donnait l'air penché, et lorsqu'ils se sont approchés, sont passés à sa hauteur, il n'a pas levé les yeux de son journal. Michael, que cette attitude gêne et met même un peu en colère, a voulu s'arrêter pour attirer son attention, pour le forcer à accepter ce qu'il refusait de voir et qui se passait sous le toit de son patron. Mais le pas déterminé de Caitlin les a menés de l'avant, et après avoir dépassé l'accueil, cela n'a plus eu autant d'importance. Ils ont traversé le hall, côte à côte, au même rythme, mais en gardant une distance réservée, le claquement staccato de leurs talons, régulier et presque trop assuré sur la mosaïque passée du carrelage. À gauche de la porte, contre le mur, se trouvait une table surmontée d'une console en marbre rose et blanc, jadis hexagonale, désormais trapézoïdale, juchée sur deux pieds et maintenue dans son équilibre par une fixation invisible. Posé au centre, un vase étroit en céramique bleue, dont émergeaient deux jonquilles en tissu se tournant le dos l'une l'autre, et autour, épars sur le meuble tels des jeux de blackjack en éventail, deux trousseaux de clés jetés au hasard. Que des hôtels de ce genre existent encore, spécialisés dans les séjours courts, est une conséquence de l'offre et de la demande, et leurs services sont prévus en conséquence, ainsi cette manière commode de rendre les clés, et d'accepter, voire d'encourager les paiements en liquide. En passant à côté de la console, Michael a sorti leurs clés de la poche de son manteau pour les déposer avec discrétion à côté des autres. Il était à l'aise, car il l'avait déjà fait. Mais il savait bien qu'il ne fallait pas se retourner.

Juste avant dix-huit heures, la gare va être bondée. Pendant les mois d'été, une foule compacte de corps envahira les quais, des gosses qui rient, dix genres de musiques différentes pulsant leurs décibels dans le brouhaha déjà assourdissant. Shorts et jupes, besaces et *ghetto blaster*, odeur de sueur, de sel, de friture. Mais c'est l'hiver et il fait nuit. Des gens traînent là, environ deux douzaines, éparpillées à travers le bâtiment, mais chacun et chacune se blinde contre le froid, durci par ses propres intentions, l'esprit déjà ailleurs, chez soi, au travail, dans les bras ou le lit de l'être aimé.

Sur le quai, Michael emmène Caitlin vers le train. Malgré l'imminence de la séparation, tout ce qui a été dit, exprimé, une certaine satisfaction transparaît dans leurs mouvements. Ils ont l'air d'un vrai couple, à croire qu'ils s'appartiennent, chacun prenant en compte les besoins de l'autre. Quand ils arrivent à la porte de la voiture du milieu, il s'écarte et lui fait signe de monter la première.

« Où veux-tu t'asseoir ? »

Derrière elle, il hausse les épaules. « Je te laisse choisir. Ça m'est égal. »

Elle avance de quelques pas, suffisamment pour être protégée des courants d'air qui entrent par la porte, et se glisse sur un siège près de la fenêtre, à côté d'un autre siège inoccupé. Le trajet au-dehors les a ébouriffés. Ils ont eu beau raser les murs, le vent est cinglant, ponctué de volées de grêle. À présent ils se réchauffent, assis à l'abri, mais il leur faut un moment pour se détendre. La main de Michael s'abat sur sa cuisse, et il commence à se masser pour chasser la douleur de ses muscles. Son regard croise celui de Caitlin, et il lui adresse un sourire las.

« Je vieillis.

— Oui. Tu as les cheveux gris et tu es tout le temps fatigué. N'empêche, la mélodie est toujours aussi douce.

— Parfois. Quand j'arrive à la jouer », acquiesce-t-il.

C'est le début de la fin. Il leur reste encore un petit moment, mais déjà ils s'écartent l'un de l'autre. C'est un traumatisme, nourri de culpabilité, de haine de soi, mais aussi d'une pointe de soulagement. Ils sont amants depuis des années, mais le temps a laissé ses marques, et ils ont appris à s'appuyer sur leurs propres mécanismes de défense. Cette retraite intérieure fait partie du processus ; s'armer pour affronter un autre mois, un nouvel exil. Le problème, c'est que la déflagration est imminente. Ils devraient avoir devant eux d'autres journées semblables à celle-ci, mais il y a aussi une forte probabilité pour que lorsqu'elle descendra du train, ce soit un véritable adieu. Ils refusent de l'admettre, mais cette crainte fait partie des couleurs de la nuit.

Dans une heure, elle sera chez elle, à rêvasser jusqu'au moment de se coucher, comblant la soirée avec le dîner, des steaks, peut-être, et quelques légumes verts, suivant ce qui reste dans le congélateur. Et puis des pommes de terre si Thomas insiste, mais ce serait étonnant. D'après les experts, à partir d'un certain âge, il faut faire attention à ce qu'on mange. La clé, c'est la répétition du principe : à force, on finit par y croire. Et plus on y croit, plus on commence à mettre le conseil en pratique. De nos jours, les pommes de terre sont l'incarnation du diable. Ça et le pain blanc. Thomas a réduit les féculents. Il insiste en disant qu'il n'est plus un enfant, brandissant cette affirmation comme s'il espérait qu'on le contredise. Pour l'instant, le steak est encore acceptable, mais au restaurant, il commande du poisson, ce qu'il ne faisait jamais avant. Il choisit du turbot ou du flet, brandit sa fourchette d'enthousiasme et insiste pour lui faire goûter, parce que le bœuf est si difficile à digérer. Peut-être va-t-il lui demander où elle a passé la journée, mais ce ne sera pas un interrogatoire. Et il acceptera sa réponse parce que ça l'arrange. Elle s'affairera à mettre de l'eau à chauffer pour préparer le café, à beurrer un toast, n'importe quoi pour s'activer et lui permettre de ne pas le regarder dans les yeux quand elle lui répond. Elle a appris que s'occuper ainsi à de petits riens est presque une preuve d'innocence. Tout est affaire de ton. Aussi, aujourd'hui, elle dira qu'elle a déjeuné avec deux copines. Rien de très excitant. Pour fêter l'anniversaire de l'une de ses amies fictives, Harriet, ou Lucia. Les noms qu'elle aura choisis seront nouveaux pour lui, mais il passera ce détail sous silence. Au cas où elle s'attende à ce qu'il connaisse la fille en question. Elle racontera qu'elles ont choisi un endroit sympa ; un petit bistro à Greenwich Village par exemple. Juste pour une salade et une tranche de *cheesecake*. Mais bon, c'était un anniversaire, et il faut bien se nourrir. Elles sont restées là à bavarder et à boire du café jusque vers quinze heures, l'endroit était vide quand elles sont parties mais évidemment personne ne leur a rien dit. Et elle a passé la fin de l'après-midi dans une librairie. C'est toujours pareil. On rentre avec un truc en tête, et puis on est distraite et on y reste des heures. Aujourd'hui, au Strand Bookstore, elle s'est perdue dans le rayon consacré à Anne Tyler, puis dans une nouvelle traduction des poèmes de jeunesse de Neruda. Ça suffira, car les livres, c'est le sujet parfait pour éteindre sa curiosité. Mais au besoin, elle peut facilement rajouter l'excuse du magasin de chaussures, raconter en détail sa quête désespérée d'une paire assortie à sa nouvelle robe, blanc cassé avec du doré et du vert vif. En fait, il suffit juste de lui dire ce qu'il a envie d'entendre, ce qui sera le plus facile à croire.

Un fantôme l'observe. La vitre à sa gauche est incrustée de crasse. La blancheur soluble de la lumière applique une couche de vernis sur les ténèbres extérieures et, à quelques centimètres, mais plus en profondeur néanmoins, pris dans les plis entre deux dimensions, son reflet présente un vide étrange, il est là, pourtant sa texture suggère l'absence, tel le souvenir d'une personne disparue. Tout est ombre et lumière, de même que le monde, chaque image composée d'elle-même et des autres. Le visage qui lui renvoie son regard noir ressemble à la fois à celle qu'elle est aujourd'hui, a toujours été, mais aussi à celle qu'elle sera peut-être dans vingt ou trente ans. Certains éléments s'alignent avec ceux qu'elle connaît déjà par cœur, mais autant d'autres au moins détonnent. Le vent l'a ravagée. Elle fait une tentative futile et pourtant pleine d'espoir pour aplatir ses cheveux qui frisent, pour démêler les nœuds et, épuisée, appuie la tête en arrière et ferme les paupières. Quand elle les rouvre, une ou deux secondes plus tard, le fantôme la scrute toujours, sans expression, mais l'air accusateur. Elle regarde devant elle pour lui échapper, puis baisse les yeux vers ses doigts qui s'agitent au-dessus de ses jambes.

Les portes du train se referment, action brutale qui modifie l'équilibre. Michael la regarde et hoche la tête, comme si elle avait demandé quelque chose. Bêtement, elle l'imite, et pose la main sur la sienne. Ils sont assis là, prêts à supporter ce qui va venir, mais la machine se réveille dans les profondeurs, montre qui s'ébroue. Caitlin sent les vibrations monter en elle, battements de la mesure préalable au son. Et puis ils commencent à avancer. Tant de choses demeurent invisibles, existent au-delà de ce que le cerveau est apte à comprendre. Le mouvement, l'atmosphère, l'amour.

« Tu travailles, demain ? »

Il serre les dents, pousse un petit soupir méchant.

« Oh mon Dieu, le boulot. »

Elle le regarde. « Qu'est-ce qu'il y a ?

— Rien. Ne t'inquiète pas pour ça. Juste les conneries habituelles.

— Je croyais que ça se passait bien pour toi.

— Oui. La plupart du temps. Du moins à petite échelle. Mais beaucoup de choses ont changé. Aujourd'hui, il faut presque que je me mette à genoux et que je supplie pour obtenir ce qui devrait me revenir de droit. À une époque, il n'y a pas si longtemps, une poignée de main, ça voulait dire quelque chose, tu vois ? La parole d'un homme, ça valait de l'or. Maintenant, tu conclus un accord, et dix minutes plus tard, tu t'aperçois que le petit connard du bureau d'à côté a écouté toute ta conversation et pendant que tu étais aux toilettes, ou parti déposer le courrier de l'après-midi, il a eu le culot d'appuyer sur la touche rappel de ton téléphone – pas du sien, hein, du tien ! – et qu'il a proposé une commission plus basse pour te piquer ton contrat. Et tu sais ce qu'ils disent quand tu portes l'affaire devant tes supérieurs ?

Initiative. Bon pour la compagnie. Ils se fichent de la décence, de l'honnêteté, de l'honneur. Ils n'en ont rien à foutre. S'ils peuvent économiser un demi-*cent*, c'est l'extase. L'argent, aujourd'hui c'est tout. Rien d'autre ne compte.

— Tu pourrais t'arrêter.

— Ouais.

— C'est vrai.

— Pour recommencer à zéro ?

— Et pourquoi pas ?

— À mon âge.

— À ton âge. »

Quelqu'un a décoré le plafond du wagon d'une explosion de tags jusqu'à la porte la plus éloignée. Tout un entrelacs de formes et de lignes, spaghettis de couleurs lumineuses, aussi criardes que l'enfer, façon Dali, et aussi impossibles à ignorer. Couleurs des rêves, peut-être couleurs des cris. Michael n'essaie même pas de déchiffrer ce qu'il voit. Les graffitis sont une forme d'art nouvelle, moins acte de vandalisme que tentative d'expression. Il peut s'en accommoder, bien plus facilement que, par exemple, ces conneries de ready-mades, surtout parce que les tags ont plus à voir avec la création qu'avec leurs créateurs. Et qu'ils soient compréhensibles ou non, il y a là d'un point de vue purement esthétique une vraie beauté à l'état brut.

Elle lui retourne la main et leurs doigts se mêlent. Sa paume est sèche et fraîche, raide sous la douceur de la sienne. Elle adore lui prendre la main, surtout dans l'espace public. En général, cela le rend nerveux, mais ce soir, il est trop fatigué ou trop content pour s'en soucier.

« Le cancer de Barbara, ça crée des complications. » Derrière elle, il regarde son propre reflet sur la vitre. La distance supplémentaire rend cette image fragile, et d'autant plus dérangeante. Les os en relief pâle, des creux en veille pour les yeux. Il voudrait détourner le regard mais il est pétrifié. « Mais peut-être que ça simplifie aussi les choses.

— Arrête, Michael. Ne parle pas comme ça. Et s'il te plaît ne me fais pas porter le chapeau.

— Non. Pardonne-moi. Ce sont des pensées qui me viennent, c'est tout. »

Dehors, il n'y a rien à voir. L'obscurité a englouti le monde. Des missiles de neige fondue frappent les vitres, laissant derrière eux de petites cicatrices, des balafres qui créent de minuscules entailles dans la nuit. Le reflet de Caitlin, partie de toute cette obscurité, et pourtant distincte, à croire qu'il existe sur un plan différent, contemple les choses, l'air perdu.

Pour ne pas penser à ce qu'elle se refuse à envisager, son attention se tourne vers les autres passagers : ils sont cinq, dispersés à travers la voiture. Un jeune couple latino en face de Michael, de l'autre côté de l'allée, deux sièges plus loin, ainsi que deux femmes et un homme, seuls.

C'est un vieil exercice pour artistes et espions. Chacun est un personnage attendant qu'on l'invente, si jamais elle réussit à se remettre à écrire, chacun est un héros potentiel. Quelques rangées plus loin, une grande femme noire au manteau de daim noir, avec des dreadlocks attachées ensemble qui soulignent sa minceur et sa beauté. De grands anneaux d'argent et le col d'un chemisier rouge vif, des lèvres sombres et charnues qui se reflètent dans la vitre dès qu'elle tourne la tête, avec un trait de rose là où elles se rencontrent, et de grands yeux foncés menaçant de toute la gamme des émotions, d'aimable jusqu'à féroce. Ensuite, de l'autre côté, une femme blanche, sans doute irlandaise, en tout cas sûrement d'origine celtique, la cinquantaine, ronde et épaisse ainsi que le sont les femmes robustes qui ont porté plusieurs enfants, à moins que ce ne soit son héritage génétique, elle est emmitouflée sous plusieurs couches de cardigans et manteaux, avec de grosses lunettes rondes à monture rose et, détail absurde, un bonnet de bébé jaune d'œuf avec ce qui ressemble, de loin, à un motif bigarré de fleurs bleues et vertes. Les rubans blancs pendent, détachés, le long de ses joues replètes, telles des larmes qui se seraient changées en glace ou auraient fusionné avec l'os. Enfin, plus loin, du même côté vers l'avant, un jeune homme tout droit sorti d'un film d'Europe de l'Est, mince comme une faucille. Cheveux bruns très courts sur les côtés, plus longs sur le dessus, avec la raie sur le côté gauche parfaitement dessinée, et des favoris méticuleusement taillés pour que les pointes rejoignent les commissures de ses lèvres. Il est assis en oblique sur son siège, une jambe dépassant dans l'allée, sa botte mince suspendue en l'air, et il tète une roulée très fine, bien que ce soit interdit dans le train à la fois par les signes rouge et blanc aux murs et par le bon sens. Il ne cesse de regarder par-dessus son bras posé sur le dossier, on dirait qu'il s'attend à ce que le paysage change, dans cette direction, et ses yeux s'attardent tour à tour sur chaque visage, l'air terrorisé à l'idée de rencontrer quelqu'un qu'il connaît.

Un bon casting, plein de potentiel, des personnages différents en surface, mais qui partagent pourtant leur isolement.

Le couple, c'est autre chose. Ils sont amoureux. Au minimum seize ans, pas plus de vingt en tout cas, ils s'expriment par murmures et soupirs, parfaitement en phase l'un avec l'autre, un peu nerveux seulement parce que ce n'est pas encore assez à leur goût. Caitlin voit seulement l'arrière de la tête du garçon, ses cheveux aile de corbeau coupés très court, ses épaules étroites rentrées dans une chemise à col blanc et une veste en jean élimé. Vêtement absolument pas adapté au temps, mais à cet âge, quand on est aussi amoureux, on ne sent pas le froid. La fille est assise côté fenêtre, aussi Caitlin voit nettement son visage, elle est très belle, la peau mate sous l'éclairage d'un blanc éclatant des néons du train, sans doute un peu plus sombre à la lumière du jour. Ses grands yeux noirs sourient, voilés de rêve, et sa bouche oscille par à-coups entre moue, sourire enjôleur et une expression plus sérieuse, presque brusque. Immobile, elle paraît son âge, fin de l'adolescence, mais lorsqu'elle parle, même si Caitlin n'entend pas, ses mimiques la font paraître terriblement jeune. Ses dents de devant sont larges comme celles d'une enfant, et un peu trop écartées. C'est certainement l'un des éléments que le garçon trouve le plus captivant chez elle, un détail sur lequel se concentrer, qui lui vient facilement à l'esprit aux petites heures de ses nuits solitaires. Sur un autre visage, ces dents pourraient rompre l'équilibre délicat de la séduction, mais chez elle, elles sont parfaites. Luxuriants, de ce noir couleur d'encre de ses ancêtres amérindiens, brillants de la magie capturée à la tombée de la nuit, ses cheveux sont longs, en bataille ainsi que le permet l'insouciance de la jeunesse, et un simple bandeau rouge les empêche de lui tomber dans les yeux. D'un mot à l'autre, son visage s'élargit et se contracte, la parole est telle une respiration, urgente, essentielle à son existence. Allongée, encouragée, étirée, relâchée. Absolu défini, sa beauté n'est pas remise en question, en dehors de toute aspect purement physique.

Ces deux-là transpirent le bonheur. L'âge n'entre pas dans l'équation. L'amour, c'est l'amour, il faut le prendre quand on le trouve. Caitlin les regarde jusqu'à ce qu'ils s'embrassent, que la jeune fille incline la tête de la manière la plus évidente possible, et que le garçon se penche, comprenant parfaitement la situation, l'ayant même peut-être anticipée, voire déclenchée grâce à une promesse particulière, un serment. C'est le moment de se détourner, de les laisser à ce qu'ils ont trouvé l'un chez l'autre. Il est facile d'imaginer la suite.

« À quoi tu penses en parlant de tout recommencer ?

— Je ne peux pas être plus claire, Mike. Qu'est-ce que tu ne comprends pas ?

— Mais tu es sérieuse ? Je veux dire, c'est vraiment ce que tu veux ? Ou c'est seulement ce que tu estimes devoir dire, sachant que c'est moi qui botterai en touche ? »

Michael masse toujours les muscles de sa cuisse gauche, elle est stupéfaite de découvrir qu'il ne porte plus son alliance, et plus encore de ne pas l'avoir remarqué plus tôt. Sans cet anneau, sa main et ses doigts ont l'air propres, pipe-line d'os recouverts d'une peau grisâtre. Il n'y a même pas de marque là où il devrait y en avoir une.

« Arrêtons de parler de ça », dit-elle en courbant la tête.

Une pointe de dureté dans la voix, il répond : « Mais il le faut, pourtant. La marée monte. Tu vas te noyer, à Peoria. On le sait tous les deux.

— Et tu veux jouer les maîtres-nageurs, c'est ça ? Alors dans ce cas, il faudra que je coure le risque, puisque tu es si occupé à sauver quelqu'un d'autre. »

Il s'apprête à répondre, se reprend, et pousse un long soupir. Puis il ferme les yeux.

« Elle est mourante.

— Arrête. Je te l'ai dit, je ne veux pas entendre ça, et je ne veux pas en parler. Ce n'est pas ma faute.

— Je ne dis pas que c'est ta faute. Ce n'est la faute de personne. Mais c'est un fait.

— Elle suit un traitement.

— Essentiellement des soins palliatifs. C'est à peu près ce que le médecin m'a dit.

— Tu n'es pas Dieu, Mike. Tu ne peux pas savoir. Des miracles se produisent tous les jours. Pas l'eau changée en vin, ni marcher sur l'eau. De vrais miracles. De ceux qui comptent. J'ai lu qu'à l'époque de Jésus, la population mondiale dépassait à peine les deux cents millions. Aujourd'hui, rien que dans ce pays, on est près du double. À l'échelle du monde, on parle de sept milliards. Il y a deux mille ans, on repérait les miracles. Mais aujourd'hui, comment pourrait-on ne serait-ce que les répertorier ? Ils sont si nombreux qu'on a même arrêté de les nommer ainsi, pourtant il s'agit en effet de ça. Les gens passent leur temps à descendre de leur croix. Sans doute qu'il s'agit d'un pour un million, mais quand on y réfléchit, ce taux n'est pas si faible. Alors arrête, d'accord ? Et ne m'en parle plus. »

Elle est à nouveau au bord des larmes. Lorsqu'elle se tourne vers lui, il paraît se faire du souci pour elle, il ne lui veut que du bien, et il aimerait trouver le moyen de l'aider le plus possible. C'est presque un vieil homme, dans les faits, si ce n'est sur le papier, et pourtant en cet instant on dirait un enfant frappé de chagrin. Par le passé, sentant les besoins de l'autre, ils se disaient tour à tour la profondeur de leur amour. Puis cela n'a plus été nécessaire.

À l'avant, la grosse femme a décidé d'attacher son bonnet. De ses mains grassouillettes aux doigts agiles et fuselés, elle tire sur les rubans avec une délicatesse d'habituée, elle les noue, puis mesure la longueur des boucles au toucher, pour équilibrer avec celle des pointes. Une petite bague en or avec une pierre transparente orne son annulaire gauche. Coincée dans cette masse de chair, c'est d'une élégance absurde, pourtant, même de loin, le bijou est frappant, indéniablement joli.

À l'époque où elle écrivait encore, ce genre de détails semblaient souvent émerger du monde pour elle, suppliant qu'on les observe pour qu'on les développe et, avec un peu de patience et de chance, les transforme en histoire. Elle continue d'observer, mais comme elle estime cette partie de sa vie terminée, elle n'est plus aussi attentive. Toutefois, cet objet attire son attention, et pour une fois, elle laisse à nouveau son esprit s'échapper.

La bague et la main ne vont clairement pas ensemble. La femme l'a-t-elle achetée toute seule ? Caitlin l'imagine, la dame au bonnet, économisant, déterminée pour une fois dans sa vie à se faire plaisir, empilant les pièces de monnaie pendant des mois, peut-être des années, construisant des petites tours sur la table de la cuisine pendant ces heures tardives où le sommeil se refuse à la faire rêver. Et quand elle atteint la somme visée, vêtue de ses plus beaux habits, elle part explorer une boutique, peut-être plusieurs, et retient cette bague-là parmi le vaste choix que lui permet son budget, sachant d'instinct exactement ce qu'elle veut, cherchant jusqu'à ce qu'elle soit pleinement satisfaite, sans compromis possible. Voilà une possibilité. Ou peut-être est-ce un cadeau, de la part d'un parent, de sa vieille mère ou de son père, qui le lui a offert en guise de preuve de son amour dans un petit écrin de velours bordeaux le matin de Noël ou pour un anniversaire important. Les deux possibilités se tiennent, mais dans une nouvelle, il existerait une troisième carte à jouer : la chance incroyable que cette bague soit le souvenir d'un amoureux, un homme qui voyait sous la graisse sa véritable beauté, sans hésiter. C'est une idée intrigante, époustouflante d'espoir, la pensée que personne n'est aussi solitaire qu'il y paraît, qu'il existe toujours quelqu'un quelque part qui vous connaît, et plus important, qui veut vous connaître. Quelqu'un pour qui le reste du monde n'est qu'un appendice.

Les ongles rongés de la dame au bonnet ont été vernis de vert lierre à un moment donné, et quelques traces subsistent. Caitlin la voit qui pose son vernis, penchée dans la lumière laiteuse de sa lampe de chevet, appliquant le pinceau avec une concentration intense, la petite protubérance rose de sa langue coincée entre ses dents, le vernis vert encore liquide, brillant d'un éclat iridescent, qui en séchant deviendra définitivement mat. C'est un acte à la limite entre mignon et pathétique, une tentative minuscule et mal orientée pour se faire belle. Pourtant, il y a là aussi quelque chose d'héroïque, qui réveille une innocence douloureuse.

Considérée en ces termes, la bague pourrait vraiment être le cadeau d'un amant. De profonds sentiments y sont certainement attachés, comme en témoigne la simple détermination qu'elle met à la porter. L'amour seul, sans doute, peut expliquer qu'on passe des sommets que sont ces grands moments d'espoir, à la déroute de cette journée glaciale. L'amour, ou la promesse de l'amour, un murmure, pour qu'elle continue à vouloir s'élever vers la beauté, pour justifier tout ce temps passé à faire des efforts pour plaire, ou tout au moins satisfaire une quête esthétique illusoire.

« Je ne veux pas que tu partes. Je ne peux pas te perdre. Je pourrai tout supporter sauf ça.

— Je suis désolée, Mike.

— Non, tu n'as pas à être désolée. Rien n'est encore fini.

— Je crains bien que si. Le temps a eu raison de nous. Dans notre jeunesse, nous avions encore la force de partir, mais nous avions peur de tout. C'est la vie. Quand tu te bats pour tout maintenir debout, le ciel est toujours à l'orage, et l'on passe son temps recroquevillé pour se prémunir de la prochaine averse. La perspective et la capacité à identifier ce qui est vraiment important ne viennent qu'avec l'âge. Et maintenant, c'est trop tard.

— Non, ce n'est pas trop tard. Pas nécessairement. Regarde-toi. Tu n'as pas cinquante ans, bon sang. Attends au moins qu'on soit morts pour nous enterrer. »

Elle sourit, mais elle est l'image même de la tristesse.

« J'ai eu besoin de ça, tu sais ? Dans ma vie. Je ne peux même pas te dire à quel point ça a compté. Ce que tu m'as donné, ce qu'on s'est apporté mutuellement, ça m'a empêchée de me changer en pierre. Sentir que j'ai été aimée, que je vaux quelque chose aux yeux de quelqu'un d'autre : c'est un miracle pour moi. Je ne veux pas te perdre non plus, Mike. J'ai besoin de toi. Mais Barbara a encore plus besoin de toi. Surtout maintenant.

— Qu'est-ce que tu racontes ?

— Je ne sais pas. Je crois que je te dis au revoir.

— Je t'en prie, Caitie. Pas encore. Pas avant que ça ne soit nécessaire. Nous aurons encore une journée. On se la donnera. Appelle-moi demain. Oublie le travail, oublie tout. Comme ça, si ça doit se terminer, on fera les choses proprement. Mais je t'en prie, si j'ai jamais signifié quelque chose pour toi, appelle-moi. Promets-moi que tu le feras. »

Plus loin, de l'autre côté de l'allée, le jeune couple passe à la vitesse supérieure. La fille est pétrifiée devant quelque chose situé au-delà du plafond. Ses grands yeux noirs sont mi-clos, sa bouche déformée est ouverte, le bout de sa langue apparaît dans un coin. Peut-être qu'elle aperçoit le paradis. Serré contre elle, le garçon l'embrasse, lui lèche le cou et le lobe de l'oreille, avec un bruit de chien qui lape de l'eau. Une main nichée sous son chemisier. Au bout d'une minute ou deux, en réponse à ses lèvres, sa main, ou les deux, la fille émet un ronronnement étonnamment tactile qui semble sortir de quelque part entre son nez et l'arrière de sa gorge, un bruit presque tribal, ou primal. C'est un comportement guère acceptable dans un train, mais Caitlin n'est nullement choquée. Ils sont si jeunes qu'on leur pardonne. Du moment qu'ils gardent leurs vêtements.

« C'est moi le responsable. J'aurais dû faire ce qu'il fallait il y a longtemps de cela.

— Ce n'est pas toujours facile de savoir comment agir.

— Non. Mais il n'est pas trop tard. Barbara va mourir, ou elle va vivre. Je ne suis pas un élément essentiel de l'équation.

— Comment ça ?

— Rentre chez toi. Et n'y pense plus. Ne pense à rien. Mais appelle-moi demain. »

À la gare suivante, la dame au bonnet descend et d'autres gens montent. Trois ici, puis cinq à l'arrêt suivant, et d'autres encore. Il y a du monde sur la ligne. Caitlin les observe qui entrent et vont s'asseoir, mais quelque chose s'est éteint en elle, et elle n'est plus aussi attentive. Ces personnes sont certes réelles, mais il leur manque une consistance. Leur intrusion a rompu l'équilibre intime du wagon. Même le jeune couple a dû le sentir car leurs câlins ont pris fin et ils sont à nouveau assis bien droits, attendant d'arriver à destination avec une patience dont leur âge s'accommode mal.

Michael ferme les yeux et ne les rouvre pas. Ainsi, le poids des années est plus apparent ; immobile, ridé, grisonnant partout. Tombant lentement, si lentement en poussière.

Caitlin lui prend le bras. Elle pense à la mort. Quelque chose prend fin, et la pensée de tout lâcher l'effraie. Lorsqu'elle le touche, il ouvre les yeux mais ne bouge pas, de profil il paraît raide, usé, et elle sait qu'il réfléchit à de nombreuses choses en même temps, à eux en tant que couple, où ils vont, d'où ils viennent, à ce point cardinal, à ce pivot que représente le cancer de Barbara, au travail, à tout ce qu'il n'a pas terminé et qui forme des murs autour de lui. Elle presse ses lèvres contre son épaule et murmure son nom, goûtant au tissu de ses vêtements à croire que c'est une friandise, dans sa bouche, les fils durs de la laine rase, la succulente humidité là où la neige du soir s'est posée pour fondre. *Michael.* Elle a besoin de prononcer son nom, d'en éprouver encore la sonorité.

Se dire au revoir maintenant serait la plus grosse erreur possible. Il n'est pas loin de prendre une décision, mais les heures de la nuit, le silence, tout ce qu'il va voir, tout cela va le décourager, et ses vieilles peurs vont reprendre le dessus. Il n'est pas nécessaire que les choses se passent ainsi ; ils sont dans le train, ils ont encore le choix. Ils peuvent descendre à la prochaine gare, prendre une autre direction et fuir. Ou bien rester dans le train jusqu'à ce qu'il déraille. L'essentiel, c'est de bouger. Vivre avec l'argent qu'ils ont sur eux jusqu'à ce qu'ils trouvent une banque, planter une épingle sur la carte et aller là-bas, sans se soucier des conséquences, jusqu'à ce qu'ils choisissent un ciel nouveau sous lequel vivre. De même que Pete, son beau-père, il y a si longtemps. Soudain, tout lui semble possible, à tel point qu'elle manque l'exprimer à haute voix, et c'est peut-être seulement le goût de ses vêtements dans sa bouche qui la calme.

Le moment de se séparer est imminent, encore cinq minutes, plus ou moins, il n'y a plus qu'à accepter les gains et les pertes et s'en contenter. Aussi doucement que possible, elle retire sa main, le libère. À nouveau, il se retourne à moitié, et elle est certaine de lire dans ses yeux la possibilité d'un baiser. Mais l'un ou l'autre hésite, et la possibilité en question s'efface vite, si tant est qu'elle ait jamais existé. C'est sûrement mieux ainsi, songe-t-elle, même si elle sait qu'elle regrettera de l'avoir manquée. À présent, sans ajouter au chaos, n'importe quel baiser serait un baiser d'adieu.

Michael ne se pétrit plus la cuisse, sa main est juste posée, recroquevillée. On dirait presque un oiseau, avec cette manière qu'ont les os de vivre si près de la surface, de bouger par petits mouvements impulsifs, comme un battement sous sa peau de papier. Tout à coup, le cœur de Caitlin se remplit de pitié, car nul ne le comprend aussi bien qu'elle, et jamais personne ne prendra soin de regarder d'aussi près. Le plus petit changement d'expression le transforme, élément du passé refaisant surface, comme un écho de son sentiment profond d'insécurité. Elle a déjà vu ça, souvent, et même si l'impact en est généralement fugitif, sa plainte silencieuse ne manque jamais de l'émouvoir. Dans ses yeux, un florilège de petits moments de tristesse. Le fait qu'il n'en ait pas conscience la surprend toujours, et cela fait partie des choses qui lui manqueront à en pleurer s'il doit vraiment sortir de sa vie.

« Je te téléphonerai, cède-t-elle. Ne t'inquiète pas. Je n'oublierai pas.

— Merci. Essaie d'appeler le matin, si tu peux. Parce que l'après-midi, je dois être à l'hôpital.

— Pourquoi ?

— On va lui poser un cathéter. Je n'ai pas envie d'y aller, mais ce ne serait pas bien. Personne ne m'a rien dit, mais je sais que c'est un gros truc. Avec les médecins, tu apprends à lire entre les lignes. Elle va subir une anesthésie, donc en fait c'est de la chirurgie. Je sais seulement que c'est pour lui administrer des antidouleurs. De la morphine. Elle va rester inconsciente pendant une heure ou deux, sans doute. Et puis j'ai des trucs à régler au bureau, donc je vais démarrer tôt. J'y serai de sept heures à midi.

— D'accord. Je ferai de mon mieux. »

Elle s'en veut de se sentir blessée et espère qu'il n'a rien décelé dans sa voix. Parce que ce n'est pas vraiment sa faute. Ce qui la gêne, ce n'est pas qu'il ait une vie en dehors d'elle, mais qu'il gère si bien les choses. Pourtant, elle sait que son efficacité apparente lui coûte cher, car elle se fonde sur la volonté d'accepter des compromis. Loin que ce soit l'idéal, ces dernières années il s'est contenté d'un bonheur limité, d'une vie qui reste respirable en grande partie grâce à ses escapades à Coney Island, à ces ébats revigorants qui lui permettent de rester debout. Le désir de chaque baiser est tellement aiguisé par un mois d'attente, que les semaines intermédiaires reviennent à une sorte de silence-radio. C'est une existence pleine de désordre : convaincre, vendre, et la pression incessante d'un emploi ingrat ; un foyer morne et muet, et les longues heures nocturnes partagées avec une femme qui lui est jour après jour de plus en plus étrangère. Autant d'écueils qu'il faut éviter. Même le cancer comporte ce sens du détail, c'est une chose terrible, mais Caitlin sait qu'à la place de Michael, d'autres auraient fui, ils auraient fait leur valise et seraient partis sans jamais se retourner. La définition du courage n'est pas toujours très claire.

Une ou deux minutes avant d'entrer dans la gare, assis sur le siège à côté d'elle, il se redresse, attrape la barre métallique et se met debout. Il a beau être encore près d'elle, elle sent un gouffre s'ouvrir. Depuis sa place, près de la fenêtre, elle lève les yeux. Il la regarde aussi, incertain, puis hoche la tête.

« On parlera demain », dit-il d'un ton destiné à la rassurer. Et puis, comme si ça lui traversait seulement maintenant l'esprit, il s'éclaircit la gorge et ajoute à voix basse qu'il l'aime.

Ces mots la nourrissent. Au moment où il les prononce, elle en a le cœur serré. Il lui a dit mille fois ses sentiments, lors de petites conversations sur la jetée, au coin des rues, sincères et à voix basse lors d'un dîner aux chandelles, murmurés entre ses dents à son oreille alors qu'ils s'enlaçaient dans un lit étranger. Chaque fois, cela la déchire, et en même temps ce n'est jamais assez.

« Je t'aime », presque un murmure, mais pas tout à fait, la vérité est dans le son de sa voix, son frémissement sec. Timidité, sincérité, crainte, rassurance. Et, jusqu'ici, tout l'engagement dont il était capable, et qu'elle a pu accepter. Malgré son cœur qui cogne de lourdes variations dans sa poitrine qui se répercutent jusqu'au creux de sa gorge, alors qu'elle désire y croire plus que tout, elle sent en lui l'envie désespérée de détourner les yeux, rien que pour voir qui dans le wagon aurait pu l'entendre, qui pourrait être aux aguets. Il a toujours aussi peur. Ces mots sont difficiles pour lui, et même la cinq millième, la dix millième fois qu'il les prononce, ils doivent lui être arrachés. Il voudrait détourner les yeux, pourtant il ne le fait pas car cela amoindrirait tout, et ils ne peuvent pas se le permettre, pas à l'instant où ils vont se séparer.

Finalement, c'est elle qui le libère. Elle sourit d'un très léger mouvement de la bouche. Et cela suffit. Elle ne lui dit pas à son tour qu'elle l'aime. Dit une fois, cela résonne. Répété, cela s'envole en fumée.

Il la laisse sourire pour eux deux, et quand elle se retourne vers la fenêtre pour voir la gare approcher, son regard à lui aussi se perd. L'obscurité bienfaisante du tunnel est par moments troublée par la tache d'ambre d'une lampe murale, mais le reflet de Caitlin dans la vitre, spectral mais mieux défini par le contraste entre l'obscurité extérieure et la lumière blanche des néons du wagon, vient se percher près d'eux comme s'il était attaché là, et les accompagne pendant une seconde. Cette vision en retrait de Caitlin vient les titiller telle une silhouette échappée d'un rêve, version intégrale d'elle-même, avec une expression d'une familiarité captivante à laquelle certains détails donnent vie. Même ainsi, il ne comprend pas comment les hommes peuvent détourner le regard après l'avoir vue, comment ils peuvent rater cette merveille.

Et puis, de même que l'aube tamise l'horizon, le tunnel s'éclaire, le train ralentit et s'arrête à la gare où il doit descendre. Le reflet s'évanouit, ou alors il est noyé, consumé par le monde extérieur. Dehors, seulement le quai froid, éclats de béton et de carrelage récurés mais inéluctablement crasseux.

Il reste là, aussi déconfit qu'une fleur meurtrie par la pluie, une main serrée sur la barre, appuyé au dossier du siège qu'il vient de quitter. Elle sait qu'une partie de lui est terrifiée à l'idée de rater son arrêt, cette partie qui a toujours peur de quelque chose. Personne dans l'allée qui puisse bloquer le passage, et quand bien même il manquerait son arrêt, ce ne serait pas très difficile d'aller jusqu'à la gare suivante puis de revenir en arrière. Mais il est comme il est. Les journées qu'il passe avec elle sont une marge en dehors de lui-même. Après une vie d'humilité face aux chiffres, son instinct s'est atrophié. C'est la peur qui le mène à présent, le restreignant dans des limites faciles à évaluer.

« Vas-y », dit-elle, pourtant il hésite encore.

Ils partagent la même tristesse. Elle ouvre la bouche pour ajouter quelque chose, seulement rien ne vient. Sans doute qu'il comprend, et se penche pour lui donner un baiser. C'est ce qu'elle veut, mais c'est tellement en deçà, le minimum. Sa bouche atteint la sienne presque machinalement, c'est un baiser qui ne s'engage pas dans la voie du péché ou du crime, un baiser qui n'engage en rien. Cet adieu n'est pas plus profond que leurs retrouvailles.

« Je te l'ai dit. Tu vas rater ton arrêt. Vas-y. »

Il se redresse, hoche la tête avec raideur et descend.

Moins d'une minute plus tard, il réapparaît sur le quai, à deux ou trois mètres. Dans les quelques secondes qui leur restent, il demeure là, à la regarder par la fenêtre. Un groupe de gens qui avancent sur le quai s'écarte pour ne pas le bousculer, mais il ne les voit pas. Ainsi isolé, on dirait un homme qui vient de perdre son logis. Son manteau déboutonné pend sur lui, et toute sa force semble avoir été aspirée par l'heure tardive. Sur le côté droit de sa tête, ses cheveux sont hérissés, peut-être à cause de l'oreiller, du vent de Coney Island, ou de la caresse des doigts de Caitlin. Il a de petits yeux, et le visage flasque à cause de tout ce qui a été perdu.

Derrière la vitre, c'est lui à présent le fantôme. Elle lui fait signe, seulement il se contente de la dévisager, à croire qu'il est incapable de se mouvoir, qu'on lui a jeté un sort. Mais au moment où les portes se referment, le charme est rompu et il porte ses doigts à ses lèvres. Sa main s'écarte, il tente de sourire, peut-être pour qu'elle garde un bon souvenir de lui, ou d'une certaine manière le trouve courageux. Hélas ! l'air souillé du train résiste, et le résultat n'est guère probant.

Et puis, tout à coup, le wagon s'ébranle et commence à avancer. Elle se lève de son siège et appuie les mains contre la vitre, pour tenter de prolonger l'instant. Ainsi emportée, elle voit qu'il dit quelque chose. Il ne crie pas, mais s'exprime à voix haute. Elle discerne le mouvement de ses lèvres, essaie de deviner le sens de ces formes silencieuses, seulement il est déjà trop tard. Ne se souciant plus des larmes qui commencent à couler, ni de qui dans le wagon ou sur le quai pourrait bien la voir, elle lui adresse de grands signes en un déchirant au revoir.

REMERCIEMENTS

Ce roman a connu une gestation très lente, et je serais impardonnable de ne pas citer ceux qui m'ont aidé à le faire naître.

Tout d'abord, mon éditeur, Robin Peterson, pour avoir vu dans ce texte ce que j'espérais tant y avoir mis, et m'avoir donné ma chance quand personne ne voulait rien savoir. Robin mais aussi Monique Corless, Jane Kirby, Sam Coates et toute la merveilleuse équipe de Jonathan Cape et Vintage ont permis que ce roman devienne un livre, puis ils l'ont dépêché à travers le monde avec un enthousiasme et une attention au détail qui m'ont conquis.

Je dois également citer mon ami Andy Godsell, hélas ! depuis longtemps disparu, poète au potentiel considérable. Il y a bien des années, nous nous sommes lancés ensemble sur le long chemin tortueux de l'écriture, et il est toujours lié à tout ce que j'écris.

Je me dois aussi de remercier les innombrables amis qui m'ont aidé au cours de toutes ces années, Pete Duffy, Martin McCarthy, Brian Whelan, les Juliano, Pawel Huelle,

Antonia Lloyd-Jones, Shoko Kanenari, Emilio Bonome, Emma Turnbull, Luo Xue Wei, Julia et la délicieuse famille Schwaninger, pour leur soutien, les messages, leurs avis, leurs conseils, pour m'avoir dit ce que j'avais besoin d'entendre même quand je savais que ce n'était pas tout à fait exact.

Je remercie aussi les familles O'Halloran, Murphy et O'Callaghan pour leur soutien et l'intérêt qu'elles n'ont cessé de montrer envers mes écrits.

Je remercie du fond du cœur John et Janet Banville. Par un soir d'août où je faisais une lecture à Kinsale, ma marée basse a rencontré le soleil, et quand les grands font votre éloge, leur chant a davantage de poids. Leur gentillesse est un trésor que je conserverai précieusement.

Ying Tai Chang apparaît beaucoup dans ces pages. L'âme de cette histoire vient pour moitié d'elle – et c'est la meilleure moitié.

Enfin, ma famille, qui vit l'écriture avec moi. Martin, Kate, et les deux meilleures choses qui nous soient jamais arrivées, Liam et Ellen ; Jazz, Yann et ma meilleure amie, Irene : mes piliers, mes confidents et soutiens les plus respectés ; enfin mes parents, Liam et Regina. Nul ne peut espérer connaître deux personnes meilleures, plus généreuses et dévouées.

Cet ouvrage a été imprimé sur Roto-Page
par l'Imprimerie Floch à Mayenne
pour le compte des Éditions Grasset
en février 2019

Mise en pages
PCA 44400 Rezé

PAPIER À BASE DE
FIBRES CERTIFIÉES

Grasset s'engage pour
l'environnement en réduisant
l'empreinte carbone de ses livres.
Celle de cet exemplaire est de :
400 g éq. CO_2
Rendez-vous sur
www.grasset-durable.fr

N° d'édition : 20863 – N° d'impression : 93950
Dépôt légal : mars 2019
Imprimé en France